速写本上的世界

史伦 著

A Journey through Architecture

探索东西方建筑的环球之旅

江苏凤凰文艺出版社

献给我的父亲史建平、母亲王芝萍，
感恩你们的爱与智慧。

| 推荐序 |

"动"与"静"的交光互影

在 2016 年春季学期"古代中外关系史"的课堂上,一位清瘦而透着精气的小伙子课下找到我,他说他叫史伦,山西人,觉得自己像是粟特人,所以来我班里"偷听"。经过一番自我论证,这位来自清华大学的建筑设计师,认定自己原出中亚粟特的史国,也就是玄奘法师曾经到访的羯霜那。过了不久他告诉我,他辞掉了清华的"铁饭碗",准备去中亚寻根,进而做一次环球旅行。我听着这些,仿佛在听天方夜谭,半信半疑。我为他的精神感动,于是我跟他分享了一些此前几次去中亚的见闻。

2017 年 4 月,我在朋友圈里断断续续看到他的行程:驾车从北京出发,经山西、陕西到固原,这里有隋唐时期粟特史家墓地,然后一路到乌鲁木齐,转火车到喀什,越帕米尔到奥什,很快进入乌兹别克斯坦,走访撒马尔罕、布哈拉,到了他的"故乡"史国——沙赫里萨布兹。

作为一个有想法又有闯劲的建筑师，史伦此行的目的绝不仅仅是访古和探源，更重要的是要用眼观察，用笔描绘，用心思索现存的东西方建筑。于是他进入伊朗、土耳其，继续观察他在中亚已经开始留意的伊斯兰拱顶建筑；再前行希腊、意大利、法国、英国，仔细观察西方古典建筑的各种风格和它们的演变；然后乘邮轮横跨大西洋，到新大陆的美国纽约、华盛顿、芝加哥、洛杉矶，看西方建筑的影响和东方风格的渗透；又经加拿大、阿拉斯加，乘邮轮跨过太平洋到日本，寻访受唐朝影响的奈良、京都古寺建筑构造；最后乘船到上海，经苏州、南京回到北京。

　　此后五年，他经过精心的整理，完成了这本书。书里有大量的建筑学专业的探讨，也有沿途各种旅行见闻。我先睹为快，从中感触最深的是"动"与"静"的交光互影：一位充满活力的年轻人一直在行走，而他描述的各式各样的建筑，静静地耸立在不同的文化氛围中，以静制动。我跟着他的笔，一"动"一"静"，动静之中产生巨大的力量。因为他去过的大多数地方，我也曾经造访，这些建筑在我身边一晃而过，而史伦的书却让我对以前走访的地方回味无穷。

　　现在已经不是16世纪斐迪南·麦哲伦的大航海时代，也不流行18世纪英国贵族子弟推崇的"壮游"，所以很少有人不借助航空器而由陆路和海路绕地球一周。史伦迈出了这样一步，用了两百多个日夜，走完了一圈。这是一场磨炼意志的旅程，是要随时面对突发事件的考验。我跟着他的步伐，愉快地走在波斯波利斯的阿帕达纳宫中央大厅，漫步在罗马的公共广场；听他讲述在番红花城与伊布拉欣的愉快交谈，也体会到他这个内陆"粟特人"在大西洋和太平洋上如何接受海浪的磨炼。"动""静"之间，有苦有甜。一旦此行圆满，不仅获得了对建筑师而言珍贵的大量一手材料和图绘，更重要的是，还增加了人生的阅历与锤炼。

不久前我短暂经过上海，史伦已在"魔都"驰骋开自己的一番新天地，他知道我来，特意请我在一家意大利餐馆吃饭，我们聊得更加投机。他拿出专门打印好的这部书稿，请我作序。这一阵我利用晚上的时间拜读一过，它带给我许多年轻时的回忆，更给我增添了大量知识。掩卷沉思，自己好像也飘飘然，日行万里，于是赶紧记下上面的思绪，是为序。

荣新江
2023 年 8 月 16 日
于西行途中

| 推荐序 |

最有趣的环球建筑之旅

一天,一位建筑师从"宇宙中心"五道口的床上醒来,在睁开眼的一瞬间,他有了一个梦想:要做一次不坐飞机的环球旅行。

事实上,几乎每一个人在人生的某个阶段都有过环球旅行的冲动,但是,大部分人随后就羞愧地把这个念头塞回去,按部就班地工作生活了。当时的中国处处是工地,建筑师更是一个繁忙的职业,那么,这个建筑师的梦想会实现吗?

从那一天开始,这位建筑师真的行动了,他一边办理各个国家的签证,一边规划线路,查阅资料,顺便把工作辞了。一切准备完毕,他开车上路,从北京一路向西,到达新疆之后,搭车进入茫茫的大中亚。正因为他的梦想没有被扼杀,我们才能幸运地看到这本有趣的环球游记。

来之不易的旅行记

这位建筑师叫史伦,为什么他会有这个梦想?这要从他的姓氏说起。根据记载，唐代时中亚的粟特地区有大量商人来到中国经商，许多人都留在了中国，他们选择了以自己国家的名字为姓，这个群体构成了著名的昭武九姓。而史伦的老家山西恰好是昭武九姓的聚居地，他的姓氏"史"就来自于昭武九姓的史国，最著名的代言人就是安史之乱的史思明。史姓给史伦的遗产，就是一个中亚人的大鼻子，DNA 测序也显示，他的父系基因大概率来自中亚地区。就这样，一个大胆的念头在他的脑海中形成：他要去中亚的史国，看一看祖先的国度是什么样的。

这个梦想又裹挟其他念头逐渐扩大，最后变成了一次环球旅行。他决定不乘坐飞机，走陆路和海路完成这 5 万公里的穿越。他拍摄了著名的撒马尔罕的古城区，这座城市毁灭于成吉思汗的进攻，至今呈废墟状态，史伦的空中拍摄，给我们呈现了最清晰的古城结构。

在伊朗的圣城马什哈德，无人机在清晨时飞过了这个国家最重要的圣陵，将它的几何结构精确地展现出来。在卡尚，那里有世界著名的巴扎（集市房屋）系统，史伦从空中看清了这座四通八达如蚁穴般的建筑群。

除了拍摄，在每一个重要的场景，他都会用他的画笔勾勒出建筑的结构，甚至去拆解它们的细节，这些速写也成了一笔巨大的财富。

专业平实的建筑笔记

他为什么愿意这么冒险,答案很简单:他是一个建筑师。如果这本书只是一部游记,那么其价值并不足以居于其他人的作品之上,但这位建筑师带着自己的眼睛,一路走一路看,不断地思考,对比全世界的建筑。他在山西饱览中国最古老的木构佛寺,到了新疆,又为西域地区的混合建筑驻足。继续远行,所见变成了带着蓝色圆顶的清真寺和古兰经学校,以及苏式的赫鲁晓夫楼和勃列日涅夫楼的混搭建筑,伊朗的巴扎和波斯古城,土耳其东部的伊斯兰城堡、西部的希腊罗马式古城、中部卡帕多西亚特殊的洞穴建筑。

到了欧洲,随处可见希腊、罗马、中世纪和文艺复兴时期的建筑群。作者用大量的篇幅记载了他对意大利城市的观察,不断地发出阵阵赞叹。在这个建筑圣地里,他的笔端爆发出激情,他的双眼抓取流动的知识。

此外,还有美国的现代建筑风格,日本用西方建筑技术实现的东方美学,等等。他不仅仅自己去看,还不断地与人交流。在伊朗,他去当地的档案馆复印图纸,在土耳其,他向当地的建筑师请教。他由于曾经在美国学习,对西方的建筑风格也有充分的了解。

正是在这些努力之上,这又是一本以专业的视角分析国内外建筑特点,并希望梳理出它们的传承的书。史伦以白描的手法增加知识含量,并用专业的手段剖析,再加上深厚的历史维度，让读者跟着他的眼睛完成了对全球建筑的观察与思索。他尊崇东方建筑的超前性，也积极拥抱西方建筑，他曾经在波斯波利斯的遗址上观察柱头和拱形结构，试图将这些结构追溯到比希腊罗马更早之时。他希望可以在东西方建筑艺术之间搭建一座桥梁，实现人与自然的和谐与统一。

生动的游记

内容虽然专业，史伦的文字却非常轻盈，阅读起来毫无障碍。虽然旅行的过程充满了艰辛，但作者本人是一个欢快的人，这种情绪融入他的观察和笔触中，读者读着读着便会忍不住微笑，仿佛掉进了书里。

中国人在海外的刻板印象大概是努力而沉默的，不善于与其他语种的人打交道，但在这本书里，作者经常与相遇的陌生人成为朋友。在新疆出境时认识的异国同伴，在旅程中再次相聚在罗马、伦敦和京都，仿佛是在路上的凯鲁亚克和他的同伴们，走到哪里都能遇到朋友并倾心相交。连伊朗客栈的伙计也在他遇上麻烦时主动帮忙。

最令我感动的事发生在土耳其的城市伊兹密尔。史伦的一位老师几年前在这里拍摄了一批当地人生日聚会的照片，听说他要环球旅行，老师特地把照片洗出来，让他带上送过去。但是，老师只记得照片是在伊兹密尔拍的，至于具体位置却记不清了。史伦带着照片在城市里四处打听，经历了绝望又峰回路转，亲手把照片送给当事人。他看到照片里的孩子都长大了时是有多么欣喜，听说照片里的老人已经不在时他又有多少遗憾。

好奇的新一代

在这里，也可以透露一下他对出生地的探访。当年的史国现在是乌兹别克斯坦境内一座叫作沙赫里萨布兹的城市，这里之所以有名，是因为中亚著名的君主帖木儿大帝出生于此。史伦来到了这片他祖先曾经生活的土地上，经历了千年，从中亚出发的血液已经融入了中国，但此刻，又回到了它的出发地。史国也早已不是当年的史国，这里的伊朗人种已经慢慢地被突厥语民族取代，或者说，两者融合为一个新的种族——乌兹别克人，就像当年进入中国的昭武九姓也早就变成了中华民族的一部分。

在最后，不妨扩散开去，谈一谈史伦所代表的这种现象。

罗辑思维罗胖总结大英帝国的崛起时认为，它之所以崛起，除了它的经济和技术的发展，还在于有一批充满了好奇心、愿意到世界去闯荡的人。这些人将关于世界的观察和知识都带了回来，从而激起了国内更大的探索欲。这种好奇心既是帝国崛起的结果，又更进一步促进了帝国的崛起。

中国的经济也在崛起的过程中，在改革开放的前四十年里，更多完成的是从贫穷到温饱到富足的过渡，但之后，随着年轻一代中有一批人超越了对物质的追求，他们的好奇心被激发出来，产生出一批走向世界、观察世界的人。这群人既有视野也有专业知识，他们既不故步自封，也不满足于只接受外来信息，而是要加上自己的眼睛和头脑，亲自去观察，去思考。

在观察世界方面，现代的年轻一代必须对抗的是长期以来形成的害怕冒险的传统。2021年，一位叫作刘拓的青年考古学者在四川考察时遇险去世，由于他曾经去往阿富汗访古，又引起了人们关于冒险意义的讨论。

当然，探索必然带有一定的风险性，我们需要尽量控制风险，但不能因为有风险而放弃探索。事实上，最安全的生活就是躺在床上。如果一个民族整天躺在床上通过刷手机去了解世界，那么它的社会迟早会变得封闭，所以，一个社会总是需要一些具有冒险精神、愿意承担一定危险性的人。一个社会是否成熟，就看它在反思安全问题的同时，是继续鼓励探索精神和好奇心，还是彻底封死了探索的机会。

从这个意义上说，已经拥有了不错人生的史伦突然离开了他在"宇宙中心"五道口的那张床，带着他的专业性去观察世界，恰好是改革开放成功的产物。希望他的专业观察带给人们思考的同时，他的冒险精神也能鼓励更多的人上路。

郭建龙

2022年3月27日

于大理风吼居

目录

推荐序 |"动"与"静"的交光互影　　　　i
推荐序 | 最有趣的环球建筑之旅　　　　iv

1　西出喀什　　　　001
2　费尔干纳　　　　009
3　粟特故地　　　　015
4　撒马尔罕　　　　021
5　玉龙杰赤　　　　027
6　白色之城　　　　032
7　入境伊朗　　　　036
8　埃兰神塔　　　　039
9　石头编年　　　　046

10	不灭圣火	057
11	沙漠智慧	062
12	天堂倒影	070
13	马什哈德	083
14	德黑兰记	088
15	顷刻落凡	092
16	石雕光影	096
17	黑海南岸	103
18	番红花城	109
19	凿穴为居	119
20	初遇大秦	124
21	爱琴晚风	132
22	伊兹密尔	141
23	木马之谜	147
24	横渡亚欧	152
25	权力丰碑	158
26	融汇东西	163
27	海纳百川	171

28	驶向雅典	175
29	卫城荣光	180
30	渡地中海	185
31	罗马千年	190
32	大角斗场	197
33	万神之光	202
34	神之圣殿	208
35	升天赞歌	214
36	海都沉浮	222
37	穹顶奇迹	238
38	星河闪耀	251
39	大师之城	259
40	珠光宝气	265
41	巴黎如梦	271
42	横渡加来	279
43	雨雾英伦	285
44	航海日记	294
45	晨曦星火	300

46	重拾古典	306
47	耸入云霄	315
48	道法自然	320
49	穿越美西	326
50	西岸星辰	331
51	阿拉斯加	341
52	海上明月	347
53	京都重逢	352
54	寻梦东京	362
55	沪上繁花	370
56	重识北京	375
后 记		383

1 西出喀什

　　火车开出乌鲁木齐，一头扎进黑夜，径直向西，横穿大漠。凌晨五点，我在摇晃的卧铺上醒来，睡不着，索性拎起电脑，穿过昏暗的走廊，推开餐车的门。车厢那头，是身穿白色工作服的厨师，他斜靠椅背，耷拉着眼皮，没有理会我的突然出现。这反倒让人自在，我随便找了个座位，掀开纱帘，看见黑暗中缥缈的孤灯，像宇宙尽头呜咽的残星。

　　我想在键盘上敲些什么，毕竟在过去的一个月里，我不仅辞去了工作，还以北京为起点，一路开车到了乌鲁木齐。途中翻太行下中原，过关中出乌鞘，最后沿着河西走廊来到新疆。

　　在黄土高原的深山里，我找到了中国现存最古老的木结构建筑——五台县南禅寺大殿，它屹立了1200余年；在云冈石窟的雕刻中，也看到了不少来自波斯、希腊等地的建筑符号和样式。这些发现让人好奇又欣喜，我想沿着丝绸之路一直往西，去亲身探寻由东方到西方的路上，究竟有多少文化交融的印记。

这列开往喀什的火车,与铁轨不断碰撞,咣当咣当。本来漆黑的车窗外,突然闪现一座化工厂,灯火璀璨的巨型构筑物,仿佛几座摩天大楼,极具未来感。我把视线拉回窗前的塑料花上,开始回想旅途第一个月的见闻。

　　脑海里第一个浮现的形象,是在中国古建筑上看到的"斗拱"。在学建筑以前,我一直以为这样的复杂结构是凸显威严等级的装饰物。后来才明白,斗拱不仅不是装饰物,反倒是古建筑中结构受力最核心的部分。

　　仔细看就能发现,每件斗拱的底部,都是下小上大的木块。这些方形木块,像极了古代计量用的"斗",因此在建筑中,就也以"斗"来称呼。而那几道架设在"斗"上的长条木材,则被称为"拱"。"斗"和"拱"来回交错咬接,共同组成了"斗拱"。

　　从这段时间的行走考察来看,斗拱结构几乎贯穿了所有的中国古建筑。斗拱结构所有的木构件之间,不依赖铁钉和螺丝来固定,而是用互相穿插的榫卯结构,就能实现稳固和耐久。这种榫卯结构,有点像我们今天玩的乐高积木,只是在交接的方式上,更加灵活多变。

　　关于斗拱最壮观的画面,我觉得大概是老家山西的应县木塔。木塔一层层的屋檐和斗拱在太阳下层次分明,多重细节都被光线雕琢出来。而木塔外观上所有的要素都具有实际功用:屋檐保护斗拱,使其免受阳光直射和雨水侵蚀;斗拱受力托起

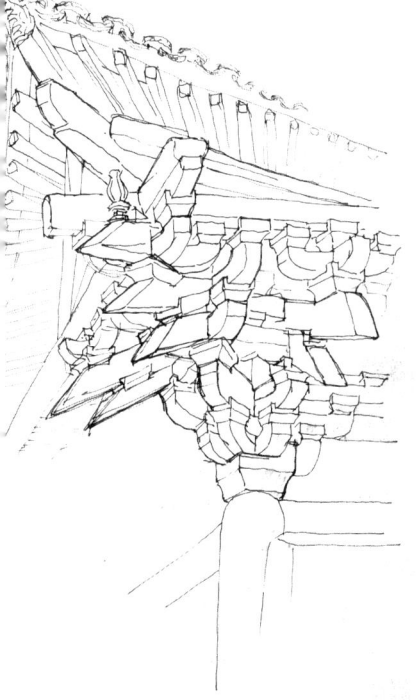

△图1 五台山南禅寺大殿立面
◁图2 五台山佛光寺东大殿角部斗拱特写
▽图3 斗拱拆解为下部的"斗"和上部的"拱"

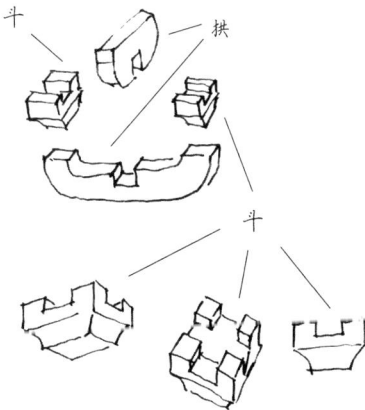

外廊和屋檐；而柱子、额枋、门窗等也都有各自的作用。除了各层中间的牌匾和角部的铃铛，整座木塔上下，几乎没有任何纯粹装饰却无用的物件。

　　这种不加装饰却极具美感的效果，正是中国古建筑令人称赞之处。古代的匠师，在处理了周边环境、实用功能、排水、抗震等问题后，建筑的外观便自然呈现出浑然大方的美，它是对

◁图4 应县木塔外观细节

自然力学的忠诚反映，根本无须刻意追求外观造型。现今西方现代建筑大师纷纷开始寻求结构的理性，崇尚暴露建筑受力结构，世人可能早已忽视：东方的先辈们，早已把这样的建造理念传承了不止千年。

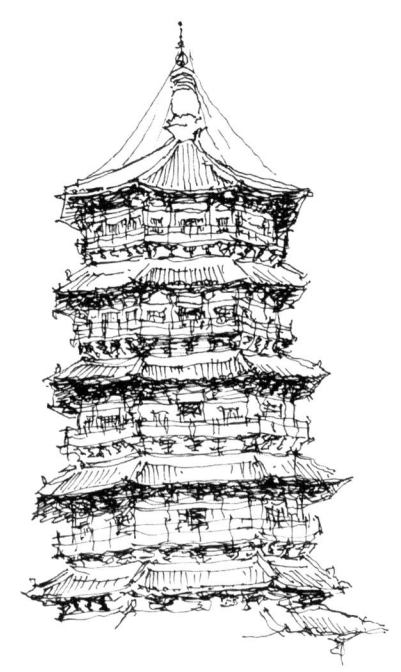

△图5 应县木塔整体外观

是怎样的原因，使我们祖先在建筑理念上如此早熟？建筑文化的背后，又暗藏着怎样的社会意识形态？从中国古建筑完备的体系中，我们能否窥见"道法自然""大道至简"的思想，乃至"仁、义、礼、智、信"的儒家精神？

由这个角度出发，以建筑作为观察窗口，通过世界各地纷繁多姿的建筑形态，透视不同社会环境，追溯不同文明间的交流轨迹，在沿着"丝绸之路"西行的旅途中，我期待有新的发现。

火车穿行在天山南麓、塔里木盆地的北缘。脚下这片土地绵延向西，伸向茫茫中亚。沿着这个方向往前，翻过伊朗高原就能踏上土耳其半岛，然后是希腊、意大利、法国、英国，继续向西跨过大西洋，就能转到地球背面……一想到这纵横万里的图景，心情都随晃动的车厢跳跃起来。

我对未知的旅途憧憬不已。最后合上电脑时，窗外依旧是深邃的黑。

火车开了 18 个小时，中午 1 点才抵达喀什。出站后，我上了出租车，向喀什老城飞驰而去，收音机里蹦出欢快的维吾尔族音乐，干燥的空气吹进窗口。

司机把我放在一个路口，我顺着街巷走进人头攒动的集市，一派鲜活景象：花色精美的小块地毯整齐地码在艾德莱斯绸桌布上；铁匠和铜匠敲打着手中的器皿，明晃晃的长颈铜壶、细纹铁盘摆得满满当当；烤馕的炉子蹿着火星，一摞摞金黄色的馕在桌上散着余温；硕大饱满的石榴堆了满满一车，开口挤满血红的籽……

青年旅舍的庭院里，来自五湖四海的背包客或坐或卧，聚集在廊下的地毯上。他们气质随性，装束各具风格，有人穿着户外冲锋衣，有人套着波希米亚式长衫，有朋克式的披头长发，也有扎在脑后的发髻，有人在记事本上埋头书写，有人则打坐冥想。走了好几天戈壁，突然置身这个苦行者云集的乐园，我像独自穿越沙漠的旅人，在精疲力竭时，突然找到了水源。

通过旅舍前台，我找到两位准备从喀什出海关的朋友。我们可以一同包车，由伊尔克什坦口岸出境，去往邻国吉尔吉斯共和国。他们是一对来自澳大利亚的情侣，男生名叫卡梅隆，深棕色头发，圆圆的脸上一双大眼睛；女生名叫阿黛尔，帅气的金色刺猬头短发，鼻上架着副透明框眼镜。聊起各自的经历，我得知二人已经相恋八年。不久前，他们双双辞去工作，卖掉了悉尼的房产，一同踏上这趟环球旅程。他们乘坐火车，穿越中国华南、西南，来到西北边疆。从喀什起，我们的旅行路线开始重合，对于走陆路从亚洲前往欧洲这个计划，他们比我更加期待。

"如果能在 7 月顺利抵达希腊，我们就在克里特岛举办婚礼。"卡梅隆和阿黛尔相视一笑。我好奇他们结婚后的安排。"继续向西旅行，一直到伦敦去。阿黛尔申请了那里的博士，我也计划留在伦敦，找一份工作。"卡梅隆说。

出发的早晨，我来到旅舍前台。卡梅隆和阿黛尔已经坐在长凳上等候，他们身旁分别竖着半人高的旅行背包，阿黛尔还拎着一袋烤馕。这时候，另一对背包客也从后院走出来。他们来自日本，女士头戴一顶黑色遮阳帽，甜美可爱，男士头发中长，姿态恭谦。五个人凑齐后，一同等候去往边境口岸的包车。我们与新结识的日本朋友攀谈，得知男士名叫森田雅也，女士名叫和田奈津美，二人生活在京都附近。森田是医生，和田是护士，两人也是不久前一同辞职，共同开始这次跨越东西方的旅行。

作为"五人组"里唯一的独行者，我主动选择坐在副驾，两对情侣分别坐在后两排，刚好塞满一辆面包车。朝阳从背后升起的时候，一个中国人，两个日本人，还有两个分别带有英国和意大利血统的澳大利亚人，一同踏上了通往西方的漫漫旅程。

汽车在公路上颠簸了一个钟头，两旁是稀疏的植被，天山余脉驼色的山体从植被后面冒出来。又过了一小时，我们来到伊尔克什坦出境大厅。通关后，"五人组"被安排到两辆车上：我和卡梅隆、阿黛尔一辆，森田与和田乘另一辆。在欢快的柯尔克孜音乐中，我们穿行在天山和昆仑山挤压形成的山谷里。云影变幻下，各色不同地貌交织在一起。

不知不觉，从早晨离开喀什算起，加上海关等候时间，我们已经赶了五个小时的山路。眼看太阳爬到头顶，阿黛尔拿出她带的馕，递到我面前。汽车开上帕米尔高原，天阴下来，气温骤降。盘山公路绕上山顶，远处山头上还有积雪。下午两点，我们经过海拔近3000米的喀拉达坂，这里距吉尔吉斯只剩下十几公里。阴云笼罩着寸草不生的荒山，厚厚的积雪伸进云层。公路向克孜勒苏河谷蜿蜒。在斯木哈纳大桥上，集装箱大货车排成长龙，尽头是几座低矮的关卡建筑。

等候放行的时间，我们几个在车上缩着脖子聊起天来，让我饶有兴趣的是卡梅隆和阿黛尔的婚礼。算了一下，我差不多也能在7月抵达希腊："说不定赶上参加你们的婚礼。"我想在旅途中增加这个意义特别的环节。"别激动，我俩没准儿还赶不到希腊，就在途中分手了。"阿黛尔坏笑着泼来一盆冷水。卡梅隆赶紧补了一句："我们还是要坚持走到伦敦，这样等你8月抵达伦敦的时候，就能来我们家歇脚啦！"

下午六点，海关放行。汽车开过关闸，顺着克孜勒苏河缓缓向西——我们已经通过中国最西端的口岸。汽车顺着山势，向坡底开去，一个转弯，我望见谷底密密麻麻的圆形铁丝网。密集的锯齿顺着螺旋的网架白花花一片，厚厚摞了三层，网的另一侧，就是邻国吉尔吉斯共和国。

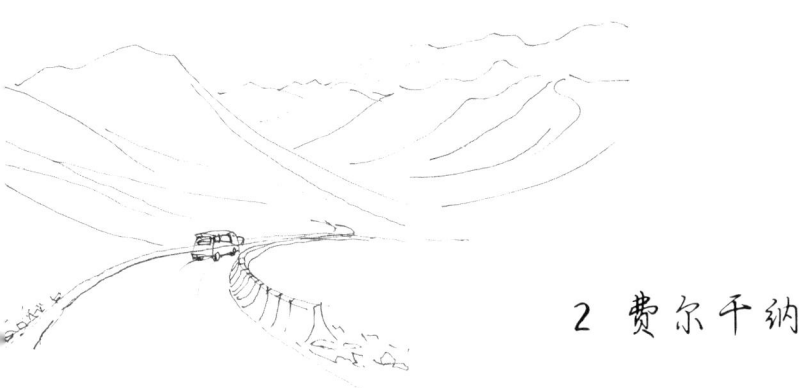

2 费尔干纳

"只能把你们送到这里了。"司机对大家说。我们把行李搬下车，跨过一条小溪。溪水对面是锈死的简易铁网，残破的桩子东倒西歪，路面上散落着沙石。只是跨过一道窄窄的边境线，就来到另一个世界。

远处山顶上有处建筑废墟，看起来像苏联时期的军营旧址。山谷里的简易房屋七零八落，透着力不从心的破败感。通过吉尔吉斯海关后，我们把手表向回拨了两个小时，从北京时间傍晚 7 点调到当地时间下午 5 点。

见一群外国人走出海关，守候多时的当地司机围了上来。"奥什"，我们说出目的地，司机们纷纷掏出按键手机，在黑白屏幕上敲出价格。讲好价格，我和卡梅隆、阿黛尔同车，森田与和田乘另一辆。司机不懂英文，所有的交流只能依靠手势和表情。

我们路过一个村庄，村舍的房顶是彩钢板，墙面是一条条白色木板，房前停放的蓝色苏式小卡车，一下子把人拉进苏联电影。司机停好车，几位脚穿长靴、裹着头巾的妇女跟孩子围过来。司机把一个铁皮漏斗架在加油口上，拎起一只透明塑料桶，一边跟周围的人说笑，一边把清亮的汽油倒进漏斗。

加满油的汽车行进在山路上，太阳从云层里钻出来，照向山坡上的大片积雪。随着山路爬升，积雪越来越厚，足有一人多高。我们屏住呼吸，盯着正前方。几分钟后，突然飘起漫天大雪，白茫茫的天地不辨万物。这时候，本就冰雪不分的公路上，偏偏又浓雾弥漫。雪越飞越密，雾也越来越浓。司机面色严肃，每个人都沉默。脚底传来轮胎在厚冰上不断打滑的声音，我们的车几乎擦到了对面开来的卡车。

我们正在经过的地方，位于帕米尔高原北麓，由昆仑山和天山挤压形成。尽管已经是初夏五月，这里却依旧白雪皑皑。可以想象，古代旅行者仅仅依靠骆驼、马匹，想要翻越这里该有多难。

可是，这条路却是中国通往外界的众多古道中，相对安全的选择。试想一下，南面的帕米尔高原，再往南的喜马拉雅山，哪个不更险恶？而中国，恰恰就被这样的地理环境包围：北面的蒙古草原长期被游牧民族控制，东面和南面都是大海。在航海技术并不发达的古代，中国被重重屏障保护，在世界版图上偏居一隅，与外界联络十分有限。相比之下，欧洲、北非、西亚等地区纵横千里，互相之间较少有难以跨越的地理障碍，因而这些地带不同种族的迁徙与融合也更加普遍，在文化、艺术、建筑等领域保持着密切交流。

从建筑学角度看，过去的几千年，欧洲、北非、西亚等地的多种建筑风格频繁相互影响，而中国的建筑技术和文化的发展都不太受到外界干扰。以木结构榫卯框架体系为基础的建筑文化自成一体，在世界建筑史中独树一帜。正是这样的客观原因，造就了一个情形：世界其他地区之间建筑文化的差异，远远小于它们与以中国为代表的东方建筑文化之间的差异。

我们在大雪中前进了半小时，山谷里才又冒出人烟。当雪层退去，司机踩下油门。回头望，背后的雪峰耸入云端，映着夕阳的金光；山腰的云盖在草坡上，罩住潮湿茂密的河谷；高山草甸上的羊群，好像墨绿衬布上的黑白珍珠，一颗颗散落。短短几十分钟，我们经历了几种不同的气候带。由一场风雪险途，来到风景如画的山谷。

路旁闪过一座小清真寺，银色的穹顶像个洋葱头，司机在经过时，突然拂面祈祷。接近晚上 8 点，太阳沉下山脊，洒下满天霞光。夜幕低垂时，我们还摇晃在弯弯绕绕的山路上，不约而同地，我与卡梅隆、阿黛尔开始为今晚的住宿问题犯愁。

天全黑了，路旁冒出几座民宅，贴着路边。小窗透出淡淡微光。黑暗中，亮着灯的房子越来越多，也越来越密。地势渐渐平坦时，路面变宽了，路灯底下汽车奔忙。晚上 9 点，我们离开了山区，来到山脚下的城市——奥什。

奥什满街的俄语店牌和大楼标识，都让人一头雾水。我们坐在飞快的车上，心里开始打鼓：司机这是要把我们送到哪里？

我试着对司机指了指车行进的前方，然后做出疑问的表情，他瞟了我一眼，继续专注地开车。我开始着急，把双手合拢，侧脸斜贴在手背上，挤眼做睡觉状："Hotel？"司机淡淡地看我一眼，不做回答，脸上却露出浅浅的笑。

　　望着陌生的街道，无法辨认含义的路名和商店名，我们三个外国人陷入无助。就在这时，司机把车开进一个小停车场，停在一幢楼前。我望出去，是四个明亮的汉字：北京宾馆。一车人同时大笑起来。我与卡梅隆、阿黛尔一同住进"北京宾馆"。森田、和田也发消息来报平安。我在松软的大床上躺下去，一觉就到天亮。

▽图 6　路过的小清真寺

2 费尔干纳

早晨拉开窗帘,窗外浮出一座体态奇异的大山,形状好像被咬去几口的大馒头,留下几个不规则的山尖。在伊斯兰传说里,先知苏莱曼就埋在这座山上,所以这座山被称为"苏莱曼山"。对很多中亚穆斯林而言,苏莱曼山是仅次于麦加和麦地那的圣地之一。

奥什城里高高低低的房子,在树丛间露出平缓的屋顶,红砖砌成的住宅楼像极了国内的"筒子楼",满满的计划经济味道。从奥什起,我们将进入一段横穿费尔干纳盆地的坦途。这里在史书中被称为"大宛",一直是中亚物产最丰饶的地区。2000多年前亚历山大东征时曾到过这里,还建起过一座希腊化城邦。

趁时间尚早,我与卡梅隆、阿黛尔到路边换了一些当地货币索姆,然后沿着大街往回走。苏联的印记在城里随处可见:俄语店牌、拉达车,还有一幢幢筒子楼。马路两旁的房屋大多是平房,屋顶铺着简易彩钢板或石棉瓦。

我们没有在奥什过多停留,而是赶在中午前就来到城外的海关,从这里进入乌兹别克斯坦。填入境表,盖入境章,又将手表回拨一个小时,进入新的时区。我们包车去费尔干纳市,汽车驰骋在费尔干纳盆地的和风艳阳里,两旁是整齐的农舍,还有肥沃的田野。

我与卡梅隆和阿黛尔聊起各自旅行的原因,阿黛尔说:"我们虽然生长在澳大利亚,但祖辈都是从欧洲来。希望这次以远足的方式,回到祖辈们曾经生活的地方。"我会心地笑,因为,与他们一样,我也在"寻找祖先生活的地方"。

随着旅途徐徐展开,车上的每个人也渐渐接近着各自的"故土"。可是,对我来说,祖先曾经生活的"故乡",并不在遥远的欧洲,她就在脚下,现代乌兹别克斯坦境内。

3 粟特故地

汽车在公路上追着夕阳,直到地平线上燃起炽烈的光。月盘从背后升起。天黑时,坦荡如砥的地平线上,晃动起一片影影绰绰的灯海,那里是夜幕下的布哈拉。

与乌兹别克斯坦的其他城市相比,布哈拉相对完整地保存了古代城市肌理,大多数街道都没被拓宽。因此,当司机晃晃悠悠地开进布哈拉市中心时,总是小心翼翼地行驶在曲折狭窄的巷子里。昏暗的路灯下,司机好几次下车打听,才帮我找到住处。那是一家由伊斯兰神学院改成的旅馆。我的房间缩在庭院一角,需要弯身低头才能走入。房间十分小巧,除了面向街道的小窗,便只靠房门采光。第二天醒来时,阳光已经照进门缝。

布哈拉市中心,有一座看起来不太起眼的建筑物,今天作为地毯博物馆开放。这里最早曾是佛教寺庙,公元5世纪时被改成祆教祠。"祆教"最早源于中亚两河流域,由于信徒总是面向圣火祷告，也被称为"拜火教"。我想象着在这处不大的空间里，人们围坐火坛，一同祈祷的情景。

当年，正是这群生活在布哈拉的祆教徒主导了古代丝绸之路上通往中国的商业贸易。后来，一部分祆教徒留在长安一带，他们使用了同一个姓氏——安。唐代发动叛乱的安禄山，祖上就来自布哈拉。因为人们都姓安，所以他们的老家布哈拉又被称作"安国"。在这一带，这样的城邦小国还有好几个，比较知名的当属撒马尔罕，以"康国"之名著称。这些来自"安国""康国"等地的人，统称为"粟特人"，即中国史书中的"昭武九姓"，除了"安"和"康"，还包括何、石、曹、史等姓氏。

作为姓"史"的汉人，我也一直有疑惑，自己的祖先，是否是来自中亚的粟特人？为此，我专门去做过Y染色体检测，结果显示，从概率上讲，我的祖先很可能是来自史国的粟特人。于是，我便有了一个愿望：从北京出发，全程陆路旅行，前往史书中记载的"史国"。作为建筑师，我不仅想要寻到自己的"根"，更渴望探求世界建筑之"源"。

不过，"粟特人"的文化，在这一带已经消失1000多年，正如这座早已面目全非的祆教祠。阿拉伯人入侵布哈拉后，迫使当地人改宗伊斯兰教。从此，祆教祠被改造成清真寺，直到变成今天的样貌。一座小小的建筑，包罗时空万象，我们可以从中窥见这个地区饱经风霜的历史。

布哈拉的城市面貌，能够比较直观地让人联想起往昔繁荣的丝路贸易。这里不仅有好几座壮丽的神学院，还有宏伟的清真寺、高耸的宣礼塔。市中心热闹的穹顶集市上，商人们向顾客兜售着工艺品。

这座穹顶集市位于几条道路的交叉口，通道向中心穹顶汇集，外围又是一圈围绕中心穹顶与通道的店铺，每间店铺都被或大或小的穹顶覆盖。一座座砖砌穹顶组合变化，形成丰富的建筑空间，串起销售地毯和瓷器的商铺。

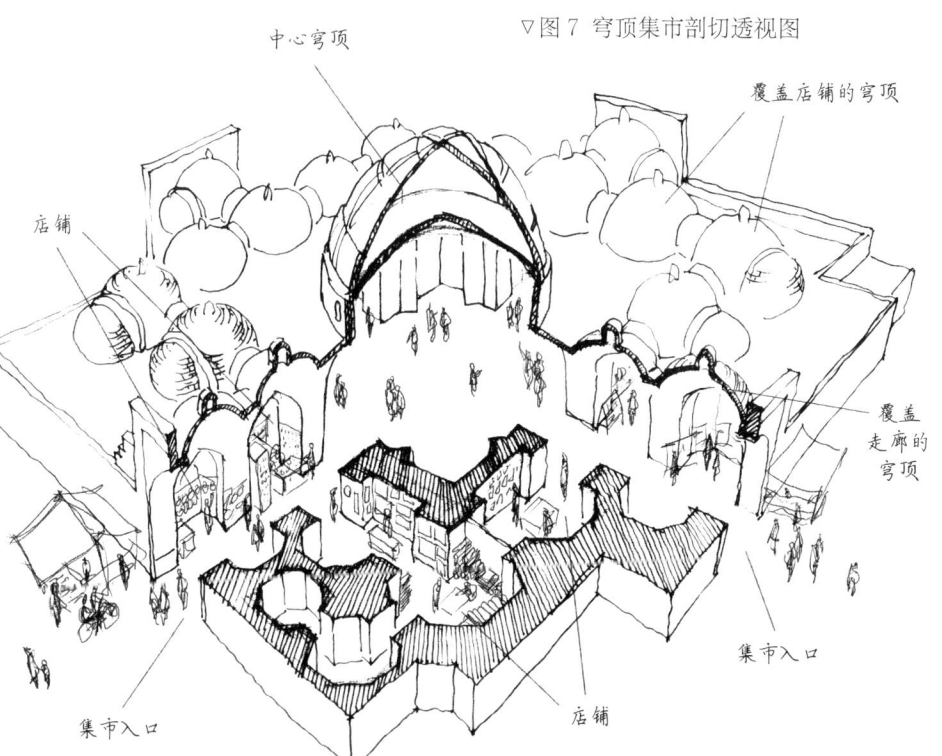

▽图 7 穹顶集市剖切透视图

我在小巷里游走。傍晚的天空中，燕子叽叽喳喳到处飞舞，蒙着花头巾的妇女坐在台阶上闲谈。我经过一座清真寺紧锁的门前，看见一个当地青年把汽车开进门龛，车载音响大声播放着节奏劲爆的舞曲。借着清真寺大门凹入的拱形回音结构，他实现了剧场式的音效。年轻人随音乐晃动身体，还不忘掏出手机自拍。震耳欲聋的舞曲节拍，回荡在一座清真寺残破的大门里，竟有种特别的仪式感。宁静的岁月里，人们来了又离开。

在今天看来，"昭武九姓"各国中，建设最辉煌者，当属"石国"。因为曾经的"石国"，是今天乌兹别克斯坦的首都，

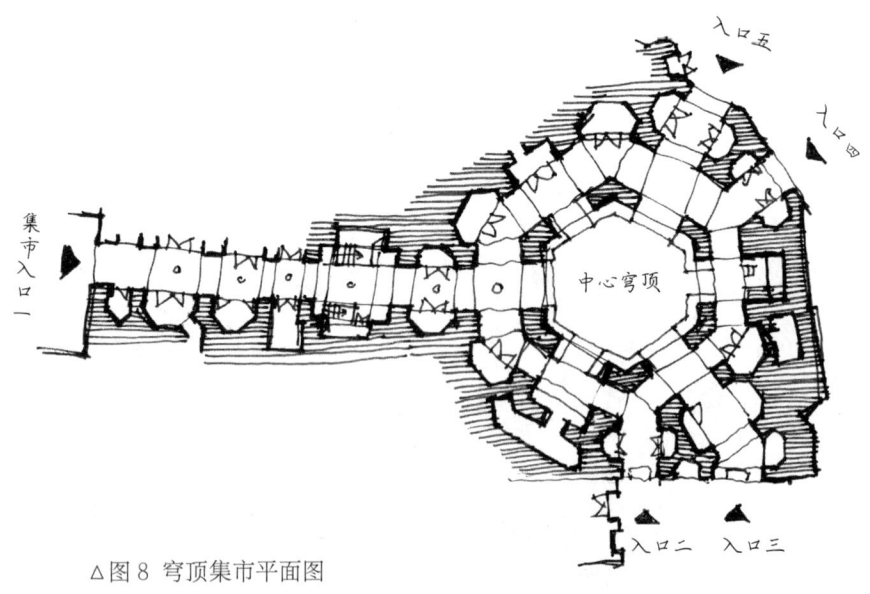

△图 8 穹顶集市平面图

也是这里的第一大城市——塔什干。

苏联时期有张经典黑白照片:画面最右屹立的是身披大衣的列宁塑像,被基座高高托起,高度几乎将画幅撑满。列宁望向的远方,是一座纪念碑式的现代主义风格大楼,与其他几座大楼围出空阔的广场,广场上的人们统一着装,组成规整的方阵。与高大的塑像比起来,方阵人群看不清脸庞。由照片上的建筑物判断,当年的拍摄地点大致是今天塔什干的独立广场。1991年之前,这里被称为列宁广场,苏联解体后,广场上的装饰换成了纪念国家独立的球状雕塑。为了重新凝聚民心,乌兹别克斯坦政府在广场对面立起了帖木儿塑像,这成为乌兹别克人新的精神领袖。

从那张黑白照片看,最远处还有座四四方方的建筑,体量比巨型大楼小巧低调不少。这座建筑物今天还在,有个比自身体量大很多的名字——乌兹别克斯坦人民历史博物馆。

尽管粟特"石国"的古老踪迹早已难寻,博物馆展厅里还是保留了一些考古的成果:发现于古城布哈拉的石雕残片上,成串的葡萄和卷曲的藤蔓,把人的思绪拉回6—7世纪粟特地区的建筑风尚;5—6世纪粟特地区发行的钱币上,骑马射箭手的身影清晰可见;来自国境南端苏尔汉河州的女性正面浮雕上,女子戴着精美的头饰和项链;还有一组写满了粟特文的7世纪残片,被封在两层玻璃板中间。

我从塔什干坐上了开往撒马尔罕的火车。火车缓缓开动,微风灌进车厢,掀动白色纱帘,英国剧作家詹姆斯·弗莱克有一首诗,题目就是《通往撒马尔罕的金色旅程》。

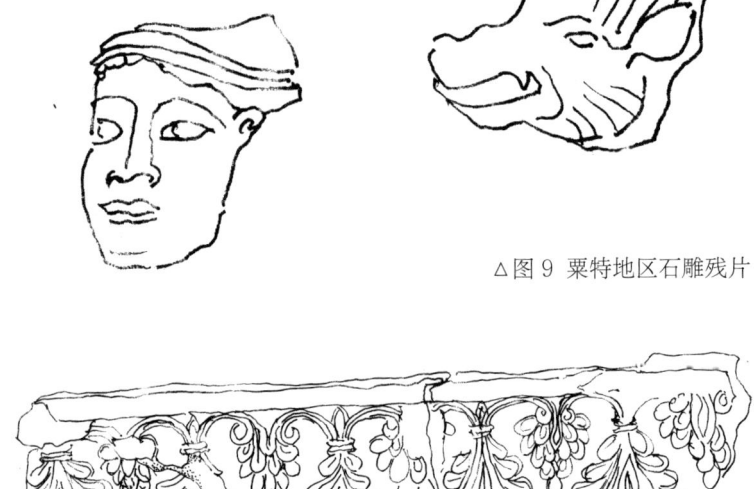

△图9 粟特地区石雕残片

△图10 粟特地区建筑石雕遗存

4 撒马尔罕

在一代代人的想象中,撒马尔罕是热闹非凡的超级大都会。南来北往的商人们为这里带来世界各地的奇珍异宝,人们畅饮葡萄美酒,吆喝声、驼铃声不绝于耳,皇家宫廷里一派庄重威严,儒雅的学者安静地坐在桌前……毕竟,铁道那头的撒马尔罕,曾是全世界最高级别的知识和思想中心之一。

在现代世界中,中亚好像早被遗忘。我们总以为这里地处世界边缘、未经开化,甚至昏暗闭塞。其实,早在现代社会来临前,中亚就是全世界国际交往的中心。在这里能打开一扇审视历史的新窗口,看到一个复杂交织的古老世界。

火车跨过锡尔河,穿行在一片绿油油的田野间。两个钟头后,它又开进一片山区,擦过几座山峰陡峭的崖壁,窗外又变得坦荡如砥,是碧绿的农田和安静的村子。直到稀稀拉拉的村子连成一片,火车徐徐减速,停在撒马尔罕火车站。

我在车站外上了出租车,穿过撒马尔罕的街道,这座由大片低矮居住区组成的城市，形态十分单一，与其说是城市，不如说是由无数户院落拼成的大农村。很难想象，这里曾是粟特地区的中心城邦，更难相信，这里曾被誉为"东方罗马"。

我在城里走了一圈。那些在官方意义上代表这座城市的著名景点，像几件尺度超常的标本，孤零零立在居民区中间。它们被过度修缮，显得过分华丽与不真实。从雷吉斯坦广场高大的宗教建筑，到帖木儿陵紧凑的布局，蓝绿色的瓷砖拼贴都是建筑装饰的主要手法。然而撒马尔罕最吸引我的一段历史，却在这些建筑物之外。那是蒙古人入侵以前的时代，那时，这里还被称为"康国"。

对于当时散居在各个城邦国的粟特人而言，撒马尔罕无疑相当于他们的首都。这里有最热闹的集市、最精致的商品、最华丽的建筑、最富庶的人民。当年的撒马尔罕，代表了粟特文化的最高成就，令所有粟特人都自豪不已。

我在黄昏爬上一道矮墙，穿过一片墓园，来到一个名叫"阿夫洛西阿卜"的地方。在杂草间，找寻当年"康国"的遗迹。傍晚的风吹过草丛，泥土中夹杂着牛羊粪便的气味。夕阳下，草丛里传来蛐蛐鸣叫，还有羊羔的叫声，黄牛甩着尾巴驱赶蝇虫……我一脚深一脚浅地走在这片偌大的"牧场"里。远处的清真寺穹顶上闪着夕阳的一抹反光，近处的牧羊人手里提着镰刀。隔着起伏的土丘，还能看到远处隆起的高地。我爬上去，几个少年正在考古坑周围嬉戏。金光里，他们骑车追逐的剪影划过黄土，圆月从天边升起。

曾经，就在这片荒地上，宏伟的撒马尔罕城池坚固屹立了2000多年。繁荣时期的撒马尔罕，一共有四座城门——面朝东方的"中国门"，朝西的"诺巴赫门"，朝北的"布哈拉门"，而南面的"史国门"，则通往我祖先的故乡史国。

△图11 阿夫洛西阿卜博物馆内保存的粟特人纳骨瓮

2000多年前，来自希腊半岛的亚历山大就到过撒马尔罕。就是在这片今天看来毫不起眼的高地上，亚历山大建起希腊式城堡，还在城堡里与大夏公主成婚。公元前328年，亚历山大在一次狂欢盛宴上喝得大醉，无意间杀死了自己多年的好友克莱图斯。第二天酒醒后，亚历山大痛悔不已。

我走在苍凉寂静的古遗址上，回想相隔千年的历史片段，还有一个个响亮的人物名字。几千年的故事浓缩在眼前这方其貌不扬的荒草坑穴间，大概这才是撒马尔罕的精髓所在。

亚历山大离开近1000年后，来自长安的玄奘，历经艰辛，踏上了这片土地。再后来，这里建起了一座方形大厅，大厅的壁画描绘的是撒马尔罕及粟特、唐朝、印度、突厥四个邻国的人物和景象。这些壁画今天被完好地保存在遗址旁的博物馆中。我在描绘唐朝景象的壁画前驻足，看到唐朝骑士手持长矛，对准马下跃起的猎豹；旁边还有两艘游船，船上有唐代仕女，其中一位女性形象明显被放大。有学者认为，这幅画体现的，正是端午节赛龙舟的情形，而那位被放大的女性形象，是武则天。

来自西面的希腊文化和来自东面的唐朝文化，汇聚在撒马尔罕这方土地上，尽管中间隔了1000年。

后来，成吉思汗也来到撒马尔罕，摧毁了这里的城市和宫殿。随后帖木儿时代来临，又重建了城市。今天，这块名为"阿夫洛西阿卜"的土地，早已无人问津。我在撒马尔罕看到一群群游客在雷吉斯坦广场流连，却极少有人关注这片荒地。或许，在大众认知里,巍峨耸立的神学院和清真寺更能体现当年的繁荣。而面对阿夫洛西阿卜空荡荡的发掘坑,游客恐怕只有扫兴而归。在视觉冲击和实际真相之间,人们经常选择前者。

我在撒马尔罕投宿的家庭旅馆,每天都提供丰盛的早餐:甜美的干果,配上各种风味的果酱,香甜可口的烤馕。老板娘讲着流利的英语,她问我旅行的下一站是哪里,我刚好向她咨询去往"史国"包车的事。"我想订去沙赫里萨布兹的单程包车。"她惊讶:"为什么要单程?沙赫里萨布兹很近,当天往返就可以了。""我想在沙赫里萨布兹住一晚。"她笑起来:"那里没什么可看,不值得你住一晚。"我很笃定:"不,我必须在那里住一晚,因为那里——是我的家乡。"她突然怔住了。见她很有兴趣,我为她讲起自己来粟特之地寻根的故事。"你看,我这样的高鼻梁在中国人里很少见吧!"

老板娘帮我联系了单程包车。离开撒马尔罕一个小时后,汽车来到山南的一片平原,这里就是当年"史国"的都城,即今天被称作"沙赫里萨布兹"的城市。司机开进城门,把我送到城垣包围的广场上,广场中间立着帖木儿夏宫未完工的遗迹,周围满是新栽种的树苗,光秃秃几片树叶,像几根鸡毛掸子,在热烘烘的空气里晃动着。

我兴奋地跟见到的每个人打招呼,总觉得他们就是我的远亲。我向池塘里嬉戏的孩童微笑,如看到子侄般。晚饭时,面对两个好奇的本地年轻人,我不停强调自己祖先的故乡就是这里,还用翻译软件一遍遍输入我要表达的意思。对方却全然不理解,他们只是着迷我的智能手机。我激动地给旅馆伙计表达对家乡的亲切感,见对方不懂英语,我把意思画在纸上,一遍遍解释,最后不了了之。

我回归故里的喜悦心情无处释放,就四处乱走。眼前仅有几处建于帖木儿时期的古迹,而早在这之前好几百年,粟特人就在这片土地上销声匿迹,因此,在史国饱经风霜的土地上,早已无法找到粟特人曾经活动的踪迹。若要寻找史国祖先的历史,只有到史料典籍中去挖掘。

两年来,我为了抵达史国倾尽全力。真正抵达之后,才发现我要寻找的,并非史国本身,而是绵延万里的人类文明交流历史。我想起撒马尔罕的旅馆老板娘,她在送我离开时曾说:"那里可能什么都没有了,但是,只要你站在那片土地上,你身体里的一些开关可能就被激活了。"

我从史国离开,坐上开往边境口岸的包车,然后在副驾上昏睡过去。司机叫醒我时,公路尽头已是乌兹别克斯坦的边境大门,门前铁丝网重重围护,士兵持枪把守。我走下车,顶着烈日走向国门。大门另一边,就是以封闭自守著称的土库曼斯坦。

5 玉龙杰赤

手握机枪的大兵站在门口，见我走来，他推开人行道上的铁门。我拖着行李箱，跨过两国分界的窄河。桥头的铁门内，土库曼斯坦的摆渡车已在等候，稚气未脱的士兵头戴牛仔帽造型的大檐军帽，好像要去参加化装舞会。他满是雀斑的脸上堆起笑："欢迎来到土库曼斯坦！"摆渡车向前开了一段，跨过几个池塘，停在入境检查站门前。

我选择库尼亚－乌尔根奇作为在这个国家旅行的第一站。那里曾经名为"玉龙杰赤"，是花剌子模王朝的都城，也是那时欧洲人眼中最美丽的亚洲腹地城市。一位来自巴格达的小亚细亚人曾经这样描述："我见过的诸城市中，既大且富，无逾于玉龙杰赤者。"

我带着对玉龙杰赤的憧憬，包了辆轿车，颠簸着向库尼亚－乌尔根奇开去。一个多钟头后，司机提示我已经到了。可是，我望向窗外，却看不到任何房屋，只有一片荒地。我比画着说希望找一间旅馆，苦于语言不通，司机不知所措。他把车开到警察面前，简单交流后，警察指明了旅馆的方向。

旅馆是座两层楼房，米黄色外墙到处都是裂缝，门前的水泥地面坑坑洼洼，进门的台阶也年久失修，生锈的门框里一片昏暗。我犹豫地站在门口，怀疑这里是否真是旅馆。

我推开锈迹斑斑的门，昏暗的门厅里很安静。有个脑袋从扇虚掩的房门里探了下，老板娘不耐烦地走出来。她看上去跟我年纪相仿，包着花头巾。老板娘带我来到房间，尽管设施简陋，地上还是铺着几块土库曼特色的大地毯。几张窄窄的单人床贴墙一字排开，每张床上铺着不同花色的床单，方形的枕头压着叠好的毛毯。洗手间只有一部分墙面贴了瓷砖，其余墙面都封着简易塑料隔板。水龙头上的锈迹裹着污迹，角落的淋浴池里竖着还没来得及清洗的垃圾桶。我伸手拉了一下泛着颓黄的浴帘，滑轨就掉了下来，吊在一根铁丝上，来回晃悠。

旅馆里没有热水，更没有网络，而我的手机自从进入这个国家就失去了信号。我突然丧失与外界的联系，也没办法跟身边的人用语言交流。眼看天色暗下来，我开始为晚饭发愁。无奈之下，我去敲老板娘的房门，她不耐烦地看着我，我越过她的肩膀，看到几个孩童正坐在地毯上吃得津津有味。我比画左手端碗，右手向嘴里划拉食物的动作，想询问她周围是否有餐馆。老板娘脸色一沉，二话没说，把门重重地合上了。

我只好到旅馆外寻找,入眼的是简陋的围墙、稀疏的房屋、倾斜的电线杆和凌乱的电线。这是个荒凉萧索的村落,跟"城市"这个概念完全不沾边。我步行走了很远,别说餐馆,就连个小卖部也没有。

天彻底黑了,我落寞地走回旅馆。整座楼黑灯瞎火,我穿过阴暗的走廊,突然看见地上有道亮光,是从一扇没关严的房门里漏出来的。我试探着敲门,房里无人应答,却听得见讲话声,除此之外,还有股诱人的酒香和肉香。

我轻轻推开门,眼前是不能更美好的一幕:一盘盘美味佳肴、美酒和饮料,整齐地摆在地毯中央的塑料垫上,两位中年男人坐在地上正吃得不亦乐乎。见我突然闯入,他们欣喜地起身邀请,还专门递上叉和勺,笑着为我斟满伏特加。

"快尝尝这个香肠,我儿媳做的!"头发花白的男人大口嚼着羊肉,他会几句简单的英文。另一位红光满面的男人不懂英语,却也热情地招呼我。"我们都住在首都阿什哈巴德,工作在这附近的海关,因为工作是轮班制,我从家里赶过来替他,他明早从这儿开车回阿什哈巴德去。"会英语的"花白头发"指着"满面红光"说。

"欢迎来土库曼斯坦!"他举起酒杯,几杯伏特加下肚,在我胃里火辣辣地烧起来。"花白头发"拿起电话:"我有好多个老婆,好多个儿子!跟我的大儿子通个电话吧,他英语不错的。"他说着拨了过去,我们生涩地聊了几句。

"我年轻的时候去过加州！洛杉矶！好莱坞！"他满眼喜悦，"对！好莱坞！""花白头发"沉浸在回忆中，说着说着没了力气，突然打了个嗝儿，眼神迷离，醉醺醺地扶着地。我也喝得头昏脑涨，跌跌撞撞爬回房间，一头倒下了。

我大概整晚都没做梦。醒来后，望着萧索的窗外，我满心疑惑：这里真的就是花剌子模的首都玉龙杰赤吗？为什么当年人们对她的描述那样美好，今天她却这般落魄？历史记载的玉龙杰赤并不是虚构。只是，800年前，这里遭遇了成吉思汗的军队，他们攻破玉龙杰赤的城池，把城里工匠送去东方，让妇女充作奴婢，而剩下的人惨遭屠城。这之后，蒙古军队又掘开阿姆河的堤坝，引水淹城，繁华一时的玉龙杰赤，最终化为乌有。今天，没有多少旅行者再来到这里，昔日繁华归于尘土，空有地名供人凭吊。

我从床上爬起来，窗外飘起小雨。我又去敲老板娘的门，问她哪里有早饭，她从地上站起来，把手里正吃着的烤馕掰下一块，塞给我。我无处可去，就干脆带着行李来到包车点。

铅灰的天空下，清真寺残留的宣礼塔高高耸立，像根破损的烟囱。旁边几座建筑的穹顶都已残损，我看到外壳破落后，露出里面的"内胆"。与我们熟知的常规穹顶构造不同，这里的穹顶是一种双层壳结构，这让我直接想到欧洲文艺复兴时期建造的圣母百花大教堂。正是因为向中亚的清真寺穹顶学习，才实现了欧洲教堂在建筑高度上前所未有的突破。

 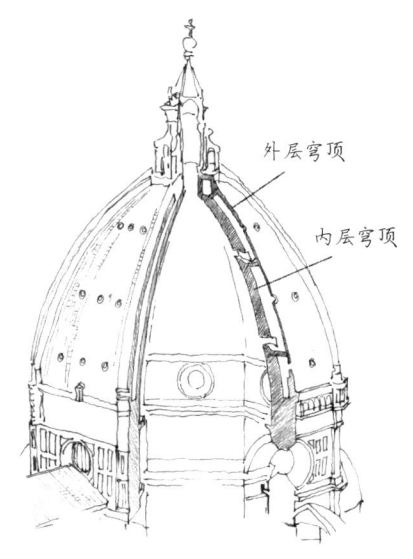

△图 12 土库曼斯坦境内清真寺外层穹顶剥落后露出的内层穹顶

△图 13 意大利圣母百花大教堂的双层穹顶构造

我找了一辆去阿什哈巴德的小轿车,同行的有位身穿短袖衬衣的中年男人,他拎着公文包,看起来要去首都办公,还有一位朴实的老人,总是乐呵呵的。出发前,司机带大家来到旁边的空地上,几个人蹲下来摊开手,祈求平安。上车后,司机发动油门,另外两位乘客不约而同地拂面祈祷,我们开始了去往首都阿什哈巴德的旅程。

6 白色之城

公路笔直，横穿大漠。半路下起了雨，雨滴打在玻璃上，拉出一道道印子，像一群群游向车尾的蝌蚪。汽车在坑坑洼洼的路面上摇晃颠簸，不妨碍一车人睡得昏沉。

午餐时间，司机把车开到一座房子前。我们走进去，里面已经聚集了不少南来北往的旅人。跟随同车的乘客，我脱掉鞋子，与一群素不相识的男人盘腿围坐桌前，店家端上热气腾腾的肉汤，还配一块厚实的馕。我们把茶盅斟满，一手提起木汤勺，一手抓起馕。咸香的肉汤配上烤馕，温暖了沙漠里的阴雨天。我把汤里的大骨头拣出来，把馕和肉汤都吃了个精光。饭后，我们回到穿越卡拉库姆沙漠的公路上，这是中亚地区最大的一片沙漠。从离开库尼亚－乌尔根奇开始，连续几个小时的风景都没变化。

下午五点，正前方隐隐约约现出山脉的轮廓。经过一整天的旅行，我们终于来到沙漠南缘，这里是土库曼斯坦国土的尽头。首都阿什哈巴德就在远处的山脚下,紧贴伊朗边境。司机把车开进城外的一处停车场,这里有开往市区的几路公交车,也有揽客的私家轿车。下车后,同车的老人带我坐上另一辆轿车,向着10公里外的阿什哈巴德城区开去。

通往首都城区的道路宽阔笔直,与这个国家其他的路况都不一样,道路中间还立着整齐的灯柱。正前方朦胧的地平线上,一座座建筑拔地而起,齐刷刷一片白色,与灰蒙蒙的天空界限难辨。城市建筑群的背后还立着塔吊,一派大兴土木的景象。

随着路面变宽,车辆也拥挤起来。路灯的造型也变得精致繁复,城市天际线上孤零零冒出一座白色锥形建筑物,轮廓很像迪拜的帆船酒店。所有的指示路牌都是白底,上面用黑色文字标示不同去向。白色建筑、白色路灯、白色路牌,就连头顶开过的直升机,也被涂成了白色。

开进城,路口环岛的四周飘扬着土库曼斯坦国旗,中心立着几层楼高的水景雕塑,顶端金灿灿的骑马雕像高高立起,水景瀑布从四周的斜坡上漫下来。司机把我送到"土库曼大饭店",这是城中少有的几家可以接待外国人的酒店之一。我来到房间,站在阳台上,远处起伏的科佩特拉格山脉连绵不绝。山的另一边,就是我即将前往的下一站——伊朗。

我走在阿什哈巴德街上,宽阔空无一人,两旁是一座座崭新的白色大楼,整队等候检阅一般,每座楼顶上都竖着国旗。这座城市有无比壮美的天际线:金色穹顶、奇异塔尖、整齐划

△图 14 阿什哈巴德城区的建筑风貌

一的白色住宅，还有明亮的路灯。说这里是"奇奇怪怪建筑博览会"也不为过，再加上随处可见的大型喷泉、修剪整齐的城市绿化，还有那些气势恢宏的标志工程，俨然一座史诗中歌颂的气派都城。

在烈日的暴晒下，我一口气走了一个钟头。疲惫不堪时，我想找片树荫歇歇脚，再找个商店买瓶水喝。然而，这些再正常不过的需求，在美丽的阿什哈巴德，却难以实现：放眼望去，整齐壮美的大街两旁，除了耸立的银行大楼、成排的塔式住宅、严禁靠近的政府机关，根本没有任何商店和服务设施，就连绿化带里的植物，也是以无法藏匿行踪的低矮灌木居多。

我路过一座火热建设中的白色体育场，看台上竖着巨大的马头雕塑，高架轻轨的白色车厢穿梭在轨道上，规划图上将这一片命名为：阿什哈巴德奥林匹克综合设施。我走过纪念碑一般傲然挺立的国家机关大楼，蒙着头巾的园丁在绿化带辛勤劳作，她们身上穿着橙色的马甲。我走近老城中心区域，路旁鲜花绽放，绿树成荫。不知不觉来到阿什哈巴德火车站，这座白色的大型建筑顶上有着苏联斯大林楼式的金色尖塔，站房的正中央悬挂着总统画像。

天色暗下来，我走在回酒店的路上，行人渐渐稀少，城市也安静下来。很快地，我成了街上唯一的行人，而街心广场上那些被五颜六色灯光映照的喷泉却依旧不知疲倦，一尊尊金色的奔马雕塑是夜晚城市里最闪亮的主角。我酒店房间的窗外就有这样的喷泉和雕塑，午夜宵禁，一名士兵守在路口，恐怕他是除我之外，这座雕塑前唯一的观众。我见他时而伫立，时而徘徊，偶尔对经过的汽车突然挺直身板儿，敬出庄重的军礼。

我准备明天翻过科佩特拉格山，前往伊朗。

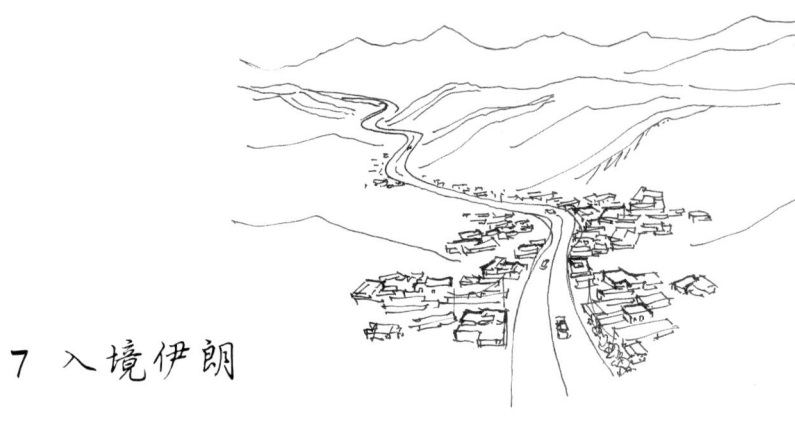

7 入境伊朗

　　行李从海关的安检机里滚落出来，土库曼斯坦的安检员要求我开箱检查，他瞥了眼我护照上的出生日期，然后问："你的妻子呢？"见我没反应过来，他旁边的女安检员伸出手，拧了拧自己左手无名指上的大戒指，郑重地盯着我："结婚，妻子。"我摊手，说明自己未婚。他们突然瞪大眼睛，仿佛我是接受审问的犯人，连空气也凝固了。几秒钟后，男人一边用手比画一边念叨："不结婚，不好！"他接着问："那你女朋友呢？"然后低下头，开始翻腾我的箱子，头也不抬地抛出第二个问题："土库曼女孩儿怎么样？"我笑笑，问他的看法，他却立刻严肃起来："我都有三个妻子了。"说着指指桌子对面他的女同事："喏，她就是其中之一！"女安检员嫌弃地看着男人，她亮出自己无名指上那枚硕大的戒指，急着澄清自己："我可是结了婚的人！"两人一通搜罗，大概觉得我的行李没问题了。男安检员转身离开时，严肃地抛下一句话，像砸下死命令："旅行结束以后必须结婚了！"女安检员盯着我把箱子合上，严肃地说："不结婚，不好！"

我到离境窗口盖戳，走出土库曼斯坦海关大厅，一抬头就看见伊朗国旗。我把护照递进岗亭，里面的男人一脸闲适自在，他一边用英语夸着中国好，一边用双手递出护照："欢迎来到伊朗！"

我走进海关大厅，墙上的电视机里传出庄严的诵经声。我到柜台登记买保险，办事的中年男人自如地用英语沟通，衣着笔挺，操作迅速。入境官简单扫了眼我的护照，很快便盖了戳，他周围的几个工作人员也投来微笑。

我在入境大厅门口找到辆出租车，司机是个瘦高的伊朗男人，看起来60岁上下。我们开进山区的公路，汽车从村口的凉棚前经过时，我看见坐在里面的妇女，身上的黑袍从头罩到脚，见汽车驶来，她下意识地紧紧攥住衣领。几十公里之外，土库曼斯坦的女性可以身着色彩艳丽的服装，修饰她们婀娜的身姿曲线，而这一边，伊朗的农村女性则裹紧黑袍，她们在公共场合消匿成一个均质的符号。

司机打开收音机旋钮，便飘出欢快的伊朗音乐。山路弯弯绕绕，时而路过嶙峋的巨石，时而穿过漆黑的隧道……经过一个村庄时，我们停在小卖部门口，司机跟老板打招呼，然后示意我可以下车买水。小卖部里光线昏暗，货架边缘的油漆斑驳脱落，货架上的零食落满尘土。我取下矿泉水，询问价格，司机马上按住我准备掏钱的手,他又从货柜上取了一小包袋装蛋糕,主动结账。我们走回汽车,司机把矿泉水和蛋糕递给我,脸上的表情在说:"喏,我请你。"我道谢,并示意与他一同分吃那块蛋糕,他却笑着摆摆手。

新奇的汽车牌照为我带来强烈的新鲜感。我们平日里习惯了车牌上整齐的数字与英文字母组合,当伊朗车牌上那一串歪歪扭扭、大小不一,仿佛远古象形文字的"符号"出现时,我一头雾水——进入伊朗两个小时以来,目之所及,竟没有一个可以识别的阿拉伯数字。我被车牌上奇特的波斯数字吸引,期待从源头了解波斯文明,也渴望就此开始探索波斯建筑的风采。

▽图15 伊朗车牌上的波斯数字

8 埃兰神塔

天渐渐亮起,长途大巴开了整整一夜。车窗外,一望无际的戈壁上,偶尔有零星的村落,还有几棵椰枣树。房屋背后油罐林立,石油探井上火焰喷涌,腾起的黑烟弥散在浑浊的空气里。这里临近伊拉克边境,也靠近波斯湾,是人类文明起源地——两河流域的重要组成部分。因为紧邻美索不达米亚平原,这里水源充足,土壤肥沃,是两河流域文明向东传播的必经通道。眼前这片开阔的土地,名叫胡齐斯坦平原,我将从这里开始,探索古老神秘的波斯世界。

大巴开进阿瓦士汽车站。车门一开,滚滚热浪就扑进来,不同于中亚大多数地区的温和炎热,这里是酷热难耐的极端高温。下了大巴,我坐上出租车沿卡伦河北上,来到迪兹河沿岸。我看到蒙着头巾的阿拉伯男人骑着摩托从窗外经过。他们大多是两伊战争时期,从附近的伊拉克迁徙而来。

远远地,我看见晃动的地平线上,一座土黄色建筑物层层叠起,向内收进,顶上的黄土高高隆起,好像还未完工。我顶着46℃的高温走到跟前,才逐渐看清巨型建筑的一些细节。它的外围由笔直的砖墙包裹,一层层阶梯式退台好像绘画上的巴比伦空中花园,又有一些埃及阶梯金字塔的意味,而那些整齐砌筑的砖块,仿佛昨天才停工。

这座大"金字塔",已经在这里屹立了超过3000年,它建成时,中国还是商朝。金字塔名叫乔加赞比尔,曾经是一座神庙,建造它的是埃兰古国。埃兰人赋予山脉重要的精神内涵,在没有山的地方,他们就建造自己的山,供奉他们心中的神。以磅礴体量傲然于世的"乔加赞比尔",就是其中之一。

为了尽可能一览全貌,我绕行金字塔外围,强忍着来自头顶和地面的双重热浪炙烤,愈是艰难前行,却愈是感到终点遥

▽图16 远望乔加赞比尔

远，也愈是惊叹古人修建的神庙庞大无边。然而实际上，乔加赞比尔现存的高度，还不及原先的一半。基台四边都有通往上部的台阶，由砖块垒成，金字塔的顶端原本有一座庙宇。砌筑基台的砖块上还刻有楔形文字，经过考古学家破译，这些文字的大意是："我是埃兰之王，是王中之王。"

埃兰人曾经占据今天伊朗西部的大部分地区，包括底格里斯河河谷和波斯湾沿岸。由于紧邻苏美尔文明，埃兰受其影响，也冲突不断。乔加赞比尔在公元前640年遭到亚述王洗劫，随后被风沙湮没。直到1935年，英国-伊朗石油公司在一次航拍中偶然发现了它，这才使其重见天日。

这种"塔庙"的形式，早在4000多年前，就已经在美索不达米亚平原上的古城遗址中有所体现。幼发拉底河畔乌尔城遗址中的"月神庙"，就是苏美尔文明的见证。与乔加赞比尔一样，月神庙也是用层层基台将神庙举至高处。由此推想，乔加赞比尔的建筑形态和制式，大概也是埃兰人向乌尔人学习来的。

我绕到乔加赞比尔东南侧，发现墙壁中间有一条伸向塔基的孔道。孔道前有几个梯级引导进入，两侧坚实的砖墙支撑起拱形的顶部。令我惊讶的是，孔道顶竟然是由砖头砌成的拱券！虽然已经风化剥落，却能清晰看出上面砌筑拱券的楔形砖块。这样的结构形式，在这座3000多年前的埃兰古遗迹中就已经存在，让我开始产生一个疑惑：大家通常认为罗马人创造拱券，是这样吗？

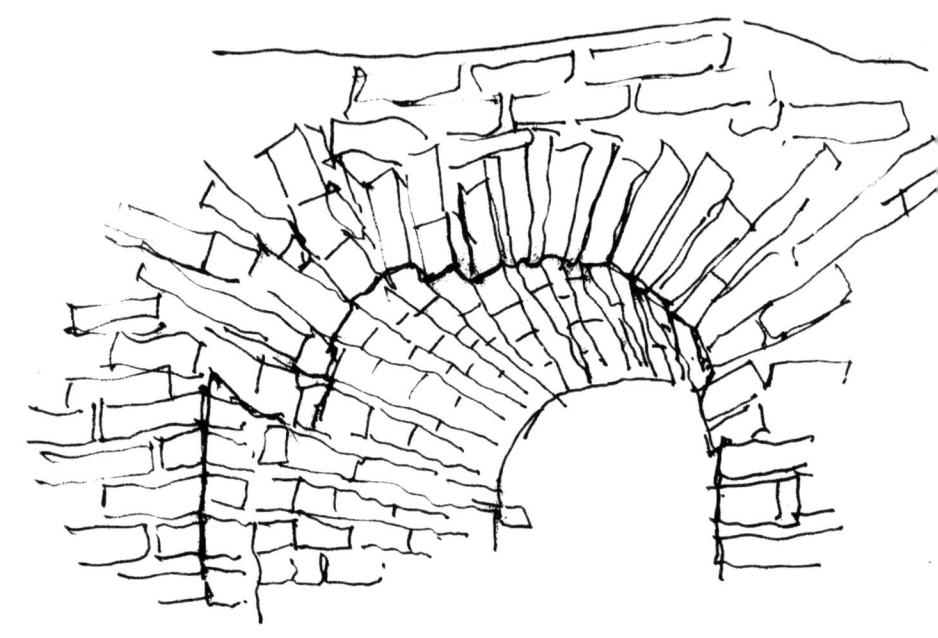

△图 17 乔加赞比尔孔道顶部的砖砌拱券

在建筑风格划分中，拱券几乎就是罗马建筑的代表符号。因此，我们以为拱券技术是由罗马人创造的，甚至对此深信不疑。可是今天，当面对乔加赞比尔早在罗马诞生前 1000 多年就已运用的砖砌拱券，我开始重新审视这个问题。

要探讨拱券的起源，首先需要回到"为什么会出现建筑"这个更加根源的问题上。可以推想，早期人类寻求栖身之所的时候，住在山区的人们可以找到天然山洞作为庇护，而平原上的人却没这么幸运，他们需要自己动手建造房屋。在树木稠密的地区，人们可以从森林取材，将树干加工成建筑构件，搭建遮蔽风雨的房屋。这样的实例可以参考余姚的河姆渡遗址：考古现场挖掘发现的圆桩、方桩、板桩、梁、柱、地板等木构件，都是用榫卯连接，这些都是 6900 年前人类利用木材建造房屋的证明。可是在两河流域,高大植物稀少,人们无法从环境中获取足够的木材,只有另想办法。

放眼四周,这里只有一些石块和泥土。由于石料有限,人们只能借助其他自然条件,开发性能上接近石材的建筑材料。于是,他们从脚下的泥土入手,将这些泥土一块块风干,用来砌筑。然而泥筑的房屋遭遇雨水之后,多半会被冲得七零八落。后来,参照制陶工艺,人们把泥土切成块,再用火烧制,终于制成了可以抵御雨水的材料。于是,砖块诞生了。目前发现的使用最早砖块的年代,大致是距今7000多年前,位于两河流域的欧贝德文化,地点就在伊朗附近。

可是,砖石只能砌起墙壁,却无法在头顶形成有效的遮蔽。每当日晒、风雪和暴雨来临,墙壁的局限性就体现出来。人们找遍可以利用的一切材料,最后又回归砖石:有没有一种办法,可以让砖石也能像砌墙那样来砌筑房顶?

或许受到山洞形态的启发,当人们试着将墙头的砖块或者石块一层层向内垒叠若干层,这些石块就形成如同山洞的空间。从此,置身其中的人们不必再担心风雨日晒的侵扰,有了这样的空间庇护,他们得以更安稳地繁衍生息。这种由两侧墙壁一层层水平向内垒叠的做法,在建筑学上有一个专有名词——叠涩。

然而,"叠涩"的做法还是受到很多技术限制。试想,当两侧的墙壁相距较远时,层层向内叠起的砖石块很可能在合拢

△ 图 18 砖砌叠涩示意图　　△ 图 19 砖砌拱券示意图

前，就因重心不稳而坍塌。或许有人突发奇想：如果改变砖块的方向，将它们顺着墙头竖起来砌筑，进而沿着空间中心放射线的方向，在两面墙中间形成一个半圆，会不会比叠涩顶更加稳固？

果然有人试着这么做了。他们把砖石块加工成楔形，再按照半圆形砌筑起来。当一块块砖石在两面墙中间逐步几近合拢，又把一块砖石按间隙尺寸加工好，严丝合缝地卡在正中间，这时，人类历史上最早的拱券完工了。事实证明，拱券式砌筑的房顶，比叠涩顶更加坚固耐久。而那块最后嵌入的位于拱券中心的石头，对拱券的结构稳定起到了决定性作用，这块石头有一个形象的名称——券心石。

从此，"拱券"这一创造，奠定了西方建筑史的基础，与最早出现于东方的"榫卯"一样，共同构成人类建筑学后续几千年的稳定根基。现今发现最早的拱券，建于公元前3800年，出现在美索不达米亚平原的尼普尔遗址，距离乔加赞比尔仅200多公里。后世的罗马人，就是大量吸收了源自美索不达米亚平原的拱券建造技术，进而将其发扬光大，才成就了自己的建筑特色。

乔加赞比尔神庙是埃兰文明高度发达的见证，这个文明不仅有文字，而且产生了世界上最早的城市文化之一。从乔加赞比尔出发，往西北方向大约30公里，就能抵达埃兰王朝曾经的都城苏萨。

9 石头编年

考古学家在苏萨做了大规模深度挖掘，他们发现了始于埃兰时期的 15 个地层。苏萨遗址上随处可见散落的柱头和柱础，同时还有埃兰早期城市中的街道、房屋、大型建筑等。苏萨古城的历史，可以至少上溯到公元前 1500 年，这里曾经堆满了埃兰王朝的财富宝藏。在众多宝藏中，一根黑色玄武岩雕成的石柱格外特别，石柱的下部刻满了楔形文字，这些文字对刑事、民事、贸易、婚姻、继承、审判制度等都做了详细规定，这些文字是迄今世界最早的一部完整保存的成文法律《汉穆拉比法典》。石柱是埃兰人公元前 1163 年攻占巴比伦后，作为战利品带回苏萨的。

当年的苏萨，汇聚了来自各方的奇珍异宝，这令埃兰北面的米底人、东面的波斯人都垂涎不已。公元前 6 世纪，居鲁士国王率领波斯大军，占领了埃兰人的都城苏萨，居鲁士彻底推翻埃兰政权，建立起一个新的帝国，这个帝国有个响亮的名字——

波斯帝国。居鲁士缔造的波斯帝国，是当时人类建立的幅员最辽阔、种族最多样的庞大帝国。居鲁士还重新扩建了苏萨，在今天的苏萨遗址上，还能看到那一时期的柱础和柱头雕刻。

我从苏萨遗址离开，汽车飞快穿行在伊朗西部的山区，两旁是库尔德人的村庄，还有金黄的麦田。起伏的群山下，土地无边伸展，蒙着头巾的库尔德人赶着羊群。库尔德妇女戴着彩色头巾，男人们则穿着宽大的裤子，脚踝处扎紧，如灯笼一般。

除了建设苏萨，居鲁士大帝还在苏萨东南面500公里的地方，建造起另一座城市——帕萨尔加德。我顶着烈日，在荒凉的遗迹上行走。残垣断壁间，我看到荒草尽头，一群只残留一半的柱子：方形的柱础工整排列，石柱被打磨光滑，柱底还有突出的线角处理。这一幕唤醒了我脑中有关古希腊、古罗马遗迹的记忆：在教科书描述的欧洲遗迹里，往往能看到这样的石柱阵列。可是，我眼前的分明是座古波斯遗迹，距离古代意义上的希腊，有3000多公里之遥，怎么会让人产生一种"仿佛面对欧洲遗址"的错觉？

这一路我看到的古代城市遗址，从高昌故城到花剌子模，从撒马尔罕到乔加赞比尔，要么是风化的土台，要么只剩柱础。在以木材为主要建材的东方建筑体系中，木质的柱子极易腐烂，易被烧毁，这是在这些遗址上见不到柱子的原因。而眼前的这片石柱阵列，很容易让人想到西方建筑体系中由柱阵撑起的神庙。2500年前的波斯人为什么会用石料建造宫殿？这个遗址的形态为什么与我们对欧洲遗址的固有印象如此接近？

实际上，在远远早于帕萨尔加德的年代，尼罗河畔的埃及神庙就已经广泛使用柱厅。与石料匮乏的美索不达米亚平原不同，尼罗河两岸有很多石崖，所以埃及人很早就掌握了石料的开采和使用技术。从尼罗河河口向西北航行几百公里就能抵达希腊半岛；而向东1000多公里，就是波斯第一帝国的都城帕萨尔加德。古埃及与希腊、波斯之间的交流十分便捷，因而也不难看出，这几种文明间的相互碰撞和影响。所以，相对于东方的建筑和城市遗迹，波斯、希腊和埃及这种以石料为基本建筑材料建造的"柱厅"，在形态上自然就呈现出高度的相似性。

这也是为什么，我看到帕萨尔加德的石柱遗址时，会有"嗅到欧洲的味道"的感觉。这种感知，实际正说明了以希腊、罗马为代表的欧洲建筑文化在当前世界知识信息中的主导地位。在以西方建筑文化为主导的知识体系中，埃及、两河流域及波斯的建筑文化多数时间处于边缘地带，所以我们总会粗浅地认为，石柱是欧洲建筑的代表，却忽略了这项技术真正的起源地。

旅行的意义，很大程度就在于消除误解，探索真相。

汽车从帕萨尔加德出发，沿着65号公路向西南行驶。公路绕过两旁寸草不生的山体，顺着蜿蜒的山谷延伸，路旁贴着层层叠叠的岩石，像时间的断面。突然，司机指着山后冒出的细长石柱："看，那就是咱们要去的地方。"我顺着他手指的方向，山崖上露出一座恢宏的城市遗址——波斯波利斯。

△图 20 "万国之门"两侧的浮雕

居鲁士去世后,皇位经冈比西斯二世等最终归属大流士。大流士在帕萨尔加德附近,造起这座专门用于礼仪庆典的城市。她的存在,一度是波斯帝国最宏伟的传奇。

我走近城下,阳光正照在城前的台阶上。拾级而上,迎面就是雄伟的"万国之门":两座高高的方形石柱前,分别雕刻着守卫大门的牛身人面像。尽管头部已经残缺,牛身人面像矫健的身姿和饱满的体态还是可从侧面一览无余。万国之门矗立在整座城市的入口,迎接四方赶来朝贡的外国使者。

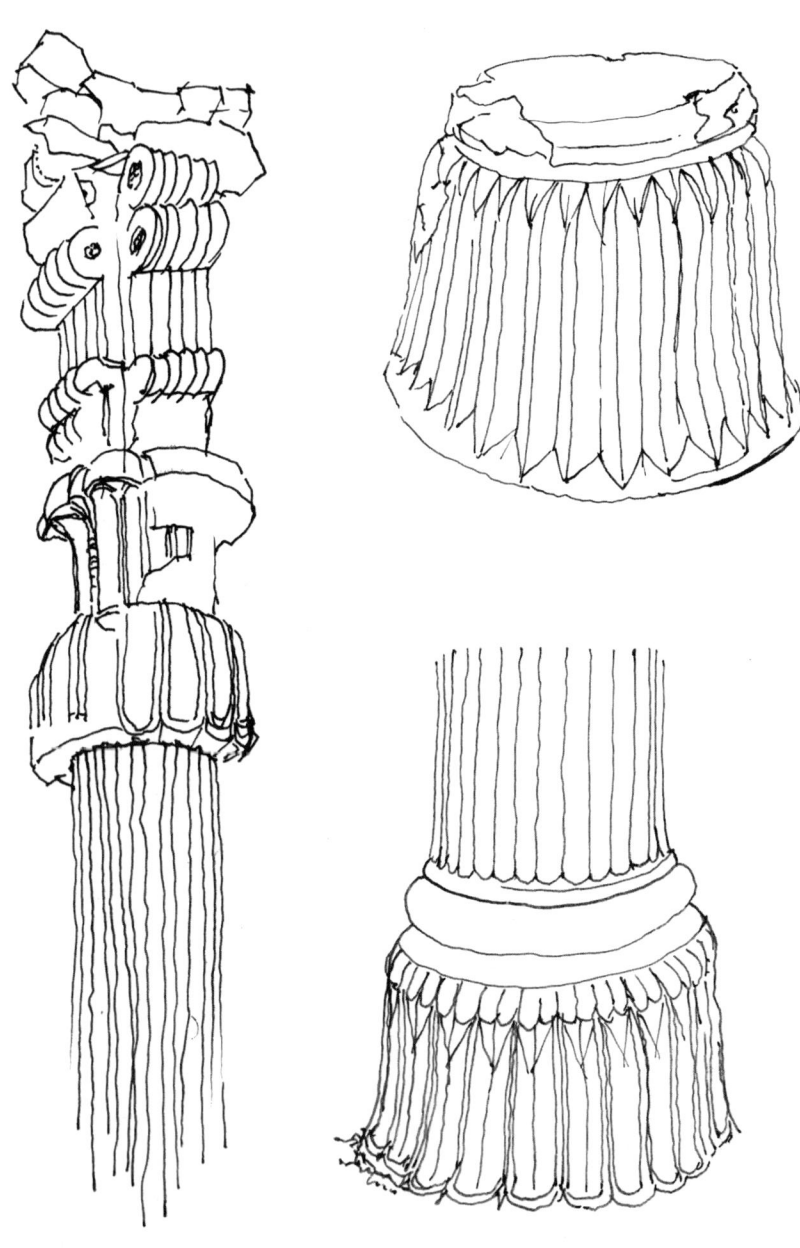

△图 21 仪典大厅内留存的柱子及柱础

后面的阿帕达纳宫中央大厅是仪典大殿，大流士就是在这里接见前来朝贡的使节。与埃及神庙里密密麻麻的巨柱不同，阿帕达纳宫中央大厅的柱子十分修长，高达 24 米，柱径却不到 2 米。柱子的造型还吸收了波斯帝国境内安纳托利亚西部沿海的希腊殖民地以及埃及的建筑特色。柱头顶上是一对背对背跪着的公牛造型，公牛造型中间的空当刚好用来架设木梁。

我望着公牛背对背造型的柱头，感到十分熟悉。突然，一个伴随旅程很久的谜题被解开：我想起曾在山西大同云冈石窟的音乐窟侧壁上，见过两只兽背对背的柱头造型。如今，又在远隔万里的波斯遗址上，遇到了同样的形式。除了公牛造型，波斯波利斯遗址上还有以怪兽格里芬（狮鹫）背对背形象出现的格里芬柱头。古代丝绸之路的文明交流，让同一种建筑形式，出现在地球两端的不同地方。云冈石窟的柱头形象，极有可能是从古波斯起源，跟随佛教造像传播路线，远涉万里，最终呈现在中国北魏的石刻中。

△图 22 公牛背对背的柱头造型

▽图 23 以怪兽格里芬（狮鹫）背对背形象出现的柱头造型

△图 24 山西大同云冈石窟内两只兽背对背的柱头造型

阿帕达纳宫中央大厅东侧的浮雕上,有一幅狮子紧咬公牛的画面,这与山西博物院收藏的隋代虞弘墓石堂上那组画面几乎完全一样。尽管重重沙漠山川相隔,山西与伊朗的距离不止万里,却因这幅熟悉的图案,又多了层跨越时空的联系。

△图 25 阿帕达纳宫中央大厅浮雕上狮子紧咬公牛的画面
▽图 26 山西太原出土隋代虞弘墓石堂外壁雕刻画面

公元前331年，东征的亚历山大来到波斯波利斯，放了一把大火，烧毁了波斯波利斯的宫殿，就此宣告阿契美尼德王朝的终结。后来，波斯波利斯的废墟被风沙掩埋，渐渐被人遗忘，直到2000多年后被发现。

我在残存的石柱间流连，看杂草中散落的一尊尊造型奇特的怪兽雕像，仿佛凝视岁月的残片。离开时，落日将一片橙红投射到万国之门前的巨兽上，也刻画出身后的层层绝壁，当最后一缕光线变弱时，夕阳掉进了地平线。

波斯第一帝国覆灭后，亚历山大建立起横跨欧亚的大帝国。它的版图不仅包括希腊半岛，还把原先波斯帝国的疆域纳入怀中。亚历山大帝国存在仅仅13年，就分裂成几个政权，曾经属于波斯帝国的疆域由塞琉古王朝继承。塞琉古王朝统治时期，希腊人带来的文化、艺术和建筑风格，都在波斯的土地上盛行起来。

公元前3世纪中期，帕提亚帝国取代了塞琉古王朝。帕提亚帝国采用希腊化的币制，以希腊语作为官方语言。他们接受了希腊的宗教信仰，在建筑艺术中，希腊的柱式造型也得到推广。我想起在苏萨遗址博物馆里看到的希腊式柱头造型，柱头中央的人物浮雕也身着希腊式服饰，还有一些人物雕像残片，也透出浓浓的希腊风。

来到伊朗之前，我曾去过土库曼斯坦境内的尼萨遗址。在帕提亚帝国统治时期，那里也曾是都城。尼萨背靠科佩特拉格

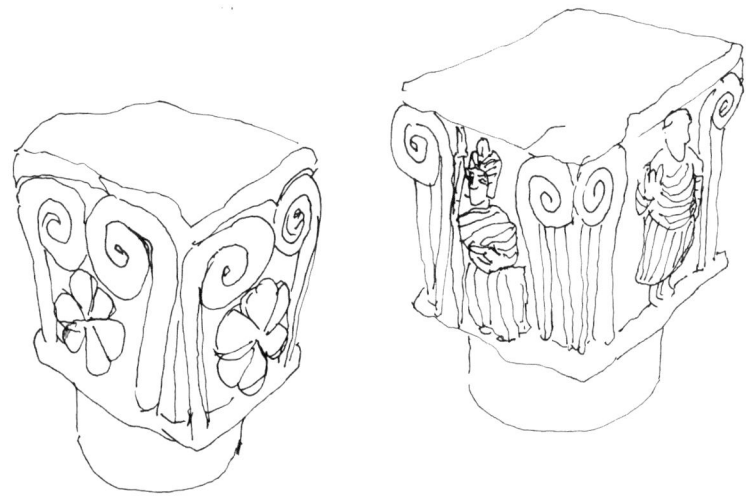

△图 27 苏萨遗址博物馆里展示的柱头造型，其中人物浮雕身着希腊式服饰

▽图 28 尼萨遗址圆形大厅考古复原图

山脉，面朝卡拉库姆沙漠，是一座典型的绿洲之城。我想起到访尼萨遗址的那个下午，在阴沉的天空下，遗址上只剩一片模糊难辨的黄土。我爬上遗址西北侧高起的城垣，才分辨出被大大小小的墙体分隔成的宫殿布局。一片横平竖直的土墙之间，突然冒出个圆形平面的空间，格外显眼。

从考古复原图上看，这座圆形的建筑内部空阔，外围是一圈平整光滑的墙体，上方以希腊柱式分隔，每个开间都设置一个拱形壁龛，壁龛中有彩绘泥塑。考古学家推测，这个圆形空间可能是神庙，神庙的屋顶可能是覆有瓦片的木结构穹顶。帕提亚的圆形神庙，与后来罗马建造的万神庙惊人相似，却在时间上领先了约 200 年。

尼萨遗址出土了大量希腊化时期的文物，包括爱神阿佛洛狄忒石像，其子厄洛斯，及雅典娜、斯芬克斯、塞壬、格里芬等金属像，还有雕刻着奥林匹斯山十二神、酒神狄俄尼索斯和诸神活动场景的象牙角杯。希腊文化已经深入了帕提亚帝国的方方面面。

公元前 1 世纪，一场地震摧毁了尼萨。我站在遗址上，眼前是 2000 多年的宫殿废墟，远处则是土库曼斯坦首都阿什哈巴德不惜重金建造的白色建筑群。从夸张的圆盘到奇异的尖塔，还有山头冒出的锥形玻璃大楼，在朦胧阴沉的天气里，仿佛在进行一场无声的对话。

10 不灭圣火

金色的阳光照进车厢，戈壁滩上的沙石被阳光雕刻出来，路旁的树影也被拉得修长，荒原尽头是寸草不生的远山。打个盹儿的工夫，长途大巴就已经开到亚兹德城外。

我爬上夕阳下的山岗，厚厚的石墙在山头围出工整的圆圈，堡垒一般。这个圆形空间的外围平整，中心则是个圆形大坑，坑中乱石散落。背景是华灯初上的亚兹德城区，而这里忽然让我有种饮尽天地的壮烈感。这座建筑有一个诗意的名字——寂静塔。

我来到亚兹德城南的一座神庙。神庙的庭院中央是一汪圆形水池，水池背后是用米黄色砖块砌筑的主殿。主殿门头的浮雕是一只展翅的飞鸟，蓝色的羽翼向左右两侧平整延伸，而"鸟"的身躯则是人像造型，人像的侧脸上能看到金色的胡须，手中还攥着金色的圆环。

大殿中央是熊熊燃烧的圣火，据说这团圣火已经燃烧了至

△图29 神庙主殿门头的浮雕造型
◁图30 神殿中央火盆里熊熊燃烧的圣火
▽图31 山西太原出土隋代虞弘墓石堂外壁雕刻的圣火画面

少1500年。盛放圣火的铜盆直径足有一米，放置圣火的房间有玻璃罩保护，窗外还围有护栏。人们只能手扶栏杆向窗子探身，瞻仰玻璃背后那团圣火。

我想起曾在山西博物院见到的虞弘墓石堂，浮雕上那团圣火的图案，正代表了粟特人信奉的祆教。距今3000多年前，生活在中亚的先知琐罗亚斯德受到神的启示，他认为世界就是善神（光明神）阿胡拉·马兹达和恶神（黑暗神）安格拉·曼纽之间的一场战争。人类必须站在善神的一边，并不断给予善神支持与协助，才能接近光明。因此，信徒要奉命向着光明的方向祈祷，而古人唯一能控制的光源就是火，所以他们建造祆祠，以保证火焰永不熄灭。琐罗亚斯德的信念代代相传，最终形成了祆教这个二元论宗教的代表。眼前这座神庙，正是世界上仅存的为数不多的祆教祠之一，而大门上的人身鸟翼的图案，就是祆教里代表光明与善的阿胡拉·马兹达。

长期以来，祆教在波斯广为盛行。波斯第二帝国的开国君主阿尔达希尔一世是祆教萨珊祭司的后裔，因此他将自己开创的王朝命名为"萨珊王朝"。此外，阿尔达希尔一世还将祆教奉为波斯国教。

汽车驰骋在亚兹德西北郊的戈壁上，满眼都是寸草不生的贫瘠荒原，就连山峦也是清一色的土黄，分不清是岩石还是土壤。我顶着大太阳，口渴难耐，好像身处火星表面，四周没有水源和生命迹象，天上连只鸟都没有。

公路折进山谷。突然，远处山腰上冒出一抹葱绿，淡淡地缩在土黄色峭壁下，像沉睡万年的枯木化石上，不经意冒出的一枚绿芽。我跳下车，顺着台阶爬上山，在饰有浮雕的金色大门外，听到水滴落下的声音。我猜想，大概就是这些水滴，滋养了这小撮绿洲。这时候，一位头戴白帽的老人走过来，帽子上的图案是阿胡拉·马兹达的形象，与在亚兹德火神庙看到的一样。

老人是亚兹德仅存的为数不多的祆教徒之一，我接过他手中的钥匙，打开通往水源的金色大门：一个阴凉的岩穴，圣火坛位于岩穴中央，泉水顺着洞顶滴在地上。洞穴尽头的岩壁上凿出拱形的龛，龛里三盏油灯火苗跳跃。靠岩壁的书柜里，整齐地码放着典籍，外侧台子上摆着阿胡拉·马兹达的画像。与寂静塔和祆教祠一样，这个名叫"恰克恰克"的地方，也是亚兹德地区最重要的祆教圣地之一，而波斯语中"恰克恰克"的意思，就是水声滴答滴答。

7世纪初，阿拉伯人带着刚刚创立的伊斯兰教横扫西亚。公元637年，阿拉伯人兵临波斯首都城下。皇室大多在逃跑途中丧命，传说只有一位公主活了下来。她一路逃到这里的深山，面对悬崖绝壁，公主回头看到山下的追兵，恳请光明神阿胡拉·马兹达庇护，大山奇迹般裂开一条缝让公主藏身。

然而，真相却没有这么美好。公主被阿拉伯人残忍杀害，祆教徒被迫改宗。我站在恰克恰克的岩洞里，看泉水顺着崖壁滴下，滑落地面，好像面颊上悲伤的泪珠，祭奠祆教的衰亡。

11 沙漠智慧

斋月期间，伊朗白天的街上十分冷清，所有餐厅都不营业。我走了整个上午，中午时口渴饥饿。路过一家菜店时，我从门口抱起一颗西瓜，请店主帮忙劈成两半，又要来一只小勺。店主让我端着西瓜坐到铺子最里面，这样不会被路人发现。他在空地上垫了块纸板，又取来一个塑料筐，示意我坐在上面。就这样，我坐在满是洋葱皮的地面上，畅快淋漓地吃起西瓜。铺子外人来人往，我缩在那些装满土豆和洋葱的编织袋背后，吃了顿特别的午餐。

西瓜带来强烈的清凉感和饱腹感，我像充满了电一样，继续游走在巷陌纵横的亚兹德老城里，继续探险。巷子如迷宫一般，在城里曲折回转，有时钻进一段顶棚，有时又来到一个小广场，充满未知惊喜。亚兹德早年的城市建设规定，街道的宽度不得小于两匹骆驼面对面通行外加一位行人的宽度。而街道两侧围墙的高度，又不得低于骑在骆驼上的人的视线高度，这是出于保证每户隐私的考虑。

《马可波罗行纪》曾这样描述亚兹德:"这是一座美好而高尚的城市,这里商业繁荣,每天都在进行大量货物贸易,这里盛产一种名为 yasdi 的丝织品,商人将其运送到许多地方贩卖。"我透过残缺的围墙看进去,有的房子因为长期无人居住,已经坍塌损毁,有的则被改造成旅馆。许多巷道汽车无法通行,老旧的泥砖房也因年代久远而出现漏水等问题,人们纷纷搬到城市外围的新建区域。那里有宽阔的马路和崭新的房屋,汽车可以开到家门前,一切也更加"现代"。和世界上绝大多数城市一样,亚兹德也正在经历老城的凋零。

▽图 32 亚兹德老城建筑

全世界游客慕名而来，他们带着对亚兹德的好奇和向往，穿行在这一片迷宫般的巷陌中间。庆幸的是，这里多少还能寻到一些马可波罗年代的浪漫踪影，尤其对建筑有兴趣的人，藏在亚兹德老城里的建造智慧，并不令他们失望。

亚兹德位于缺乏水源的沙漠地区，城市供水是一大难题。伊朗的河流大多是季节河，夏季丰水，冬季干涸，不能满足人们一年四季的生活用水需求。因此，亚兹德人挖掘、接引地下水源，再通过垂直的竖井与地面相连。竖井在保证地下水渠通风的同时，也能适当收集雨水。水渠形成的交织体系通往城市，为城市提供稳定的水源。这种取水设施称为"坎儿井"，目前已知最早的坎儿井建于铁器时代的阿拉伯半岛，之后传入伊朗。随着波斯领土的扩张，"坎儿井"技术也传入了中亚粟特和犍陀罗地区。新疆的喀什和吐鲁番的坎儿井，就是沿着丝绸之路传入中国的。

城市因水而生，很多城市分布在大江大河的沿岸或交汇处，这与稳定的水源和水运交通密不可分。但是，这一点在伊朗体现得更加立体，坎儿井的位置和走向，才是塑造一座城市平面形态的主要因素。

在干旱炎热的沙漠地带，夏季气温常常逼近50℃，人们在极端炎热的天气里还需要工作生活，势必需要通过一些措施来降温。我好奇，在没有空调和电扇的年代，亚兹德人用怎样的建筑智慧来降温。答案就在亚兹德老城里的一道独特景观上——

一座座造型别致的塔状建筑。这些塔的顶部有通气口，像几条细长的窗洞排列。我走进塔内，抬头可以望见塔心结构：一条条窄道直接连通塔顶洞口。当风从塔顶吹过时，新鲜凉爽的空气就从通气口钻进塔里，再从塔底进入房间，驱赶炎热。

这样的塔状建筑物，在建筑学上有一个专门的名字——风塔，英文里称 windcatcher，可以形象地直译为"捕风者"。伊朗建筑师用这样的装置，把高处凉爽的风"捕获"，再送进人们居住的房间，营造舒适清凉的环境。

亚兹德城外，有个名叫哈拉纳克的地方。早在4000年前，那里就有人定居，如今却人迹罕至。我走进这片由泥砖砌筑的废墟，其中盘根错节的巷道如蚁穴的小径。我由风化坍塌的屋角爬上生土建造的墙垣和房顶，小心翼翼地踩在一个个鼓起的拱顶上。多年的风化和雨水冲刷，使这个村落千疮百孔。

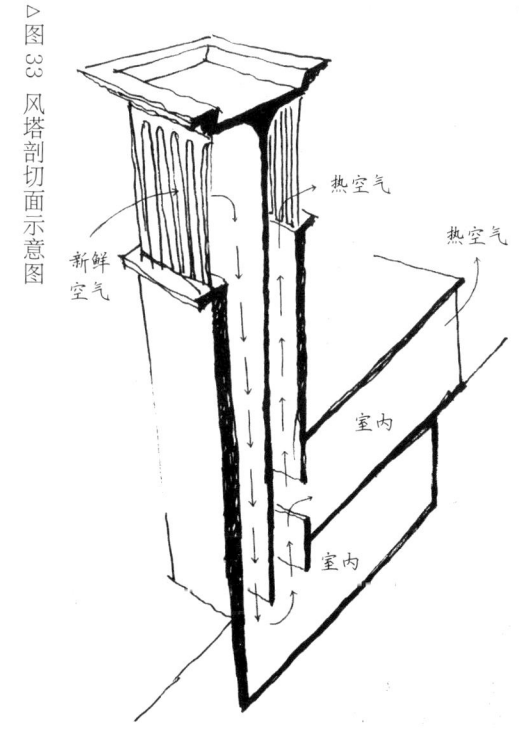

△图33 风塔剖切面示意图

置身废墟，我不禁想象是谁曾经住在这里，这些大大小小的房间，为什么这么紧密排布。我在废墟里穿梭，透过损毁的局部，留意到一个现象：所有房顶都是穹隆或者拱顶，即使是几平方米的小房间，也不例外。

提起穹隆顶，我们总会想起克里姆林宫顶上的洋葱头、泰姬陵的大穹顶、宏伟的清真寺，还有欧洲文艺复兴时期的大教堂……仿佛有了穹隆顶，就标志了建筑的重要性、宗教性和规模尺度，也意味着崇高的等级和庄严的仪式感。可是，今天在亚兹德城外看到的情形中，使用穹隆顶结构的却是一些民居。穹隆顶这种建筑形式，是否一定与宗教有关？

为此，我展开了一场对穹隆结构的溯源。从考古发现看，早在1万年前的新石器时代，居住在地中海东岸的纳图夫人就已经用泥砖来建造穹隆屋顶了；而在亚述时期尼尼微城的一块石板浮雕上，描绘了古代两河流域民居的穹隆形态。这些穹隆的形式多种多样，一般直接覆在房间上，中间留着采光口。由此看来，穹隆顶这种古老的结构形式，像广泛流传于黄河、长江流域的榫卯木结构一样，都是人类为了给自己营造稳定安全的栖身之所，从周围自然环境中探索得出的建造智慧。说到底，就是如何给自己营造一个带顶空间的问题。砌墙容易，但在上面加个遮风挡雨的屋顶，就有难度了。

相比东方以木柱支撑的建筑空间，穹隆顶最大的优势，是可以营造完整、巨大且不需要柱子的空间，这对于追求场面气氛的宗教仪式十分必要。因而，在后来的建造中，这种建筑形式被广泛运用，构成了包括中亚、西亚、欧洲在内的传统建筑主基调。

在植被稀少、缺乏木料的环境中，用泥砖砌筑穹隆顶，是最容易满足需求的做法。如果研究中亚早期佛教寺院，就会发现佛像的头顶往往也是圆鼓鼓的穹隆。这在新疆高昌故城的大佛寺遗址还能找到实例，很多祆教祠也是如此。反倒是今天，放眼我们身边的佛教寺院，往往都是按照传统木构建筑的样式建造。哪怕用了钢筋混凝土，也要模仿斗拱的样式，再在混凝土屋顶上覆盖琉璃瓦。长期以来，这种仿古建筑的形式，似乎与佛教挂钩，但凡没有点古味儿，人们就觉得不"佛"了。而在曾经的中亚，人们却是在穹隆之下礼佛论道。

不同的建筑结构形式，是生活在不同环境中的人，利用身边的自然资源，解决安身立命这一基本问题时得出的答案。没有任何证据可以说明，穹隆顶一定是基督教或伊斯兰教的，而东方传统木结构就一定是佛教或道教的。回想我在路过西安时，看到的化觉巷清真寺，就是用中国传统的木柱、斗拱、木梁和琉璃瓦建造的经典伊斯兰教建筑。

无法想象，在日常生活中，我们还有多少背离真相的误解。我们每天身处其中不以为意，还固执地认为理应如此。

亚兹德城里有一处巨大的穹隆顶，覆盖着 16 世纪建造的储水库。我沿着楼梯走下去，顺着幽暗的环廊，感受到墙上深处的寒气。透过穹顶外壁的圆洞向下望，看到下面巨大的蓄水池，直径十几米,更有至少十几米深。

  为了保证水质,保障亚兹德的市民的饮水安全,建筑师在穹顶外围筑起五座风塔,使地下的储水空间时刻保持清洁和凉爽。砖砌的穹隆顶塑造出巨大的空间,风塔维持着空间内稳定的物理环境。储水库工程,集合了伊朗人面对自然时的建造智慧。

  储水库的地上部分,现在是一处祖哈内,祖哈内的意思是"力量之屋",指伊朗传统健身房。我从地下穹顶外侧的环廊爬上来,看见有人在这里练习武术。那是一个健壮的男人,他站在圆形空间的中央,挥舞着手中的练习器械。阳光从穹顶中央照下,勾勒出道道砖缝。周围墙上挂着数不清的奖状、证书,还有合影照片。

  阿拉伯人征服波斯后,为了防止波斯人发动反抗,他们禁止波斯男子进行武术训练。然而部分人不顾禁令,悄悄举办秘密集会,"祖哈内"就是源自那个时期。波斯人过去为反抗外族入侵而设立的秘密场所,后来成了大众强身健体的空间。

  我又踏上远行的巴士,准备前往美轮美奂的波斯故都伊斯法罕,去欣赏波斯建筑文化与阿拉伯文化碰撞产生的艺术结晶。

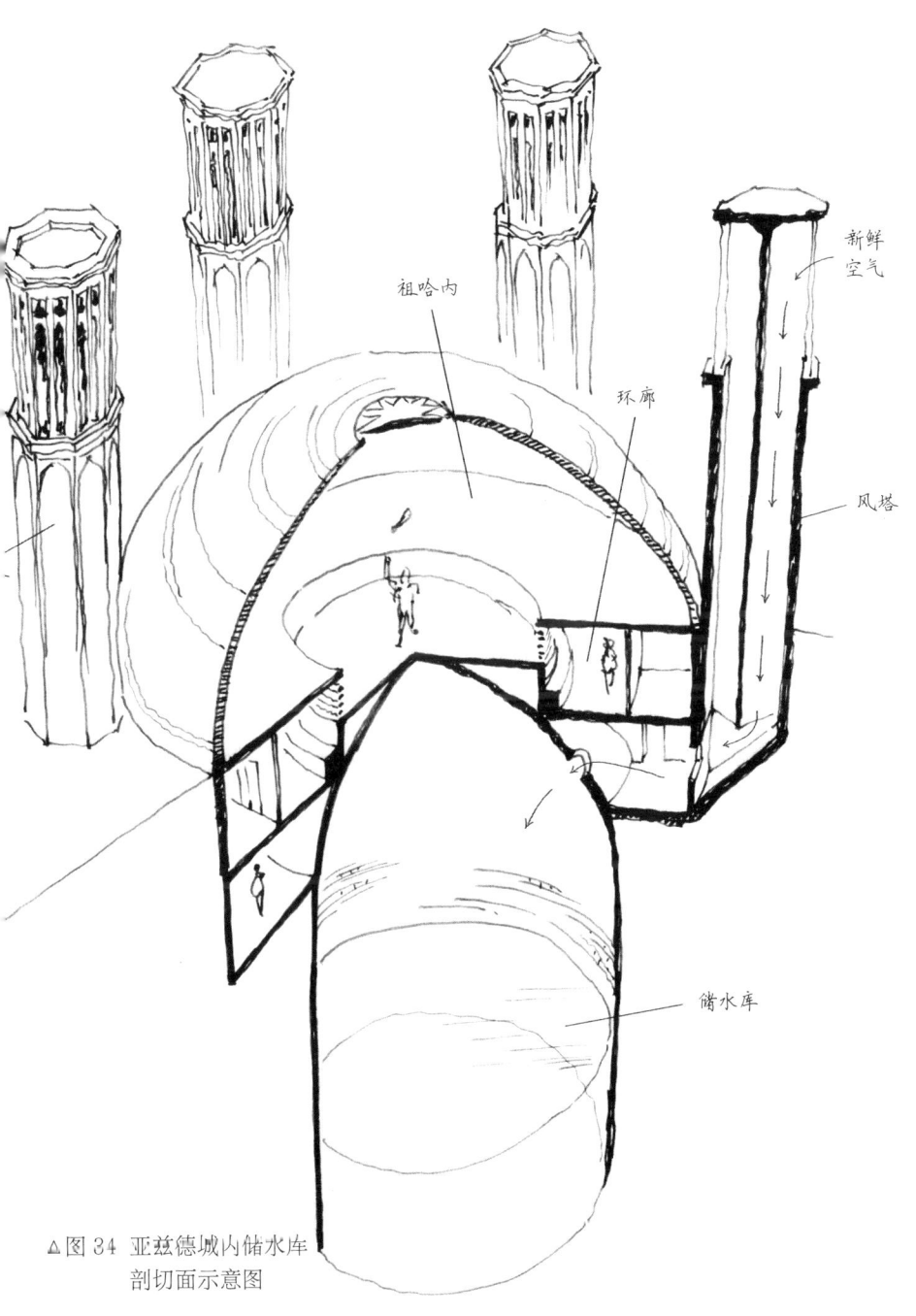

△图 34 亚兹德城内储水库剖切面示意图

12 天堂倒影

长途汽车在荒无人烟的戈壁上开了三个钟头，突然闯进一个绿意盎然的世界。与伊朗其他城市植被稀少的景象不同，这里到处是郁郁葱葱的参天大树。树荫底下，洒水车过后，留下了泥土的气味。这里的确不凡，她是波斯文化巅峰时期的代表，也是直到今天都光彩照人的故都，伊斯法罕。

塞尔柱突厥人在1051年占领伊斯法罕，他们把这里作为塞尔柱王朝的国都。塞尔柱王朝开启了波斯艺术、文学、科技的新篇章，也留下独具风格的建筑。为了探寻塞尔柱王朝时期的建筑风格，我在伊斯法罕寻找一个名叫"星期五清真寺"的地方。

我沿着弯弯绕绕的集市拱廊，挤在熙熙攘攘的商贩和顾客中间，在一个不起眼的角落里，找到了它的入口。由喧嚣纷乱的集市,突然掉进深邃幽暗的宁静,我好像来到另一时空:一重重柱廊被时间拉扯得来回倾斜,层层叠叠向远方伸展。微光从头顶射进黑暗,圈起一道道飘浮的尘埃,神秘的构造,仿佛联系着远古的灿烂文明,深沉而晦暗。齐刷刷的砖柱层层递进,通向一个巨大穹顶笼罩的开阔空间。头缠白巾、身着灰色披风的毛拉端坐在当中的高椅上。人们在地毯上盘腿而坐,听他讲经。我仰头望,砖墙上一面面连续的尖拱,托起未经修饰的砖砌大穹隆,密密麻麻的细小秩序和朴素无华的苍劲雄浑间,传递着无穷力量。

1502年,萨法维王朝建立,后在阿拔斯大帝的治下达到鼎盛。阿拔斯希望按照《古兰经》中描绘的天堂的样子来建造伊斯法罕。他在城里划定一块长方形区域,将区域内原有的建筑统统拆除,然后建成了长560米、宽160米的巨大广场,命名为"国王广场"。

夕阳下,我走进宏伟的国王广场。修剪平整的草坪环绕着中央喷水池,两排喷涌的水柱从水池的东西两侧升起,在中央交汇,哗啦啦又落进水池。孩童嬉戏,奔跑的马车载着欢快的铜铃,马蹄叩在石板路面上嗒嗒作响……尽管已改名为"伊玛目广场",国王的威严和磅礴气度,依旧是这座广场的主基调。

阿拔斯在国王广场南端造了一座清真寺,名为"国王清真寺"。清真寺的大门始建于1611年,位于广场最南端,中间立

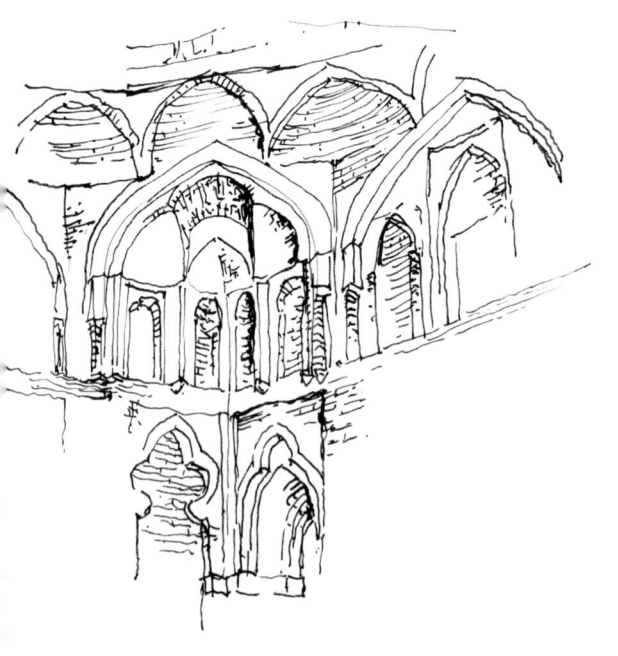

△ 图35 仰望星期五清真寺中央穹顶

◁ 图36 星期五清真寺穹顶与墙面过渡局部特写

起高高的伊旺。"伊旺"这种建筑形式，起源于萨珊波斯时期，简单讲，就是一个顶天立地的大凹龛，顶部是拱顶，下部是门洞。伊旺后来被引入伊斯兰建筑中，成为伊朗清真寺的主要形式。后来，伊旺广泛流传，印度泰姬陵正面的那个大大的拱门，就是伊旺在波斯以外的实例证明。

我被国王清真寺门口的伊旺垂下的壮观造型吸引。这种造型像岩洞里的钟乳石一般。在色彩艳丽、图案繁复的马赛克装点下，带来强烈的视觉冲击。我仔细观察后发现其中的几何逻辑：它将原本伊旺凹龛的半穹顶过渡做了分解，用一重又一重的小凹龛，重复编织起一套基于大凹龛的体系，又在形体的不断交错间形成变化。也就是用一个个基本的组成单元，不断有规律地重复，实现建筑形体的变化。

将一个完整形体分解为许多细小的相似部分，在建筑学上称为"分形"。我们不得不佩服波斯建筑师的高超技艺，他们将分形运用得如此娴熟。我对伊斯兰教的哲学原子论有所了解后，更加惊叹波斯建筑师的智慧，他们将宗教哲思和建筑形式完美统一。

长期以来，伊斯兰哲学家和神学家思考自然万物、宇宙和真主的关系，他们认为物质、时间与空间都是由不可再分的细小粒子组成。在这种理解的指引下，建筑师也用"粒子化"的理念来建造清真寺。他们以小尺寸砖块替代巨大的沉重石料，以精巧繁复的细节来消解庞大单一的建筑形体。他们用几何化单元的手法，在建筑上实现对伊斯兰哲学的理解，为建筑赋予独特的宗教属性。

伊旺里像钟乳石一般的构造，称为"穆克纳斯"。通过位于不同层级的基本单元发生尺寸变化，同时自我复制并且相互联结，使穆克纳斯具有奇幻的视觉效果。除了视觉上的震撼，早期的穆克纳斯在建筑中还有承重作用，后期才演变为纯装饰功能的构造。

国王清真寺的主殿穹顶，距地足足三十多米。我抬头仰望，看到飞鸟在穹顶下一圈圈翱翔，蓝色马赛克形成的基调，仿佛天空背景。无论建筑高度还是庭院尺度，国王清真寺都在彰显一座皇家清真寺的气度，所以，它也被称为"伊斯法罕王冠上的明珠"。见我在穹顶下驻足，旁边的一位老先生让我递给他一本书，然后他走到穹顶正下方，轻轻拍打书的封面，"啪"一声，空间里传来重重回响。

我站在国王清真寺门口眺望，国王广场两侧的拱廊把视线引向另一端的凯斯萨瑞大门。我穿过长长的广场，走进这座代表城市商业文明的大门。置身精美的瓷器、铜壶、地毯、香料和金银器中间，好像走进一座波斯手工艺博物馆。在一家地毯店，老板为我展示他的镇店之宝——一块蚕丝地毯。他让我轻抚地毯表面，掌心一阵清凉细腻的顺滑。人类不同文明的交融实在奇妙，源自黄河流域的桑蚕技术，在伊朗与传统的地毯织造工艺结合，碰撞出精美绝伦的珍宝。

△图 37 穆克纳斯穹顶内景
▽图 38 国王清真寺门口的穆克纳斯

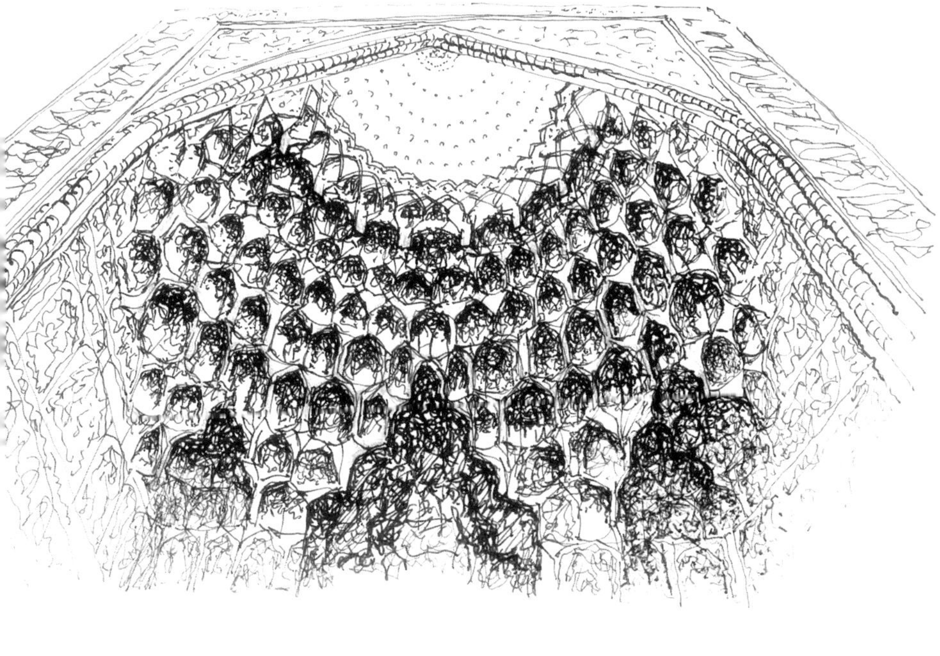

我行走在灯火明亮的店铺中间，跟随人群穿梭在绵长的廊道。妇女在珠宝橱窗前流连，孩童嬉戏打闹，店家投来精明的笑，男人静默跪在祈祷室地毯上……一切看似随机、偶然，却被某套秩序统一在蜿蜒数里的廊道里，随着紧密相连的拱顶顺序排开，转折处放大，交叠处衍生。庞大的市场，如同旺盛生长的细胞群，因商机的流淌而复制、增生、排列、更新、蔓延……而散落其中的宗教空间，则是作为统领整座市场的精神核心，向廊道的两翼拓展。随迂回而隐蔽，因笔直而明朗。

那些或大，或小，或长，或正方，或三角的穹顶单元，像一个个变化有致的细胞。它们有基本的组成元素，却又结合处境有所变异、组合、叠加，为这条生机勃勃的商业走廊施加不同方向作用力，令贯穿核心的人气向周边涌动。一部分

△图 39 穆克纳斯局部特写

处于多业态交汇点的穹顶,因空间的开阔局部放大,成为人们聚集休闲的节点空间;又一部分穹顶通向外侧新建的商业庭院,为更多铺面单元与走廊的连接提供可能。

我仔细观察,大巴扎的结构体系虽看似传统,却匹配了惊人合理的商业模式。从建筑学角度分析,大巴扎具有主次分明的流线体系、有机生长的空间业态、高度复合的使用功能,它作为现代购物中心的原型,依旧无法被超越。这种看似传统,却又在极大程度上超越当代商业建筑设计准则的建筑形态,令我十分着迷:它始终在生长,因市场需求、经济变化等进行自发的调整和更新,它庞大无边却又收放有致,它逻辑简洁却又精彩纷呈,它构型单一却又高潮迭起。

阿拔斯大帝发动工匠大兴土木,一心想把伊斯法罕建成天堂的样子。为了让工程效果尽善尽美,他不惜花费精力,从远方调集能工巧匠。他得知大不里士附近一个名叫焦勒法的地方居住了不少工匠,便发动军队,把他们带到伊斯法罕。这些焦勒法人在伊斯法罕留下来,为了纪念家乡,他们聚居的社区被称作"新焦勒法"。后来,正是这些来自远方的匠人为建设伊斯法罕立下了汗马功劳。

阿拔斯当年从焦勒法绑架来的匠人,并不是信仰伊斯兰教的波斯人,而是信仰基督教的亚美尼亚人。阿拔斯不仅没有强迫他们改宗,还特批允许他们拥有宗教自由。于是,一座座基督教堂就在伊斯法罕的新焦勒法建造起来。城市里也出现了多元信仰共存的情形：当国王清真寺的唱经声传遍全城时，亚美尼亚人在新焦勒法的基督教堂里举行隆重的弥撒。

我沿着扎因代河南岸来到新焦勒法附近，在路边就看到穹顶上一枚细小的十字架。走进街区，广场中间的喷水池、雕塑等，都与伊斯法罕大部分地方的风格不同。我走进旺克大教堂的庭院，被墙上的六角星形花窗吸引。建筑的门廊、穹顶，包括墙上的尖券依旧是砖砌的波斯式，朴素无华。低调的外观非常

▽图40 旺克大教堂的建筑细节

具有蒙蔽性,教堂内部却呈现了巨大的反差感:放眼四周,无不是极尽绚烂的彩画装饰,亚美尼亚工匠们将他们的建造才华发挥得淋漓尽致,令教堂内部金碧辉煌。

我掏出钢笔和速写本,在祭坛前面站定。刚要开始动笔,一个女孩凑过来:"你是要画画吗?"我点头,她很兴奋,细弯弯的眉毛下大眼睛一眨一眨:"可以看看你的速写本吗?我也很喜欢画画。"

女孩来自西班牙马德里,与我的黑白线描不同,她坚持用水彩作画。女孩为我展示了她的速写本,我看到西方人眼中波斯建筑的样子。对建筑的不同理解,通过我们各自的笔尖,毫无保留地跃然纸上。我与她,分别带着来自东方和西方的不同视角,来到陌生的环境中,面对同样的城市和建筑,做着不同角度的解读和转译。

更有趣的是,我从北京出发,自东向西旅行;她从马德里出发,由西向东辗转,我们从各自的故土出发,一路跋涉,去探访世界另一头的文明。她前往的地方,是我生长的东亚;而我奔向的目的地,正好也是她的故乡。我们在伊朗擦肩而过,再抵达彼此的家园。

我在国王广场上,被一个瘦高的伊朗男孩叫住:"你是中国人吗?我叫丹尼尔,以前在北京语言大学读书,你待会儿有安排吗?我想带你逛一逛。"丹尼尔拉上他的朋友穆罕默德,带我来到"三十三孔桥"。

伊朗地处沙漠高原，城市里很少有宽阔的河流穿过。伊斯法罕却是例外，伊朗高原上最大的河流扎因代河从城南蜿蜒而过。为了连接河的两岸，阿拔斯大帝在河上建起了三十三孔桥，顾名思义，就是一座有三十三个桥洞的大桥。

暮色阑珊时，我们来到扎因代河岸边，三十三孔桥上有一个个连续的拱形小龛。这些小龛被橙色的灯光点亮，人们从小龛背后的拱门走出来，站在里面眺望远处。

我们又到了郝久古桥的桥洞里，橙黄的灯光从地面升起。夏夜乘凉的男女老少聚集在桥下，把地毯铺在台子上，从篮子里取出点心、饮料和水烟，其乐融融，像过节一样。桥洞还意外地成就了良好的声响效果。我们听到远处歌声传来，丹尼尔带我走过去。一位白发老人站在人群中，动作深情，神态投入，嘹亮的歌声经桥洞反射后，在桥下回荡，人们安静地聆听。老人唱罢，旁边的中年人又接上来，好一场歌唱联欢会。

位于三十三孔桥和郝久古桥之间的，是另一座被称为"木头桥"的桥梁，这座桥底下原先有两个皇家专用的会客室，现在被改造成了公共茶室。丹尼尔带我在茶室坐下，窗外的扎因代河静静流淌，圆月在河面洒下一片银色的波光。清风习习中，穆罕默德为我们朗读诗集。丹尼尔告诉我，伊朗人普遍热爱诗歌，大家对经典古诗的钟情，丝毫不亚于我们对流行歌曲的追逐。他们敬重诗人，而且很多人日常都会写诗。

我望着窗外的明月，耳畔是韵律和谐的诗句和远处缥缈的歌声，音乐和诗浸润感染着每一个人。我猜想，桥梁的建筑师当初大概没想到，原本只是满足交通需求的桥梁，后来成了热闹的社交空间。

伊朗签证即将到期，我却迟迟不愿离开，幸好伊朗政府推出了外国人可以申请延期签证的服务。我来到位于伊斯法罕城西的外国事务警察部，在大门口登记，上交手机和随身物品，经过警卫严格的搜身，我才走进办事厅。在等候室里，全是办理居留手续的阿富汗难民，有男人焦急地对着窗口询问，警官

▽图41 三十三孔桥剖切透视图

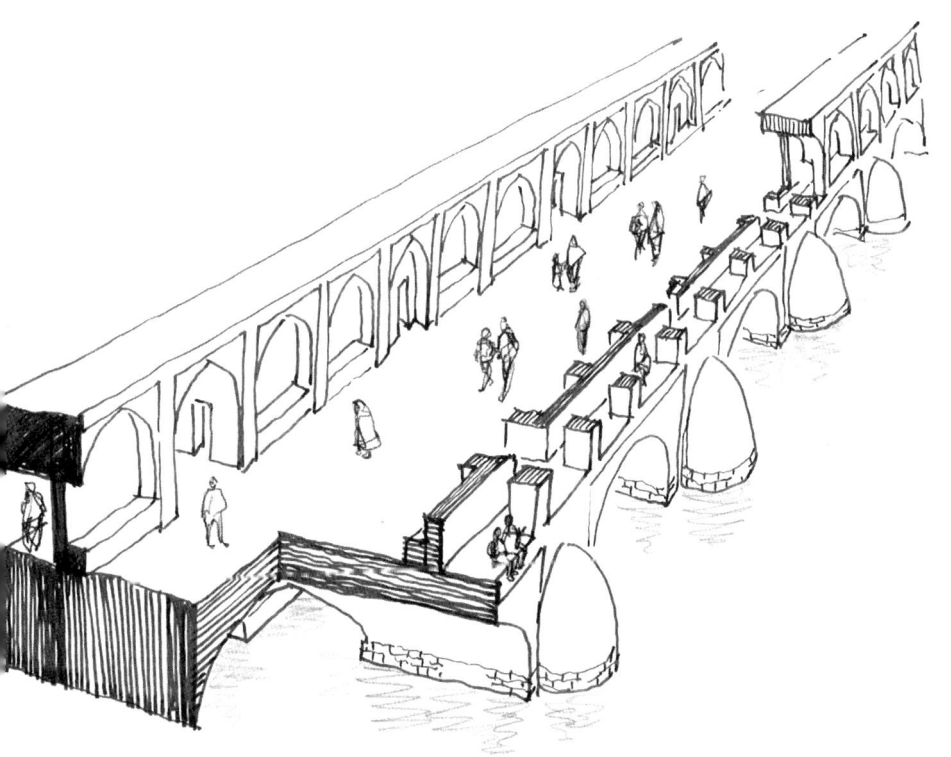

的回答直接决定他们能否一家团圆；一位全身裹着黑纱的年轻女士，格外小心地填写表格，她不经意的一处笔误可能就将导致自己无处安身……发生在家园的战火，令这些坚强求生的人们聚集在这间小小的屋子里。一边是我渴望延长停留时间只为观光览胜，另一边却是渴望躲避战火的人们在困苦中挣扎。

　　眼前的伊斯法罕，好像一汪明净的泉水，人们透过她，想象天堂的模样。

13 马什哈德

汽车开进马什哈德城区。天桥飞架，高楼耸立，造型别致的现代建筑频频闪现。正值伊朗大选，绿化带里竖满竞选广告，挂在树梢的画像和竞选口号随风飞舞，各位政客都把自己最值得托付的形象挂出来。越靠近市中心，就越能领略到马什哈德的纷繁与嘈杂：摩托车轰隆隆钻来钻去，过马路的行人翻过栏杆，站在车道上张望，客机贴着城市上空掠过，成群的鸽子拍着翅膀，游荡在黄昏的唱经声里……

我在距离旅馆最近的路口下车，拖着行李走在人行道上。在繁华的街上，我挤在摩肩接踵的行人中间，看汹涌的人潮将黄昏淹没，有种回归都市的安全感。可是，除了熙熙攘攘的人潮，马路上却不见任何营业的店面。路两旁只有些建设中的工地，偶尔有几间大门紧闭的铺子。而人们竞相前往的地方，是马路尽头那道宽阔的拱廊。

我跟随人潮来到拱廊前，巨大的广场就像机场外的大型落客区，一辆辆出租车、大巴车在这里排队等候，着装笔挺的男士和身披黑袍的妇女浩浩荡荡地赶来，像一场盛大演出的入场式。究竟是什么吸引人们从各方赶来？

为了解开这一疑问，我查找了资料。在波斯语中，"马什哈德"的意思是"殉道的地方"，是谁在这里殉道？故事要从1000多年前讲起。

阿拉伯帝国于公元750年迎来了阿巴斯王朝。阿巴斯王朝的第七任哈里发马蒙毒杀了伊玛目礼萨（"伊玛目"在阿拉伯语中是领袖、师表、楷模的意思，是什叶派穆斯林的精神领袖，有特别神圣的含义）。之后大家就以"礼萨马什哈德"来指代这个伊玛目礼萨遇难的地方，意思就是"礼萨的殉道地"，对伊玛目礼萨怀有崇敬之心的人也接连到访。再后来，人们干脆称这里为"马什哈德"。从此，这座名不见经传的小村庄便有了新名字。

年复一年，成千上万的信徒从远方赶来，他们带着虔诚的敬意聚集在马什哈德。有些来朝拜的人当天赶不回去，旅馆客栈就开设起来；有人为了靠近先贤，干脆留下来长住……如此一来，住在这里的人越来越多，小村庄渐渐发展为城市。

这段历史在马什哈德的城市格局上一目了然：伊玛目礼萨的圣陵位于城市中央，一条条道路从这里发散，通往各个方向。

▷图42 俯瞰伊玛目礼萨的圣陵

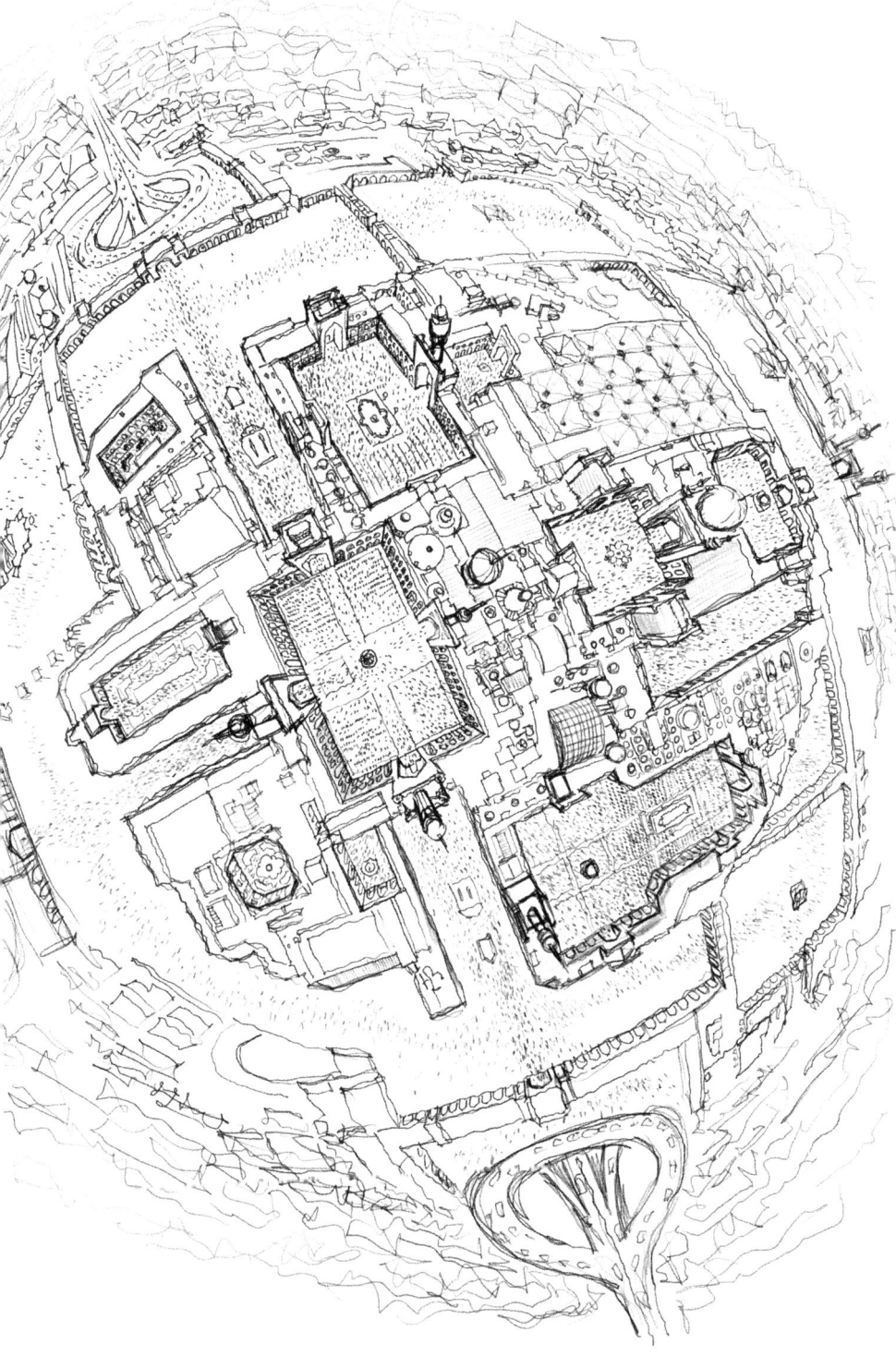

经过1000多年发展,这座城市已经由一座小村庄跃升为伊朗第二大城市。每年超过2000万虔诚的什叶派穆斯林来这里朝觐。在他们心中,马什哈德是仅次于麦加的圣城。

萨法维王朝将什叶派伊斯兰教确立为国教后,阿拔斯大帝下令重修圣陵的中心建筑。1928年,为了给扩建腾退空间,圣陵周围方圆180米的非宗教建筑被统统推倒;1970年代,扩建范围已经达到方圆320米;直到今天,这项增建工程还在进行。

我混在朝圣的人群中间,穿过拱廊走到广场。唱经声婉转嘹亮,在人来人往的广场回荡。我经过严格的安全检查,走进圣陵的庭院,这里的景象令人震撼:简直是一座庞杂的城中之城!广场、巷道、博物馆、学校、清真寺在其中错综复杂,无数人分散在一重重庭院和宫殿,我在其中完全丧失了方向感。放眼四周,虔诚的信徒在地毯上长跪不起,还有人不停诵读手中的经书。墙角里、台阶上,无处不是身着长褂、白巾、黑袍的人。他们有的肃穆地站立,有的困倦地瘫倒,更有的趴在墙上悲痛地泪流满面、抽泣不止……有的庭院里,人们盘坐在地上聆听阿訇讲经,有的房间则是清一色紧裹黑袍的妇女,面色凝重,眼神警惕。

我穿过一座又一座壮丽的大门,穿梭在一个又一个金碧辉煌的空间,到哪里都有通达的去路,哪里都是奇异的景观。我顺着楼梯来到地下,竟然看见一个比地上更大的世界:人们在镶嵌着无数镜面的柱厅里祈祷,身影被一片片细小的镜子反射,无限次叠加。

迷失许久，我找到一个纯金包裹的穹顶，穹顶下面就是停放伊玛目礼萨灵柩的大厅。我想尽办法挤到大厅中央，看人们争先恐后地握着灵柩外围的栏杆，悲痛欲绝。我抬头仰望，无数片镜面反射之间，光线与色彩百转千回向上升起，层层叠叠，无穷无尽，聚拢又消散。此情此景，令我忍不住大口深呼吸。我睁大眼睛望着纷繁瑰丽的镜中天堂，品读其中万千次演绎的时空，体悟"我"的渺小与"天"的浩瀚。

四年一度的伊朗总统大选逼近最后关头。太阳快落山的时候，手持选票的人们在投票站门前排成长队。随着天色渐晚，越来越多选民蜂拥而至，他们挤在投票站的铁栏外，赶在投票截止前，投上自己的一票。

夜深了，我床头的窗口对着圣陵宣礼塔，夜空被高亮探照灯洗白，此起彼伏的诵读声回响在城市上方，彻夜不休。

14 德黑兰记

火车缓缓开动，飞驰在马什哈德郊外的旷野，影子被朝阳拖得长长的。刚过六点，乘务员就递上早餐：一份塑料袋密封的大饼、一小包黄油、一盒芝士、一份胡萝卜酱，还有两颗精致的糖果，外加一副耳机。

我的邻座是个伊朗中年男人，圆光光的脑袋，大约50岁。我们聊起正在进行的伊朗大选，这似乎是整个国家都在讨论的话题。临近中午时，他放下手机告诉我："大选结果出来了，鲁哈尼连任。"我从他平静的脸上，读出些许无奈。

午后，火车开到德黑兰附近。远远看去，密密麻麻的房屋从高山脚下蔓延开来，背后的山顶上还残留积雪。城外的厄尔布尔士山横贯东西，将里海南岸与伊朗高原分隔开。"德黑兰"这个地名，在古波斯语中是"山脚下"的意思。

下午两点，火车停在德黑兰中央火车站。我乘地铁来到菲尔多西广场站，出地面时一抬头，就望见有人正在摘下鲁哈尼竞选的宣传小旗与海报。临近午夜，疯狂的摩托车在街头风驰电掣，人们坐在后座上大声喊，甚至高歌，他们欢庆国家总统成功连任，因为这意味着他们又将迎来相对稳定的四年。

走在德黑兰的街上，总能看到建成于各个年代、多种风格的建筑物比肩而立。或精细或粗糙的施工技术，不同程度地反映着各个时期的意识形态和审美倾向：从简约的现代主义到混合了复杂砖砌工艺的传统复兴，从遵循柱石和拱券的传统复古到当今世界最时髦的建筑材料和技术。我被街景吸引：越向北，建筑越崭新，供市民休憩的公园、绿地也多了起来，街道更加整洁，与城市南部破旧混杂的面貌形成强烈反差。

这样的反差开始于一个多世纪以前。随着城市人口的增加，德黑兰的建成区向北部蔓延。地位显赫的外国大使、贵族和欧洲居民最先聚居在北部新城，出现了宾馆、欧式商店、电信局等现代设施。受西方城市影响的新型路网也发展起来了，越来越多的中上层人士迁居北部新城，而那些受教育程度不高、收入有限的人们，则留在了南部老城区。

经过一百多年发展，北部城区有了优质的居住环境，还有相对较低的人口密度，居民们的整体受教育程度更高，生活方式更加西化；南部则不然，与人口密度一同居高不下的还有出生率和死亡率，这里保持着更传统的生活方式与城市面貌，保留了很多独具风味的建筑物和城市空间，无论大巴扎还是老茶馆，都是在摩登整洁的德黑兰北部见不到的。

夜幕低垂，我爬上伊朗的最高建筑默德塔。从塔顶俯瞰德黑兰，规划整齐的社区里灯光亮起，一座座高低错落的公寓楼比肩而立，我想起从高空俯瞰纽约的情景：横平竖直的街道，建筑物以窄面朝向大街，修长的纵深，高高低低一字排开。德黑兰与纽约相距万里，城市社区的面貌却如出一辙。西方现代城市建设对德黑兰的影响，直白地书写在脚下的土地上。

德黑兰城北有座电影博物馆，正对博物馆的是条笔直的林荫道，两旁的大树夹着一道窄窄的水池。我向水池另一头走去，迎面而来的女生笑着问好，下午的阳光穿过树叶，斜斜洒在她的脸上，我看到她眼里的光，还有红唇间整齐的牙齿。树下草坪上，一群年轻人围坐着，梳着辫子的男生专注地讲述，他的手在空中不停比画，眼神深沉，语气激昂，周围的几个年轻人听得饶有兴致。

夜幕降临，我走进影院。电影讲述的是一群伊朗中年人的故事，他们回忆自己的年轻时光，模仿"披头士"的造型，拎着录音机四处寻欢。苦于听不懂波斯语，我一脸茫然地盯着荧幕，静静坐在人群中间，周围是一阵阵前仰后合的大笑。

当年的美国驻伊朗大使馆，是一座二层高的红砖小楼，围墙上的自由女神像被填以骷髅面孔的涂鸦。1979年11月4日，保守派大学生冲进这座大使馆，把52名工作人员当成人质，扣留长达444天之久。我在靠墙的展柜里看到了当年的间谍设备，它们的外壳被掀开，露出密密麻麻的内部构造，像被抓现形后游街示众的犯人。一些展柜中挂着当年反抗运动的黑白照片，愤怒的人们举着标语，堵在大使馆门口。我穿过一道保险柜般的防火门，来到处理机密文件的房间。房间另一端的墙上有扇传菜口一样的小门，那是所有文件的归宿——由此通往销毁室，那里有粉碎机和焚烧炉。走廊上还放着当年伪造护照和证件的工作台，颜料罐和打字机慌乱地挤在一起，卡片狼藉地散了满满一桌子。

我回想起电影《逃离德黑兰》里，激愤的人们爬上大铁门，冲进大使馆的场面，还有在紧要关头狼狈的工作人员，他们什么都没来得及做，便束手就擒了。

走出大使馆旧址，我收到一条新闻："德黑兰议会大楼和霍梅尼陵墓分别遭受恐怖袭击。多名袭击者持枪闯入议会大厦射击，几乎同一时间，有袭击者冲入在德黑兰南郊的霍梅尼陵墓，一名自杀式袭击者在此引爆了炸弹。这一系列袭击事件已导致至少12人死亡。目前，极端组织'伊斯兰国'（IS）已宣称对此次袭击负责。"

我准备明天一早离开德黑兰。

15 顷刻落凡

拂晓,德黑兰城西,长途汽车站已是一片繁忙灯火。

司机在大巴车前高喊着目的地的名字,赶路的旅人提着行李步履匆匆,卖报的老人摆好天亮前刚印好的报纸,从远方穿行整晚的长途汽车刚刚抵达。司机打着方向盘开进车场,一脸疲倦,车上的乘客才刚睡醒,就被地平线上的太阳晃得睁不开眼。

路灯熄灭了。

一片金光中,远处山脊线缥缈起伏,高高的默德塔直指苍穹,宏伟的自由纪念碑像一尊巨大的雕塑。刚刚经历恐怖袭击伤痛的德黑兰,迎来了新的一天。

我决定继续西行,到西面的大不里士,再从那里前往土耳其。

大巴开出德黑兰城区,从西郊的卫星城旁经过,高密度住宅绵延不绝。中午时,大巴来到高速公路旁的停车点,下午就开进了大不里士城区。从大不里士开往土耳其的国际长途班车由土耳其的汽车公司运营,白色的车牌照上是熟悉的阿拉伯数字。汽车开出大不里士城区，沿着公路向西而行。本来还安静的车厢里，突然跃动起欢快的好莱坞流行音乐，带着整车人的灵魂和欲望一同出窍，在充满禁忌的土地上肆意游弋。

伊朗与土耳其之间的海关，只是修筑在山谷空地上的几座简易板房。人们在海关门口的栅栏外徘徊等候，也有人攀着铁丝网，望向外面的土地。高墙这侧的旗杆上挂着一面伊朗国旗，紧挨着墙那边，不足两米的地方，是一面随风飘扬的星月红旗。

我在伊朗海关办理离境手续，紧接着走到土耳其入境处。入境官在护照上敲章，我就踏上了土耳其的土地。

同车的女性走出海关，把缠在脑袋上的头巾摘下来，长舒一口气，好像经历了一场解放。接下来的日子里，我也终于不必一直穿长裤和衬衣，轻便的短裤和T恤也将派上用场。两侧的山峰夹着愈渐开阔的峡谷，土地直直地向西伸展。这里是小亚细亚，向西可以直通爱琴海，它的北面与乌克兰、俄罗斯隔黑海相望，南面则与非洲以地中海相隔。

"亚细亚"是当年居住在地中海沿岸的腓尼基人对东面陆地的叫法，意思是"太阳升起的地方"，这个词的含义，就是我们熟知的"亚洲"。在腓尼基人原本的认知中，土耳其半岛就是他们对"东方"的全部了解。后来才发现，原来还有更加广阔的东方，于是，才将土耳其半岛改名为"小亚细亚"，又称"安纳托利亚"。这片半岛高高隆起，因而又被称作"安纳托利亚高原"。它像一座桥梁，连接亚洲和欧洲。

我们回到汽车上，欢蹦乱跳的旋律继续响起。我们飞快穿行在土耳其东部的乡野间，目的地是名叫"凡城"的城市。我搭车来到凡城西面，登上一座城墙般屹立的小山。从山顶向西远眺，眼前是一望无际的凡湖，烟波浩渺的碧蓝湖面与天空浑然相接。这座小山上还有一些残存的城墙遗址，人们曾在这里发现一些楔形文字，揭开了凡城的历史。

3000年前，乌拉尔图人在凡湖边建起自己的王国，当时乌拉尔图王国的都城就在这座山脚下。我站在悬崖顶上向南望，山下残存的城市遗址中还有几座挺立的尖塔。这座古城在乌拉尔图王国衰落后由亚美尼亚人管理，后来又被波斯阿契美尼德王朝吞并，亚历山大东征时攻陷了这里，1000多年以后，古城又遭到阿拉伯军队洗劫，最终在第一次世界大战中毁于奥斯曼帝国军队之手。

午后的凡城，一片熙熙攘攘。阳光下，满街汽车挤得水泄不通，人们在店铺门前摩肩接踵，花里胡哨的店牌闪来闪去。店铺外还用音响播放着躁动的音乐，橱窗里的灯光，把精美的干果和甜品照亮。突然，一个熟悉的由红色英文、黄色点缀和蓝色圆圈组成的 logo 映入眼帘：BURGER KING。

我走进店里，衣着性感的女孩走过身旁，店里播放着英语流行音乐，跟全世界任何一家汉堡王没有不同。我点好餐，刷信用卡付账，啃着汉堡喝着可乐，现代全球化带来的熟悉感与亲切感，让我莫名地感到安全。我不必再担心因无知而触犯当地禁忌，也不用担心因国际制裁导致的信用卡无法使用。

与禁忌重重、遭受封锁制裁的伊朗社会相比，来到土耳其就像是落回人间，一切都是熟悉的模样。不过，旅行时我们却总向往"陌生"与"不同"。这正是在伊朗的旅行为什么令人惊喜连连，念念不忘。

早上八点，大巴从凡城汽车站开出。公路沿着凡湖东北岸延伸，蔚蓝的湖面上泛起层层波光，岸边的草地像块铺开的绿色长毯，色彩斑斓的小花开满路旁和湖边，偶有绒球一样的小树冒出来，翻卷的白云缩在天边，掠过远山上还没融化的雪。《圣经》中所记的挪亚方舟停靠的"阿勒山"就在这一带，那是两座海拔5000多米的山峰，终年积雪。

16　石雕光影

　　大巴车沿着公路继续向西，不久就能看到埃尔祖努姆城区高高低低的房屋在群山脚下层层蔓延。这座城市的海拔接近2000米，从城外看过去，低低的白云把影子投在山坡上，形成一深一浅的斑块。

　　我来到位于城东的双子塔神学院，被这座建筑独特的外形吸引：朴素无华的灰色石砌入口两侧，各有一座细长的圆柱形宣礼塔高高升起，与在伊朗曾见的那些色彩炫目、光芒璀璨的伊斯兰教建筑不同，这座神学院的姿态沉稳含蓄。我一步步走近，才看清这一抹灰色之间的繁复变化与细致匠心。

　　精美的石雕装饰着建筑的表面：盘绕的藤蔓、卷曲的叶片、千变万化的几何图案，这一切被自然的光影雕琢得更加立体。我站在门前抬头，类似波斯伊旺构造的门洞也被无限重复的穆克纳斯占据，层层叠叠，变化无穷。与伊朗清真寺中穆克纳斯表面鲜艳的瓷砖相比，这些在石块上直接雕刻的细小拱龛更加纯粹。它们来回转折交叉，像钟乳石从空中垂落，与厚重的墙面形成反差。宣礼塔上，一块块天蓝色小瓷砖细密地镶嵌在砖块之间，为内敛厚重的气质平添几分活泼跃动感。砖块砌出一道道凸起和凹槽，直直地通向塔顶。

这是一种前所未见的建筑风格。它的朴素形态让我想起伊斯法罕的星期五清真寺的大穹顶。正当好奇二者的关联时，我

△ 图 43 双子塔神学院入口外观

在介绍板上找到了答案：这座神学院建于1253年，尽管比星期五清真寺的始建时间晚了两百多年，却是属于同一时期的建筑工程。这个时期，恰好是阿拉伯人统治结束后，蒙古人到来前，统治者是来自中亚草原的游牧民族塞尔柱突厥人。这种风格因此有一个专门的名字——塞尔柱建筑风格。

草原游牧民族原本没有自己的建筑文化，却因为长期接触波斯文化而深受影响。当塞尔柱突厥人在他们征服的土地上大兴土木时，来自伊朗、伊拉克和小亚细亚的匠人便成为工程的主要建设者。由于蓝色瓷砖的加工大部分时间被盛产钴料的伊朗卡尚地区垄断，这些色泽诱人的瓷砖价格高昂，而从卡尚到安纳托利亚高原的运费也十分可观。这就是为什么埃尔祖努姆的双子塔神学院建筑上只能看到一些瓷砖作为点缀。而与石材稀少的伊朗高原相比，安纳托利亚有着丰富的石料资源，这些石料更便于开采和雕刻。于是，这里的匠人就地取材，将石雕作为建筑的主要特色。这些建筑上的雕刻，往往来自阿拉伯文的《古兰经》片段，还有植物图案和几何造型。复杂的立体造型手法，使建筑物愈显精美生动。

我走进双子塔神学院，长长的庭院由两层高的拱廊围成，看得出明显受了波斯建筑的影响。庭院四边高大的拱形伊旺两两相对，拱券底部则由木梁支撑加固。相较曾在伊朗见到的纯砖结构，石块砌筑的拱券可以架在更加纤细的石柱上，进而释放更多建筑空间，庭院也更通透。

我行走在拱券塑造的回廊里，窗户门洞都被石雕细柱装点。除了单柱，还有双柱并列的情形。如此用心勾勒，很容易让人联想到后来欧洲出现的哥特式建筑。但是相比哥特式建筑尖利的拱券，塞尔柱风格建筑的拱券柔缓圆润，几乎是工整的半圆，与伊朗常见的挺拔硬朗的砖砌拱券也有所不同，这在很大程度上受到了罗马建筑的影响。

后来，我在土耳其中部城市科尼亚也见到一些经典的塞尔柱风格建筑。位于市中心阿拉丁山北侧的瓷砖博物馆，就是由塞尔柱时期的雅库提耶神学院改建而成。这座神学院与双子塔神学院几乎同期建造，形式上更加华丽。它的门脸由白色与深色两种石料拼贴而成，深浅两色交织缠绕在拱券上方，组合变化出曼妙的图案。就连大门两侧的装饰立柱，也有类似西方古典式的柱头，希腊、罗马建筑的风潮已经明显渗透安纳托利亚。

在科尼亚的一座神学院，我看到穹顶底下四角与墙面交错处，出现了巨大的三角形。这是匠人们为了解决穹顶圆形底边与大厅方形平面的衔接问题所采用的办法。这种做法后来被称为"土耳其三角"，这是塞尔柱时期土耳其人独创的一种结构形式。

在埃尔祖努姆双子塔神学院的南侧，有三座谷仓一样的小建筑，立在杂草中间。每座谷仓的形态和大小虽然各有差别，却都有着圆锥形的屋顶和圆柱形的主体。这三座"谷仓"，其

△图 44 雅库提耶神学院入口外观
▽图 45 雅库提耶神学院后部外观

实是塞尔柱时期遗留的三座陵墓，尖尖的圆锥形屋顶很像童话里七个小矮人头顶的帽子，而圆柱形的外墙上则装饰着细腻的石雕线角和小窗洞，其中一座还以"土耳其三角"与方形基座交接。如果对这种陵墓进行溯源，可以找到位于今天伊朗北方里海附近的一座塔状陵墓，那座陵墓建于1006年，平面是多边形，也有圆锥形屋顶。与埃尔祖努姆的这三座由石块砌成的陵墓不同，里海之滨的陵墓是由砖块砌筑的。这再一次印证：无论建筑形式如何变化，人们总是擅于利用当地环境中普遍存在的建筑材料，加以智慧的再创造，形成契合当地的建筑风格。

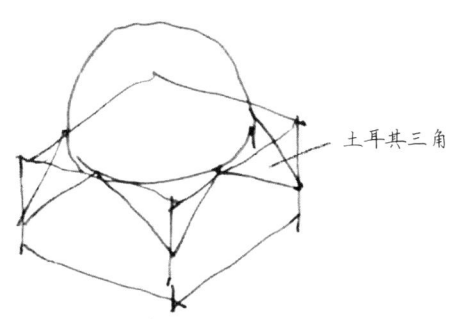

△图46 "土耳其三角"结构示意图
▽图47 "土耳其三角"室内形态

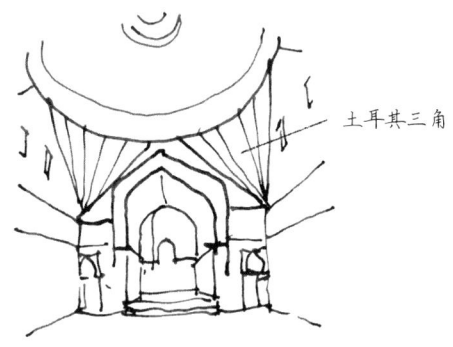

回到感官体验上，塞尔柱风格建筑的灰色石墙和细密雕刻在埃尔祖努姆的蓝天绿草间，与自然环境浑然天成。而在伊朗

干旱的沙漠和光秃秃的山石间,黄色泥砖建造的房屋也毫不突兀,至于色彩斑斓的瓷砖,则更像是工匠利用天然矿藏对枯燥的环境做出的慷慨补偿。其中暗含的,正是建筑与环境之间那层微妙的联系。

▽图 48 埃尔祖努姆城里的"三陵"

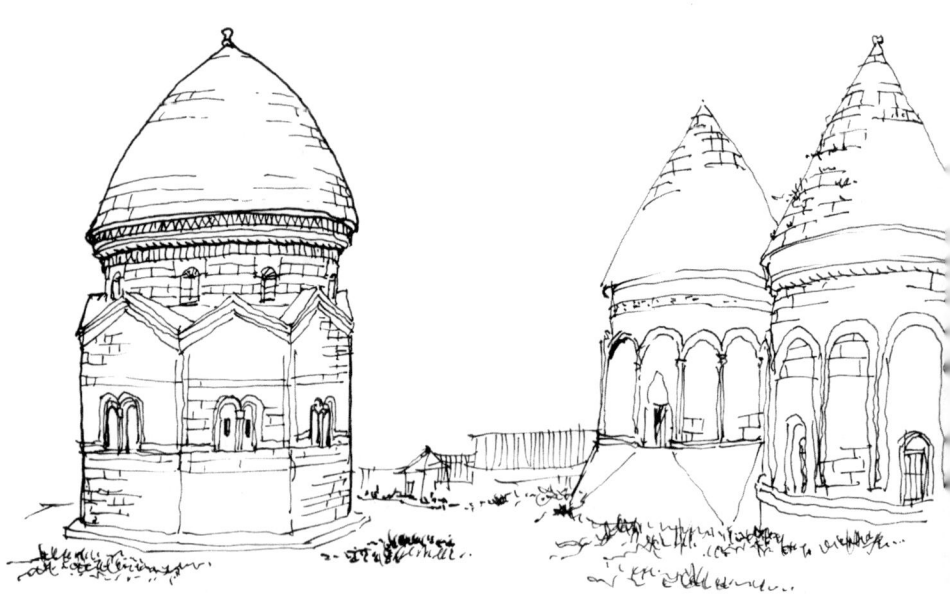

17 黑海南岸

我坐上开往特拉布宗的大巴车,埃尔祖努姆挤在山脚下的房屋远远退去。汽车开进陡峭的山区,阳光被山头的云捋开,洒向翠绿的山谷,红瓦屋顶点缀在山腰,云雾从山间飘起,升腾缭绕,掠过山头的树丛。

傍晚时,大巴抵达特拉布宗,窗外一座座方正的住宅楼顺着山势层层叠叠。我提着行李出站时,太阳已经下山,与阳光一同消退的还有本来满大街的汽车和行人。我站在车站门口,对着空空荡荡的街道,惊叹本来还一派热闹的市井气息,顷刻就荡然无存。

我走在空无一人的街上,周围是气氛怪异的死寂。宽阔的路面上没了汽车,自己的脚步声分外清晰。还没搞清楚究竟发生了什么,另一个信号又悄悄飘进鼻孔,它顽皮地触动我的嗅觉神经,让大脑猛然兴奋——是海水的气息!海的咸腥,正随丝丝海风袭来。我望向远处,绿树背后,横卧着货轮庞大的身躯,还有码头上的吊车,是大海!我沿着亚洲大陆跋涉这么多个日夜,终于第一次来到海边!

为了看一眼海面,我爬到高架桥上。通红的晚霞下,吊车的黑影密密麻麻。码头的灯火在海面上点点晃动,海水伸向远方,与灰蓝色的云朵紧紧接在一起。安静的城市就像悬浮在空中,山崖上的房子望着远方,仿佛在守候一个即将发生的大事件。

我顺着马路,来到位于市中心的广场,本来安静的商铺开始摆出露天茶座。待夜幕低垂,整个城市仿佛重新启动了一样,市民如潮水般涌上街道。餐厅门口、酒吧里、马路上,到处熙熙攘攘,每个人都沉浸在彻夜不眠的笙歌与喧闹中,点燃了特拉布宗的夏夜。

我在人群中间找了家小饭馆,在紧靠落地玻璃的位子上坐下,看茶座上的长发女人吐着烟圈,沉默的男人端起红茶杯,忙碌的侍者穿梭其中,霓虹灯在头顶闪烁。饭后,我路过热气腾腾的锅前,老人用夹子把煮玉米捞出摆好。人们三五成群围坐桌前,兴奋地谈天说地。送茶的伙计拎着银色的茶盘,深棕色的茶水隔着玻璃杯,映着喧嚣的灯光。

越是临近午夜,步行街上的行人越多。大家笑容洋溢,还有不少推婴儿车的年轻父母,身旁跟着活蹦乱跳的孩童。似乎特拉布宗城里所有人晚上都不用睡觉,高亢的歌声、欢笑声、杯盏碰撞声交织在狭窄却拥挤的街道上,好一座人声鼎沸的不夜城。

△图 49 特拉布宗市区的商业街

我穿过人群,在一座天桥的尽头找到海岸,就着远处的灯光,一点点摸到堤边。我坐在海边的巨石上,背后是城市热闹的灯火,眼前却又黑黢黢一片。突然,喧嚣声被按下了暂停键,岸上沸腾的音乐戛然而止,宣礼塔传出嘹亮的唱经声,原本喧嚣的城市,又落入一段悠长的宁静。黑暗里,我只听到细碎的浪花轻轻拍打脚下的石头。海水涌入巨石的狭缝,叮咚作响,远处的灯塔,在夜幕下发出绿色的光。

当我回到广场上时,人们又开始载歌载舞。活泼的中年男人手握麦克风,走到围观的人群旁,拉着陌生人表演即兴脱口秀。他的同伴弹琴伴奏，观众被逗得前仰后合。见我一个好奇的外国人走来，中年男人攥住我的胳膊，对着我高兴地唱起来，广场上的人们手牵手跳舞。大家从不同的方向加入，齐刷刷站成一排，随音乐节奏尽兴舞动，格外欢快。

我回到旅馆，环顾房间一周，并没有找到指示麦加方位的标识。在不经意打开书桌抽屉时，却看到底板上绿色的箭头，上面写着KIBLE。有趣的是，一旦合上抽屉，客房里的宗教元素就立刻消失。小小的抽屉，好像变戏法一样，在世俗与宗教之间自由切换，正如特拉布宗忽而宁静忽而喧嚣的夜晚。

第二天早晨，阳光照进城市，海面泛起绿宝石般的光泽。我顺着马路穿过集市，爬上山顶俯瞰这座城市。与安纳托利亚半岛上的大部分土地不同，特拉布宗所在的地区很长时间里都由相对独立的政权管辖，因此文化和风貌也与土耳其大部分地方有所不同。当年由君士坦丁堡逃亡至此的名门望族，在这里建立特拉布宗帝国。这个帝国巧妙地周旋于塞尔柱王朝、蒙古人和热那亚人之间。这部分从西方迁来的后裔，传承了东罗马帝国的文化。在东罗马帝国的灭亡后，特拉布宗帝国的军队依旧坚持抵抗奥斯曼政权，因而他们也被称为"最后的罗马人"。1461年，在君士坦丁堡陷落后的第八年，特拉布宗帝国才被奥斯曼人征服。

上午我离开特拉布宗继续向西，前往另一座黑海边的小城——锡诺普。汽车贴着黑海南岸行驶了整整一天，一路上都

△图 50 由山顶俯瞰特拉布宗

能看到宁静的海面在蓝天下延展。抵达时,夕阳正穿过云层,把道道金光洒向海面。

  这是座恬静的港口小城。从纬度上看,她位于整个安纳托利亚半岛的最北端。锡诺普的历史可以追溯到公元前 8 世纪。在东罗马帝国统治时期,锡诺普成为繁忙的商业中心。因为她的海港一年四季都风平浪静,而大部分黑海沿岸港口在冬季无法通航。

  我登上了黑海边的城墙,在年久脱落的石块中间,看高低错落的城市房屋。沧桑的城墙,承载了超过 4000 年的历史:这里最早由赫梯人建设,后来由罗马人、塞尔柱人和奥斯曼人反复扩充加固。

  夜幕低垂时,云朵压在海面上,随海风游走幻化,码头燃起渔火。我回到旅馆,从房间望出去,一层层红瓦屋顶的后面是停满小艇的港口，继而是无垠的大海，楼下的窄街上偶尔有汽车经过。

第二天，我在锡诺普考古博物馆的庭院里见到了真正的"罗马柱"：那些饱经沧桑的古典雕刻，代表我这一路都在寻找的那个"西方"。

18 番红花城

蜿蜒的石块小路徐徐落入山谷,伸进小城中心。汽车颠簸着开下去,到尽头小广场转弯,我抬起头时,外面已经是番红花城热闹的街市:古堡般的浴室顶上铺满红瓦,叮叮当当的铁匠铺簇拥着老清真寺,一群鸽子飞过宣礼塔。

小城位于三条山谷交会处。周围有山体庇护,所以冬天免受寒风侵袭,这里在17世纪成为番红花的种植和贸易中心。番红花就是我们常说的藏红花,每朵花上只有3根雌蕊有食用和药用价值。通常情况下,为了收集100克花蕊,需要加工1万多朵番红花。因此,番红花成为一种价值连城的香料。而城中广泛种植番红花的人们,也因这种昂贵香料的加工贸易而聚集起大量财富。再加上这里恰好位于黑海沿岸的主要贸易路线上,番红花城的居民过上了富庶安逸的日子。

街道两旁是错落的白色房屋，每座房子的屋顶都有短短的低缓屋檐。房子临街的一层由毛石筑成，二层和三层则向外挑出，底下撑着斜向的木条，墙面上排列着整齐的竖长条开窗。我一路观察了好几座这样的房子，虽然大小、高度、所处地形各有差异，基本模式却差不多。

这样的民居，因为修筑于奥斯曼时代，被称为"奥斯曼房屋"。通常情况下，沿街的底层空间相对封闭，这层一般用来饲养牲畜或作仓库使用，墙面也用大块石料砌成，恰好契合复杂的地势。二层和三层则用木材建造，为了使结构更加稳固，很多斜撑木构件被嵌入框架中。上层墙体则用土坯和泥土来填充，最后用泥灰将表面涂抹光滑。二层通常用作会客接待或起居空间，三层作为卧室。

我住的旅馆，就正是由一座奥斯曼房屋改造而成。房子无处不体现主人的匠心，沧桑的古韵中透着雅致，摆放考究的瓷器、干花、羽毛、纱帘、灯具、木凳和茶几，件件都是主人钟爱的收藏品。

▷图 51 番红花城街景

△图 52 由"奥斯曼房屋"改造而成的旅馆

第二天早晨,我老远就看见院里站着一位身穿白衫的老先生,他身材挺拔,满头整齐的银发,鼻梁上架着黑框眼镜。他慢悠悠伸手摘下树上的樱桃,放进嘴里。他儒雅的气质与旅馆浑然一体,他就是这家旅馆的主人。

老先生名叫易卜拉欣,不仅拥有这家旅馆,还是整个旅馆的设计者。易卜拉欣喊来他的太太,一位气质同样优雅的金发女士,她身穿裁剪利落的黑色连衣裙,笑容和蔼。原来,他们是我的同行,是土耳其鼎鼎有名的建筑师。我们坐在花园里的长桌前聊天,易卜拉欣讲起他对奥斯曼房屋的情结与改造心得,两位老人的生活状态令人羡慕。得知我的旅行经历,易卜拉欣找来他曾撰写的有关奥斯曼房屋的论文资料、当年改造旅馆时的设计图纸,还特意从自家的书房找来几本关于土耳其建筑遗产的英文画册,供我参考。

奥斯曼帝国继承了突厥人的游牧文化,他们选择居住地点

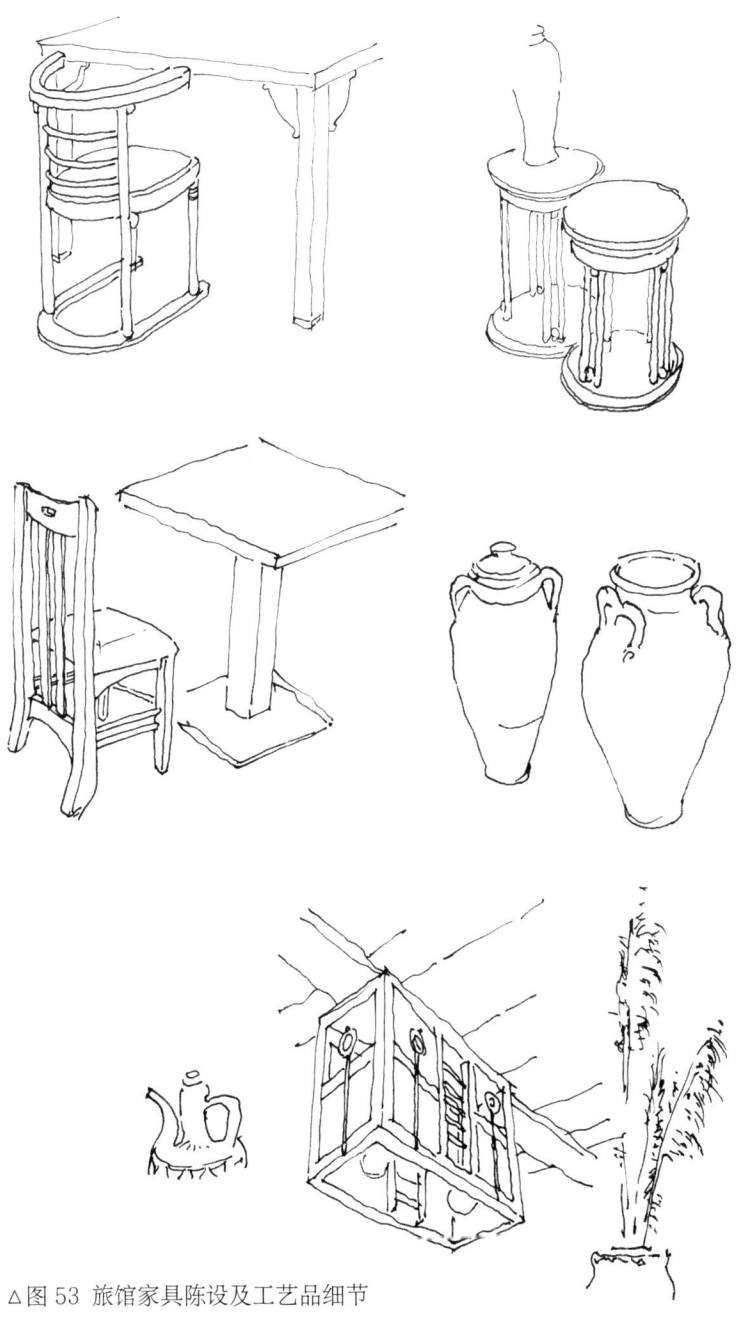

△图 53 旅馆家具陈设及工艺品细节

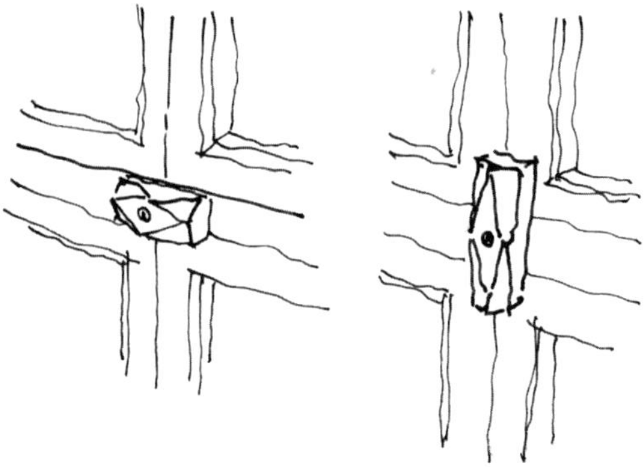

△图 54 旅馆内固定窗扇的可旋转木块
（左为打开，右为固定封闭）

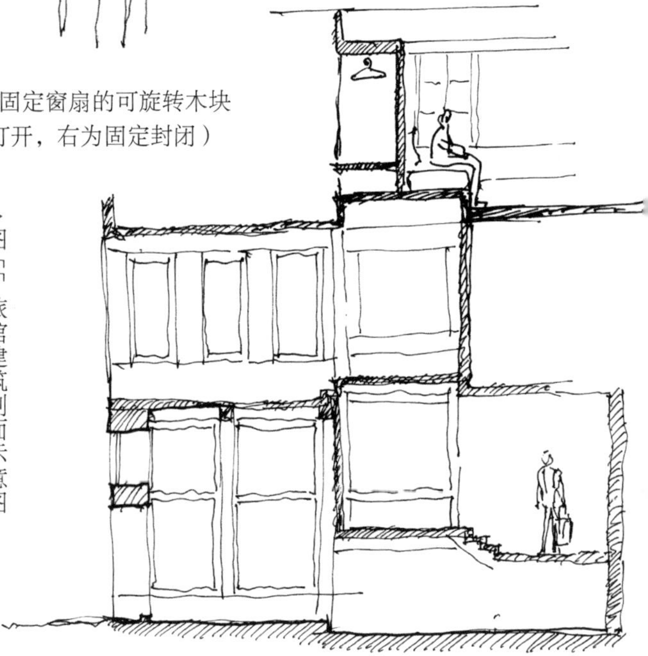

△图 55 旅馆建筑剖面示意图

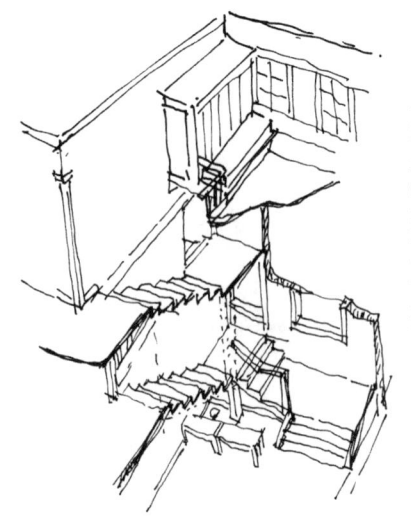

◁图 56 旅馆楼梯结构剖切示意图

△图 57 旅馆楼梯间局部速写

▽图 58 旅馆一层公告区域展示柜与外部采光庭院剖面图

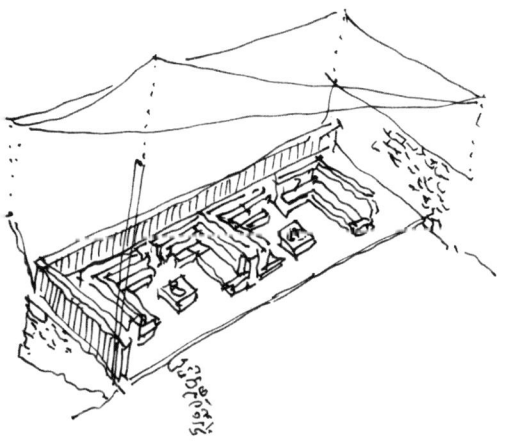

▽图 59 旅馆庭院茶座及遮阳棚结构示意图

的时候，并不会只守着一个地方。以番红花城的居民为例，这里的大部分家庭都有两个居所：冬宅和夏宅。冬宅是山谷里一片紧密相依的房屋，大家抱团取暖，寒风无法侵入；而到了夏季，大家就搬到老城外的高地上，那里的房屋自由分散，每家每户都有大花园。我站在高处俯瞰由冬宅组成的老城，晨光里，层层叠叠的屋顶上炊烟袅袅，碎石街道上没有行人，一片宁静。

番红花城中除了上千座奥斯曼房屋，还有几处商队驿站、清真寺、浴室等公共建筑。其中的"巫师浴室"赫赫有名，我对闻名世界的土耳其浴向往已久，自然也要走进巫师浴室中一探究竟。

到更衣间换好衣服，我推门来到一间幽暗的前室，前室另一端是扇低矮厚重的木门。一推门，水汽就扑面而来，好像一间大桑拿房。水汽散开，前室的样貌逐渐呈现。这是个工整对称的空间，正中一座八边形白色大理石台，几个男人裹着浴巾躺在台子上，头顶是高大的穹隆。以台子所在的空间为中心，四面各有一个门拱，一侧是出入口，其余三个门拱分别通往一间方形小厅。中心大厅四角的厚墙下方，各有一个狭窄低矮的小门洞，分别通向后部的四间浴室。

每间浴室里各有一组大理石水盆，嵌在白色石台上。水盆上配有两个铜管水龙头，用来调节水温。我舀起水盆里的水，从头顶浇下来。浴室都有穹顶，每个穹顶上都有规则排布的玻

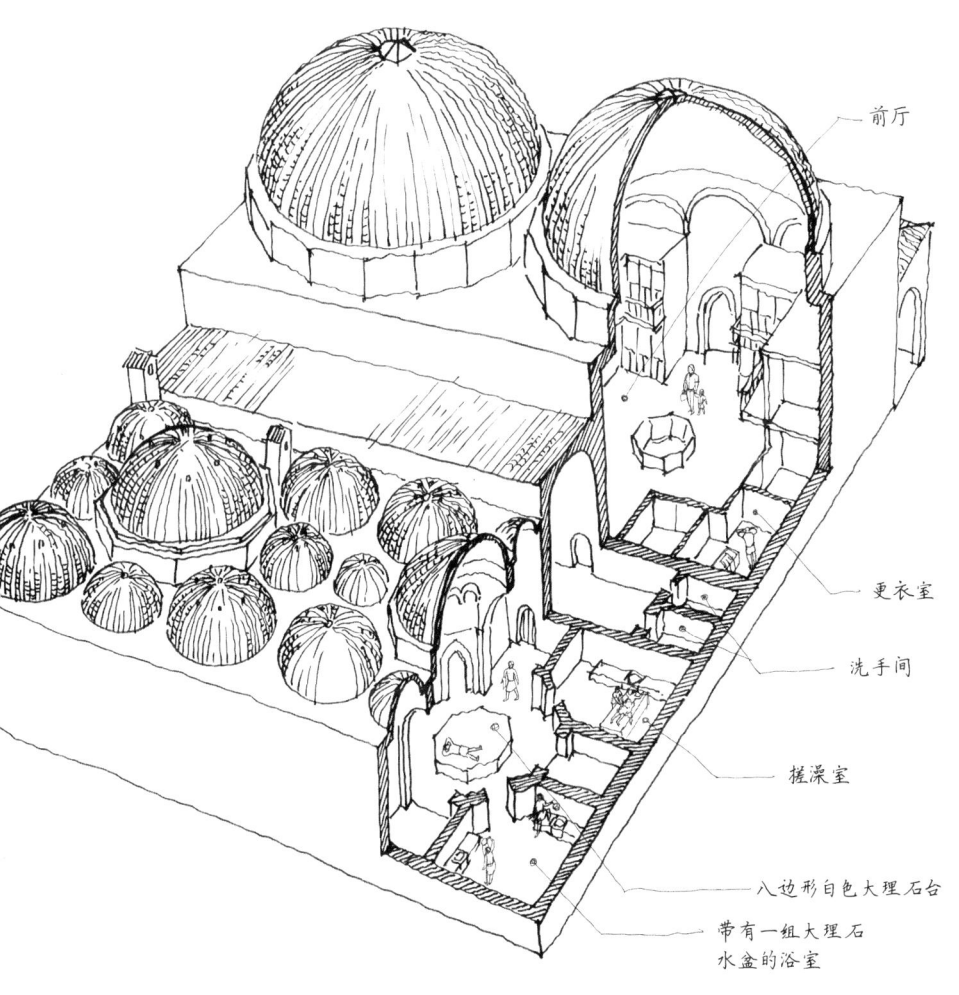

△图60 "巫师浴室"剖切透视图

璃采光口，下午的阳光透过采光口，令浴室保持明亮，无须另外人工照明。

搓澡师傅让我趴好，紧接着泼上来两大盆温水，然后用搓澡巾在我身上搓起来。几个月来积攒的淤泥，都被一层层褪下来。

他一边搓一边感叹："好脏啊。"

我尴尬得无言以对，好在早已料到他抛出的问题："你从哪里来？"

"日本！"我毫不迟疑。

19 凿穴为居

与易卜拉欣先生在旅馆门口握手道别，我又踏上了旅程。番红花城外的彩云铺满天空，薰衣草爬满山坡。一段漫长的路途之后，大巴开进一片嶙峋的山区。形状怪异的巨石像一座座宝塔，有尖有圆，有的还形似蘑菇，奇异的景象看起来很不真实。

这片特殊地貌，最早因 1200 万年前的火山喷发形成。几百万年间反反复复，每一次喷发都带来大量火山灰，进而变成凝灰岩。形成于不同时期的凝灰岩，具有不同的硬度和色泽，由于风、雨、冰的侵蚀，形成一座座奇异的尖峰，被称为"仙人烟囱"。因独特的地貌，这里有一个广为人知的名字——卡帕多西亚。

由于松软的岩层极易开凿，早期的人们凿穴为居。罗马帝国推崇多神教，统治者镇压异教徒，迫使大批基督徒离开耶路撒冷。他们在安纳托利亚中部找到了这个难得的藏身宝地，定居下来。从那时起，人们就在质地酥松的山岩上开凿修行洞窟。

△图 61 俯瞰卡帕多西亚特殊地貌

我在格雷梅的露天博物馆参观了不少这样的教堂：人们在洞穴里模仿地面建筑的形态，将内部雕琢成穹顶的样子，周围还有立柱支承的拱券造型，拱券与穹顶之间还模仿帆拱联结，壁画色彩艳丽，描绘的多是圣人和先知的形象。这些岩穴教堂大多建于公元 4 至 11 世纪，那时的卡帕多西亚已是基督教胜地。

从公元 726 年起，东罗马帝国境内兴起了破坏圣像运动。政府借口描绘基督的圣像有悖宗教原则，实际目的则是利用破坏圣像来打压教会的势力。在那场大破坏中，卡帕多西亚原本宁静的山谷也未能幸免。在这些岩穴教堂的内壁彩画上，依旧能看到当年留在神像脸部的划痕。虽几经浩劫，修士们依旧凭借对信仰的执着，继续生活在卡帕多西亚。他们在公元 9 至 13

世纪,又开凿出很多座教堂。后来奥斯曼帝国建立,尊崇伊斯兰教,在卡帕多西亚顽强燃烧了1000多年的基督教火苗最终熄灭。从此,那些深藏山中的岩穴教堂便无人问津。

直到1907年,一个法国牧师发现了这些岩穴教堂。再后来,来自世界各地的游客蜂拥而至。与此同时,一些当地人也嗅到商机。他们买下格雷梅、乌奇希萨尔和于尔古玉普的洞穴老宅,把它们改造成洞穴旅馆。这也成为进一步吸引游客的重要项目,毕竟,睡在卡帕多西亚山洞里的体验,一定十分特别。我找了家评分甚高的洞穴旅馆。房间十分宁静,在凝灰岩上开凿出的墙壁散发着岩石的气息。睡觉前,当我关掉所有的灯,洞穴就立刻沉入寂静的漆黑。

第二天一早,我见到了这家洞穴旅馆的主人——一位仅比我年长几岁的女士。她叫妮海,一身蓝色碎花长裙,丰腴的姿态和略带腼腆的笑容,一双土耳其人标致的大眼睛。她讲起自己的经历:大学毕业时她曾去大城市打拼,只是她更向往惬意舒适的小城生活。在伊斯坦布尔工作一年后,妮海回到家乡卡帕多西亚。在小城于尔古玉普,她开设了自己的设计工作室。

工作室成立后的几年,正值卡帕多西亚旅馆业蒸蒸日上的时期,人们纷纷将洞穴老宅改造为旅馆。由于妮海之前积累了不少的旅馆设计经验,所以很多业主都找到她。于是,妮海的设计作品在卡帕多西亚遍地开花。项目数量不断增加,为了便于经营团队,妮海将工作室搬至人口相对集中的城市开塞利。

在为卡帕多西亚设计了多家洞穴旅馆之后，妮海决定开始亲自设计、亲自经营一家属于她自己的洞穴旅馆。她相中了一处位于古村格雷梅的老宅，那是个几近坍塌的洞穴。经过一年设计，旅馆改造工程启动了。又一年后，妮海的旅馆投入运营，最初只有六间客房。爱好旅行的妮海喜欢与来自不同地方的住

▽图 62 洞穴旅馆客房平面及剖面

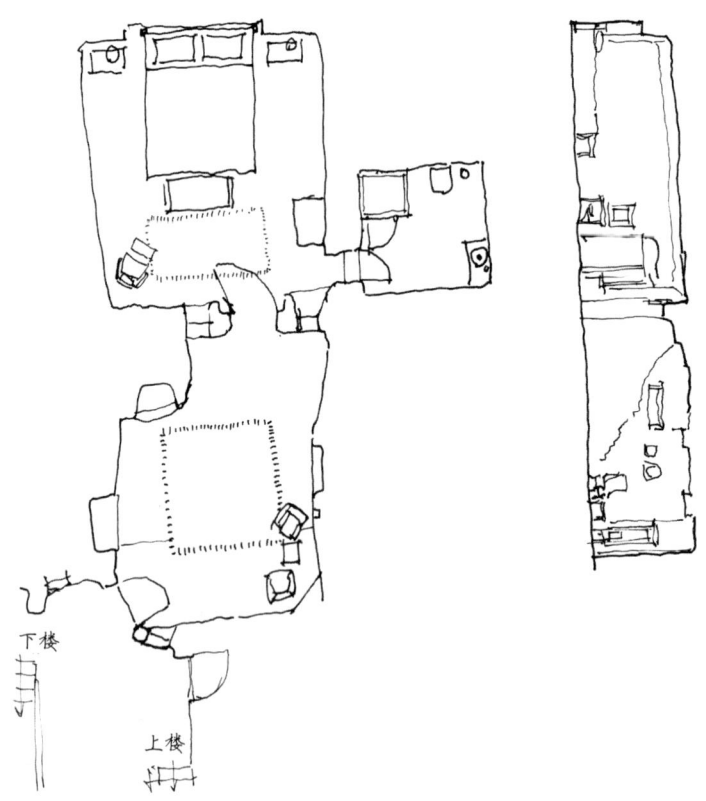

客聊天,这已经成了她在建筑设计之外的重要调剂。

妮海的小旅馆几乎每天爆满。两年后,她买下了紧邻旅馆的另一处老宅,并改造为旅馆二期。妮海频繁往来位于开塞利的建筑设计工作室和位于格雷梅的洞穴旅馆,身兼建筑师与旅馆老板的双重角色。

后来,旅馆的经营占据了妮海更多精力,原本作为第一职业的建筑设计,却成了她在经营酒店之外的"业余爱好"。令人庆幸的是,这并不影响妮海作为一名广受欢迎的建筑师。旅馆二期完工后,她将工作地点由开塞利搬到了旅馆。后来,她干脆把家也安进了自己的旅馆里。

妮海的经历对我很有启发。从她身上,我看到建筑师职业发展的另一种可能,这种可能所带来的一系列生活方式,让我对这个古老的职业有了新的理解。

20 初遇大秦

一

深夜,长途汽车以每小时 90 公里的速度行驶在高速公路上,两旁一片漆黑。突然,路中间闪过盏明亮的路灯,紧接着,第二盏、第三盏……路灯接连不断,像串长长的项链伸向远方。顺着看过去,尽头一片炽热的光芒,那里是土耳其第二大城市,人口密集的首都——安卡拉。

一弯新月之下,被强光灯照亮的广告牌接二连三地冒出来。建筑越来越密,也越来越高,它们与道路疏离。郊区式购物中心像工业厂房一样铺开,门前有大大的停车场。加油站撑开硕大的遮雨棚,一排排加油机上数字跳动,伙计们手握加油枪,忙碌的身影来回穿梭。奔流不息的高速公路上,下班后的人们挤在公交车里,手臂齐刷刷高举着,握住吊杆。这派繁华与忙碌的景象,让人很难将它与 100 年前那座其貌不扬的闭塞小镇联系起来。

在土耳其，时常能够看到一幅人像，他头戴圆筒状的黑色绒帽，嘴上一撮密密的胡须，神情威严。这就是被称为"土耳其之父"的穆斯塔法·凯末尔·阿塔图尔克，他也被公认为现代土耳其的缔造者。20世纪初，列强瓜分下的奥斯曼帝国满目疮痍。为了争取民族独立，凯末尔将安卡拉作为争取民族独立的根据地，在这里建起临时政府。土耳其独立战争胜利后，凯末尔宣布将安卡拉作为新成立的土耳其共和国首都，大批人口随之涌来。过去100年间，安卡拉的人口总量增长了上百倍。

实际上，早在3000年前，赫梯人就已在这里生活，东征路上的亚历山大曾占领这里。亚历山大帝国解体后，这里又成为塞琉古帝国的领地。公元前250年，加拉太人统治这里。再之后，罗马皇帝恺撒将这里纳入古罗马版图。

在今天的安卡拉老城区，还能找到当年罗马人建造的奥古斯都神庙的遗址——红色砂岩和浅灰色石块相间砌筑的墙面，石墙外围还有散乱的基坑。从考古资料看，这座神庙的平面呈长方形，长边由15根立柱支撑，短边则有8根立柱，顶上还有三角形山花，完全符合西方古典建筑的经典形象。这种经典范式，在后来的2000年里被世界各地的建筑反复借鉴，几乎成为纪念性建筑的固定模式。凯末尔的陵墓——位于安卡拉的国父陵，立面形式就是类似这种比例的柱廊。

放眼今天的世界，从美国华盛顿的林肯纪念堂到北京天安门广场的毛主席纪念堂，都依旧采用这样的柱廊立面，尽管经

△图 63 奥古斯都神庙复原图

过简化，却保留了古典比例。不过，安卡拉的这座奥古斯都神庙还不是这种形式的原型。因为罗马人也是向他们的前辈——希腊人学习，才建出这样的神庙。也是这个原因，让我对几天后将要出现的希腊神庙更加期待。

我在神庙旁的山脚下，找到了古罗马剧场遗址。虽然已经残损不堪，还是大概看得出半圆形看台轮廓和舞台背后砌筑的石墙。奥古斯都神庙西面的高岗上还有古罗马浴场遗址，草丛里散落着罗马柱，残存着砖头墙基，那里曾经有完备的更衣室、冷水室、温水室和热水室。

站在建于公元 3 世纪的浴场遗址上，我想起在番红花城巫师浴室里的那场土耳其浴。由此处遗址的平面布局，可见二者建筑有不少共通点。很明显，土耳其人是古罗马浴场文化的忠实传承者。

二

　　通往安塔利亚的公路，在安纳托利亚半岛南部的山里弯弯绕绕。黄昏时，公路开始连续下坡，远处的山间突然露出一片碧蓝的海。我兴奋地直起身子，大海越来越近，在渐渐平缓的公路尽头伸展身姿。经历了将近100个陆上的日夜，我终于见到了地中海。

　　隔过婆娑的树影，我望向朦胧的海天交界线，想象着海的那头，非洲大陆广袤的土地。大巴折到一条滨海公路上，路旁闪过一棵棵棕榈树的剪影。一轮红日正缓缓沉入连绵的崇山，山下的城市正是安塔利亚。

　　不同于路途中大多数城市夜晚的清凉干爽，安塔利亚的夏夜闷热潮湿。我跨过电车轨道，走进被一座座奥斯曼房屋挤出的小街道，这个被称为"卡莱奇"的地方，是安塔利亚老城。我住进一家可以眺望地中海的家庭旅馆，深夜一个人趴在小木窗上，由点点渔火想象着大海的模样。

　　天一亮，我就冲到窗前，看见红瓦屋顶的背后，蔚蓝的海波在阳光下轻轻跃动。我沿着石板铺筑的街道，走过开满三角梅的墙下，来到一处悬崖上。下面的港湾里停满船只，海水瑰丽清澈，甚至能清晰看见海底的石块。人们懒懒躺在遮阳伞下，有人屈膝一跃，激起一片水花。这个港湾名叫罗马海港，被三面悬崖环抱，自古就是安塔利亚的生命线。从这个港口出发，向南航行一整天，就能抵达埃及的亚历山大港。而从这里出海前往希腊克里特岛、地中海东岸的耶路撒冷等地，航行时间都只要一天左右。

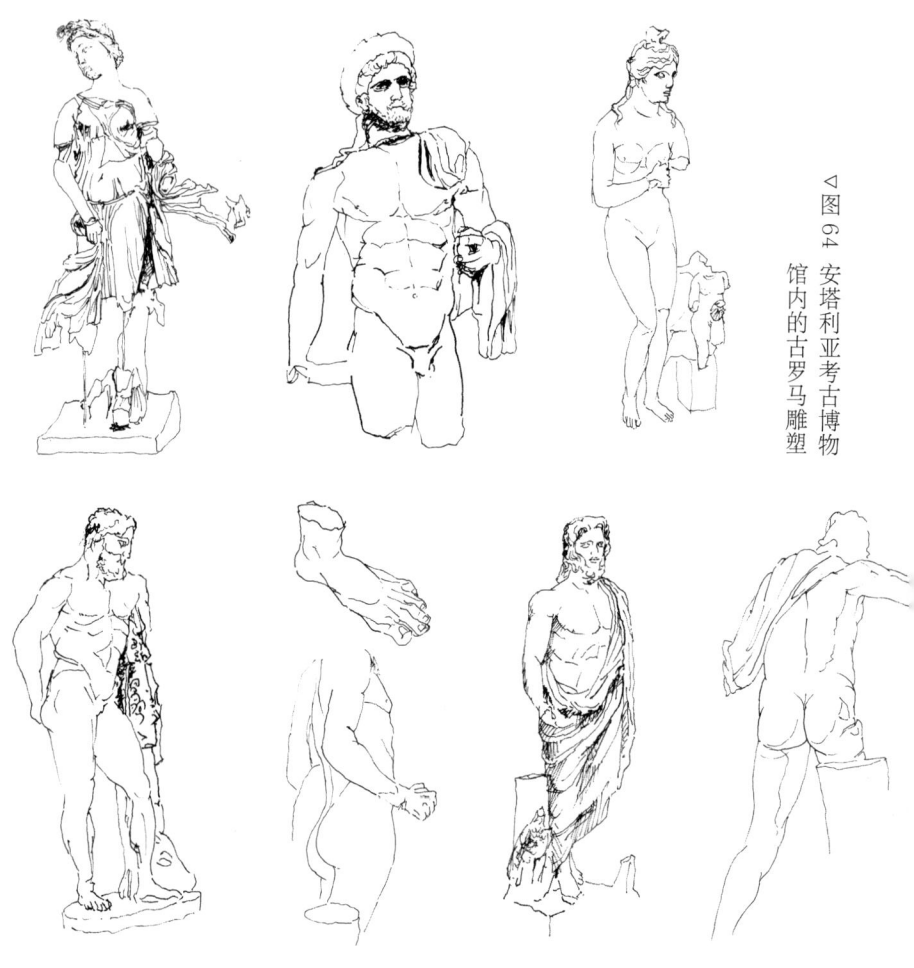

▽图 64　安塔利亚考古博物馆内的古罗马雕塑

　　老城东北角有座建于古罗马时期的凯旋门，是为迎接公元 130 年罗马皇帝哈德良的到来而造的，故名"哈德良门"。门上三个连续的拱券落在厚实的墙上，两侧是高高的城墙。支撑拱门的厚墙前由立柱装饰，消除了厚墙的笨重感。

　　黄昏时，我坐在罗马海港旁的堤岸上，眺望远山的轮廓。一旁席地而坐的少年捧起吉他，海鸥伴着歌声与和弦扇动翅膀，远航的帆船归来海港，潮湿的海风送来阵阵凉意。

△图 65 安塔利亚城内的哈德良门

三

我由安塔利亚向西北方旅行，穿过山区和田野，来到一片平坦的谷地。远远就看见山坡一片白茫茫，夏日里怎么会有积雪？我慢慢走近，满山的白色看起来像是一团团洁白的棉花。实际上，这些"棉花"并不松软，而是由坚硬的碳酸钙沉积而成。长久以来，这里被称为"棉花堡"。

我把鞋子拎在手里，光脚踩在雪白的地面上。山顶的温泉富含碳酸钙，经年累月流经山坡，便形成钙华沉积。我小心翼翼地沿着水流行走，流淌的清水薄薄漫过层层堆积的岩面。一些低洼的地方水流缓慢，形成积水的小池，一脚下去，池底沉积的白色粉末翻腾起来，脚底一阵细腻丝滑。

我爬上山顶，眼前出现了一座宏大的古罗马城市遗址。残垣断壁间，是曾经容纳上万人的大剧场、浴场、集市、神庙、运动场。游客散去，我流连在夕阳下的杂草间，在散落满地的石块之中，寻找雕琢细腻的古罗马门楣和柱头。晚风拨动石缝间的衰草，窸窣作响。我从乱石中间爬上去，来到空无一人的大剧场。

这座名叫"希耶拉波利斯"的城市，早在古希腊时期就因山上的温泉成为疗养胜地，直至古罗马时期，每年依旧有成千上万人来这里疗养，在拜占庭时期，这里愈加兴旺繁荣，从遗址来看，不仅有雄伟的大门、宽阔的中央大道，就连墓地也十分壮观。不幸的是，1334年的一场大地震摧毁了这座城市，此后便只剩废墟。

我站在黄昏的剧场里，半圆形看台一层层向外辐射。这座剧场建于公元3世纪，中心舞台的背景早已坍塌，考古学家将建筑残片拼装复原：修长的立柱、精美的门头、墙面的凹龛。我坐在看台上，想象舞台曾上演过什么样的戏剧，看台上的观众又各自有怎样的人生。舞台背后是城市遗址，灯光在更远处亮起，那是一座现代城市。

棉花堡的温泉水，顺着山坡流淌而下，在山脚汇入大门德雷斯河。这条河蜿蜒向西，冲出一道绵延200公里的开阔山谷。我租了车，沿着山谷来到大门德雷斯河的入海口，从山区抵达爱琴海边，也从希耶拉波利斯的古罗马遗址，进入爱琴海沿岸的古希腊世界。

▽图66 半圆形剧场的中心舞台

21 爱琴晚风

一

大门德雷斯河的入海口附近,屹立着另一座庞大的城市遗址,无论在西方哲学史还是城市营建史上,都有举足轻重的地位。她不仅是古希腊人的骄傲,也为古希腊的繁荣奠定了基础。这里的海港面朝希腊半岛和克里特岛,从这里启航,可以方便地抵达雅典、斯巴达等城邦。这座城市背靠小亚细亚半岛,被富饶的土地滋养,也诞生了人类历史上最早一批科学家。这座城市,有一个响亮的名字——米利都。

米利都扼守大门德雷斯河入海口,这里是爱琴海进入小亚细亚的主要贸易通道,也是重要的商品集散地。独特的地理位置,使米利都成为古希腊与埃及、吕底亚、腓尼基等地往来的枢纽,来自不同地区的人口、物资、文化、信息等,都在这里汇集。

汽车摇晃着,开过坑坑洼洼的柏油路,向着米利都遗址的大剧场开去。游客离开后,这里成了任人游走的野地。我走进草丛,爬上大剧场的看台。

二

　　正当伊朗高原上的波斯波利斯宫殿大兴土木之时,波斯军队也在公元前494年攻入米利都,他们烧杀抢掠,把这里变成了废墟。

　　战后,人们面对百废待兴的米利都,思索着未来建设的可能性。米利都需要迅速复苏,这就意味着,整个城市的建设工程需要在同一时间进行。工程建设的首要前提,是有一张平面图,明确哪里建造民宅,哪里修筑广场,哪里留作道路。可是,那个时代的城市几乎都是由于人口慢慢聚集而自然形成的,并没有哪座城市在出现之初就要确定这么多复杂且具体的事项。

　　一个名叫希波丹姆的米利都人提出了建设思路。他假设自由民的数量为1万人,其中的工匠、农夫和士兵各占三分之一;然后将城市土地按使用性质分为宗教用地、公众用地和私人用地。他以方格网的道路形态均匀划分位于半岛上的城区,形成初步格局。这套规划方法,在2500年后的今天依旧广为规划师运用,因此,希波丹姆又被称为"西方城市规划之父"。

　　希波丹姆在米利都所做的实践,得到了广泛的认可。随后,"希波丹姆式规划"在古希腊的新殖民地推广开来。他又以这种方式规划了雅典附近的比雷埃夫斯港、图里伊和罗德城。离开故土来到陌生环境的希腊人，通过这种方式均分土地，在平等的预期下，重新组建起新的社群，城市后续也越来越朝着设想的方向发展。由希波丹姆创立的方格网均分式城市规划，成为一种快速、有效的城建手段。这套理论指导了西方乃至全世界的城市建设，从西班牙巴塞罗那到德国柏林，从澳大利亚悉尼到纽约曼哈顿，从1970年代的伊朗德黑兰到1990年代的中国上海，米利都的影响深入世界各个城市，无处不在。

罗马人后来在希波丹姆规划的方格网街道网格中建起浴场和议会厅。我在荒草间寻找希波丹姆时期的街道痕迹，却迷失在一座座古罗马建筑遗址中。走进坍塌的浴场大厅，残损的雕像横卧在水池尽头。集市旁的柱廊前，四根灰色的罗马柱修长挺拔，这种类型的罗马柱，在建筑学上有一个专有名词——爱奥尼柱式。

曾经居住在小亚细亚的民族，被称为"爱奥尼亚人"。而米利都，就是一座典型的"爱奥尼亚"城市。这种柱式诞生于爱奥尼亚人的土地上，而且在这里颇为流行，所以得名爱奥尼式立柱。

爱奥尼柱式是西方古典建筑中的基本组成元素之一。这种柱式的最显著特征，是柱头上两个大大的涡卷，像大波浪卷发。爱奥尼柱式的柱身比例清秀，为了突出细长的挺拔感，表面还雕刻有竖向凹槽。北京清华大礼堂门前有着蜗牛状卷曲造型的柱头，就是使用了爱奥尼柱式的造型；甚至，早在中国北魏时

△图 67 爱奥尼式柱头特写

△图 68 与"公牛背对背"柱头造型相结合的爱奥尼式柱头
◁图 69 爱奥尼式柱底部特写

期开凿的云冈石窟中,那种被大众称为"罗马柱"的形象,也是 1500 年前的中国工匠对源自小亚细亚的爱奥尼柱式进行的复刻。

我走在空荡荡的米利都剧场里,遇见带着小孙子散步的土耳其爷爷,夕阳映在他们脸上,金灿灿的。

三

天色不早，我发动汽车开回主路，穿过田野和村庄，来到海边的悬崖，沿着海岸线向南开。悬崖下的爱琴海平静安详，贴近海平面的天空泛起深红，海水轻轻地拍打着岸边。我摇下车窗，湿凉的晚风吹进来。

几个路口后，我开进一座昏暗的小村。绕过人声鼎沸的餐厅，我把汽车停在一片草丛背后，摸进住宿的农家小院。

清晨，我被窗外花园的鸟鸣声唤醒，到铺着洁白桌布的餐桌前吃早餐。房主是一对慈祥的老夫妻，园子被他们打理得井井有条：阳光穿过树影，把石墙照亮，周围点缀着憨实的陶罐，还有茂盛的盆栽，枝叶茂密的爬山虎从二层露台垂下，搭在深黑色的铁艺扶手上。

旅馆所在的地方，名叫"迪迪姆"。这个词在希腊语中是双胞胎的意思，特别指代古希腊神话中的太阳神阿波罗和月亮神阿尔忒弥斯这对双生兄妹。为了表示崇敬之情，古希腊人在这里建造了古代世界第二大的阿波罗神庙。在我吃早餐的院子旁边，就立着神庙高耸的柱子。

这两根爱奥尼式柱子撑起一段保留完好的门楣，其他柱子大多毁坏，仅留下方形的柱础。我顺着台阶走上去，游走在柱基中间，环顾细密的柱身雕刻。那些柱子有着粗壮的半径，恐怕两三个人也无法环抱。残存的柱基足有一人高，不少柱身的凹槽已经风化。神庙正面的基台通向长方形大厅，大厅外围由厚实的条石砌成。

△图 70 阿波罗神庙遗址

四

　　午后,我沿海岸线驾车北上,穿行在米利都城外的平原上。1000多年前,这里是汪洋大海,米利都拥有优良的深水海港。可惜的是,大门德雷斯河从上游带来的泥沙越来越多,原本三面环海的米利都,最后被淤积的新陆地包围,港口从此荡然无存。我驾车穿行的所谓"平原",就是在最近1000年中淤积生成的。如果退回古希腊时期,我手中的方向盘就变成了舵盘,我幻想自己是古希腊水手,驾船在米利都城外的海上航行,正向着北面陡峭山崖上的另一座古希腊城市——普南城,扬帆前进。

　　普南城里最宏伟的建筑物,是一座雅典娜神庙。今天这座神庙的遗址上,还有被后人用柱子残块拼成的几根爱奥尼石柱。

作为米利都之后建立的古希腊殖民城市,普南城的布局严格采用了希波丹姆式方格网形态。不过与米利都的现状不同,普南城的方格网道路肌理相对完好地保留了下来。我行走在笔直的街巷里,由两旁残留的墙基推想城市街道曾经的形态,从石块分布的情况上看,那些沿路排布的居住单元有着统一的进深。

位于城北的半圆形剧场里,最前排有几个石雕的贵宾专座,座椅前脚雕刻成狮爪形,我坐上去感受了下,半圆的靠背果然比后排板凳舒服很多。

五

我从普南城继续驱车北上,翻过几座低缓的小山,抵达小城塞尔丘克。那里有着热闹的集市,有不计其数的家庭旅馆,城里还看得到古罗马建造的水渠。城外供奉月亮神的阿尔忒弥斯神庙,因当时庞大的规模,被誉为古代世界七大奇迹之一。当然,使塞尔丘克成为重要旅行目的地的,并不只是这座神庙。在它的西面的山里,藏着古希腊最繁华的都市遗址——这座都市以开放的胸襟面朝爱琴海,后来被罗马皇帝定为小亚细亚的都城。她就是以弗所。

得益于发达的海上贸易,还有前来阿尔忒弥斯神庙朝圣的信徒,以弗所在短时间内积累了大量财富。在古罗马时期,以弗所作为小亚细亚的都城,吸引了不少移民、商人和赞助者,也吸引基督徒前来定居。

据传耶稣使徒圣保罗在罗马监狱中给以弗所的基督徒们写信，这些书信后来被命名为《以弗所书》，收入《圣经新约》中。在基督教传说中，圣约翰带着晚年的圣母玛利亚来到以弗所，他们定居在这里，这期间圣约翰还创作了福音书。圣母玛利亚在以弗所安享晚年，据说她曾经居住的小屋就在城外不远处的山上。

　　离开以弗所，我继续北上，来到伊兹密尔。

22 伊兹密尔

　　伊兹密尔是土耳其第三大都市,她的港口是仅次于雅典的爱琴海沿岸第二大港口,大海早已是这座城市的一部分。上午,我沿着紧贴海滨的人行道漫步,在露天餐厅坐下。邻桌的中年男人对着一杯红茶,轻轻摊开手中的书,过了一会儿,他放下茶杯,又一阵小憩,然后拎起公文包,悠哉悠哉上班去了。

　　在伊兹密尔城中,随处可见热闹的咖啡茶座。人们在阳光和煦的海滨公园散步,一派自由开放的气氛。公元前1000年,这座城市由希腊殖民者建立,当时被称为"士麦那"。到公元2世纪,士麦那与南面的以弗所、北面的帕加马并称为罗马帝国小亚细亚行省最重要的三座城市。1492年,一些生活在伊比利亚半岛的犹太人遭到西班牙宗教裁判所驱逐,他们向苏丹请求收留,然后迁居伊兹密尔。所以,直到今天,还有数量庞大的犹太人生活在这里。

除了犹太人，伊兹密尔还引来不少基督徒，他们在这里建造了精美的基督教堂。我走进火车站旁边的圣约翰教堂，这座小巧的教堂有着石砌的外墙和红瓦铺就的屋顶，立面上的长窗还有类似哥特式风格的尖券，吊灯从朴素的屋顶上垂下，阳光从祭坛后的彩色玻璃窗透进来。

我在伊兹密尔有件重要的事——寻人。我有一位姓许的大学老师，毕业七年来，我们一直保持着密切的联系。五年前，许老师曾到伊兹密尔旅行，他在这里遇到了在自家门前举办生日聚会的一群本地人。当晚，许老师被邀请加入他们的聚会，他用镜头记录下当时热闹的情景，并且答应，回头就把这些照片发给他们。

然而不巧，许老师不小心弄丢了当地人的联系方式。五年来，这些照片一直被许老师珍藏在电脑中，他希望有一天，自己能够再回伊兹密尔，亲手把照片送给他们，却由于工作繁忙，一直未能成行。几个月前，许老师得知我将到访伊兹密尔，便将他拍摄于五年前的照片发给我。他希望，待我抵达伊兹密尔后，能够找到照片中的孩子们，并把照片交到他们手中。

我欣然答应。然而，许老师却已经完全忘记是在伊兹密尔的哪个区域遇到这些孩子。他能提供的唯一线索，是他在这个社区附近拍摄的一张街景照片。然而这张照片实在太普通：昏黄的路灯下，一排其貌不扬的房子，没有任何地标建筑物，仅有两三个简易的店牌，还是我根本读不懂的土耳其语。

在伊兹密尔这座人口接近300万的大都市,通过一张普通的街景照片,寻找到一个社区,再在里面搜寻到那些五年前生活在这里的人们,实在是很大的挑战。

我抱着试试看的心态,开始询问一些本地人。然而,大多数人都是眉头紧锁地盯着照片,几秒钟后,无奈地摇摇头……我在市中心的巴扎区找到一家打印店,将许老师发给我的照片打印出来。随着打印机一阵忙碌,那些孩子天真的笑脸,以及聚会当晚欢乐的气氛,都跃然纸上。

临出店时,我向店主询问照片上的社区。他仔细端详了会儿,突然想起了什么,兴奋地自言自语,我立刻把地图递给他。

我顺着他在地图上指出的方向,绕过巴扎区百折千回的街道,停在一条城市主干道边上,望向马路对面的一排房子,层次、布局都像极了许老师拍的那张街景。我兴奋地掏出照片,几个线索:房屋高度、窗洞大小、进退关系——完全吻合,没错!就是这里!我兴奋地冲到马路对面,找到一个巷口,钻进去。破陋的房前,一位主妇正抱起光屁股的孩童,她旁边地上的盆子里,坐着另一个顽皮戏水的幼儿;继续向前,许多居民坐在自家门前的台阶上。我把照片递给他们,问他们是否认识其中的人,大家纷纷摇头。

我迷失在这片起伏的街区里,试图对应那晚聚会的照片,找到相关的地理景观要素:左侧是一座刷着橙色涂料的房子,右侧是一堵石块砌成的墙——仅此而已。然而这些弯弯曲曲的

△图 71 伊兹密尔依山而建的住宅区

街道，时而陡峭上坡，时而蜿蜒折下，互通又疏离。涂着鲜亮色彩的民房一座挨着一座，密密麻麻挤出头顶的天空。我找不到照片上那道石砌的墙，或许，过去的五年里，石墙大概被拆了吧。

顽皮的孩子们见我是东亚面孔，摩拳擦掌做出武术迎战的姿态，口中不停念叨："Bruce Lee，Jackie Chan！"我向他们递出照片，他们却一脸茫然，随即嬉笑着散去。我把照片交给坐在门口的妇人，她翻完所有的照片，无奈地摇头。几个年轻小伙子走过来，看着我手中的照片，先是兴奋，然后又陷入沉默，紧接着，又犹豫地抬起手，指向巷子另一头。我道谢后，他们在背后效仿我的口音,放声笑作一团。我沿着小伙子们所指的方向,赶到巷子尽头,询问坐在小卖部门前的老先生,他却坚定指着相反的方向。我气喘吁吁地爬上陡坡,房前的老奶奶挤着眼睛盯着照片,然后并不十分肯定地指指坡底。我只能再次回到坡底的窄口,听到有人招呼我,却四下无人。我抬头,见二楼的老爷子正把脑袋探出窗子,我把照片举起来,他端着眼镜铆足了劲儿,最后也只是摇摇头。

眼看太阳越来越大,房子落在巷中的阴影越来越少,我浑身大汗,却还没能找到照片上的那条街道。

我疲惫地走下小巷,突然被一个警察叫住。当他得知我正在寻找照片上的人物,便主动帮我询问居民,查找线索。这时,一位中年男人接过照片,突然指着上面的一个女人,他兴奋地示意要带我过去。

我跟随中年男人的脚步,在迷宫般的巷子里穿行。突然,我看见那座刷着橙色涂料的房子,跟许老师当年所拍照片上一模一样!还有那堵石墙,也与照片吻合了!

中年男人带我挨家挨户敲门,寻找照片中的人物。他们看到自己当年的样子,在时隔五年后,又被一个中国人原封不动地送回来,激动地攥着照片,说不出话来。当年照片里的小男孩,如今已是翩翩少年;而那位和蔼可亲的老爷爷,却已不在人世。人们指着照片上熟悉的面孔,语气在手指停留的瞬间突然欣喜愉悦,又突然哽咽沉默。

尽管语言不通，我却依稀看出，这片看似安宁的社区，五年间发生的事并不少。我向每个人微笑，他们激动地站在门口，握着手中的照片，对我挥手。很快地，经过几家走访，我把十多张照片分发完了。我向中年男人致谢，道别。

我走出社区，回到伊兹密尔车水马龙的街上，午后的海风舒爽清透，阳光照在依山而建的住宅区里。那些已经长大的孩子们，是否会从自己曾经的表情中，回味起单纯的快乐？

我在伊兹密尔住了两天，找到了所有要找的人。接下来，我将去寻找一座名字响当当的古城——特洛伊。

23 木马之谜

一

　　阳光炽烈的午后,我离开了伊兹密尔。大巴车飞驰在城外的高架路上,顺着地势往下看,一座座新建摩天大楼被密密麻麻的民房簇拥着,好像插在香炉里的几根蜡烛。大巴一头扎进隧道,钻出来时,已经看不见高楼的踪影。

　　大巴沿着海岸线向北开,夕阳照进车厢,树影接连扫过乘客熟睡的脸庞。夜幕降临时,行李架上亮起柔和的灯。汽车在暗夜里不知疲倦,晚上十点钟,终于停在恰纳卡莱的码头。

　　我提着行李下车,快步冲到海边,漆黑的海面上,一排灯火缥缈呜咽。远处渡轮头顶的探照灯,从对岸灯火中跳脱出来,光芒映在摇曳的波浪上,越来越近。

　　渡轮缓缓接近岸边,大巴车、货运卡车、小轿车还有乘客在甲板上挤得满满当当。木及停稳,乘客们便从船上跳下。摩托车发动油门,碾着钢板下船。大大小小的汽车也亮起大灯,摇晃落在岸上，咣当咣当。

待渡轮卸空，码头上等候过海的汽车又开上甲板。渡轮离岸，发动机轰鸣着向对岸开去。探照灯又一次融进远处的亮光，不同于我现在身处的亚洲，对岸亮灯的地方，已经是欧洲的土地。

我站在安纳托利亚半岛的西北角，这里是亚洲大陆最西端的土地，与欧洲的距离，只剩这道窄窄的达达尼尔海峡，距离不过一两公里。海峡的一头通向岛屿密布的爱琴海，另一头则连着直指黑海的马尔马拉海。

二

小巴沿着滨海公路一直向南，蔚蓝的海面在窗外铺展。海峡另一侧的土地起伏绵延，那里有一个名字——加利波利半岛。我想起来，那座半岛就是我在喀什遇见的两位澳大利亚朋友卡梅隆和阿黛尔一定要去的地方，吸引他们的原因只有一个：那片土地上埋葬着他们的先人同胞。

第一次世界大战期间，英国皇家海军舰队在达达尼尔海峡轮番炮轰陆地的要塞。为了保证顺利登陆，协约国仓促调来一支近八万人的远征军，这支远征军中的大多数成员都来自澳大利亚和新西兰，也就是卡梅隆和阿黛尔的故乡。远征军又被称为"澳新军团"。1915年4月25日夜晚，这支澳新军团在加利波利半岛附近登陆，岸上的奥斯曼军队猛烈还击。残酷对抗了近一年，协约国的军队不得已选择撤退，以失败告终。

在澳大利亚人和新西兰人看来，这场发生在遥远他乡的战役，象征了两国英勇顽强的精神和肩并肩的同袍情谊。因此，他们将澳新军团登陆加利波利半岛的日子定为"澳新军团日"。这是现在澳大利亚和新西兰最重要的节日之一，我终于理解，卡梅隆和阿黛尔为什么一定要千里迢迢赶来凭吊。

这场战役后来被拍成了一部电影《恰纳卡莱之战》。而我乘坐的小巴前往的地方，也与一场惨烈的战争有关。只是那场战争的年代过于久远，它被一位名叫荷马的古希腊吟游诗人写进《荷马史诗》里。而公路尽头的那片遗址，正是大名鼎鼎的特洛伊。

三

特洛伊木马的故事家喻户晓：古希腊两个城邦君主国为了争夺美丽的海伦，不惜进行长达十年的战争。好莱坞还将这段故事拍成电影，名字就叫《特洛伊》。相信来到这里的不少人都像我一样，试图在遗址中寻找"木马"的蛛丝马迹。

我沿着木栈道走进考古坑，仔细观察下面的历史残留：石块砌筑的城墙层层叠叠，分布在考古坑的不同深度，有5000年前建造的防卫堡垒，也有4500年前修筑的陡坡石板路，3000多年前的墙基也保存完好……从时间跨度上看，特洛伊遗址前后绵延至少3000年。在漫长的历史长河中，这里的人们不断在老城的基础上新建城墙、房屋，城市的地基也随着时间的累积而越抬越高。因而，上一个时代的遗址就沉睡在新一个时代脚

△图 72 特洛伊古城遗址上残存的建筑碎片

下。特洛伊遗址前后经历了九个时期,发掘出的遗址也好像切开了历史的断面——上上下下一共九层。

遗址的每个区域都有块标识详尽的介绍牌,上面画着平面图,还附加一条时间轴,轴上以不同颜色来区分各个时期。我在每块牌子前仔细搜寻,期待某一块牌子上写明"这就是当年海伦居住的地方"之类的话。可是顶着烈日走完了整片遗址,也没找到一句与《荷马史诗》中木马攻城有关的描述。这里是否真的就是《荷马史诗》里的特洛伊城?

实际上,这座古城在过去是否叫作"特洛伊",还是个有待商榷的问题。1873年,德国人谢里曼在这里挖出一片城市遗址,他坚定认为这座遗址就是《荷马史诗》里记载的特洛伊。他还在这里发现一个宝箱,而且认定这就是《荷马史诗》中的特洛伊国王的宝藏。只是,人们后来发现,这个宝箱的年代比记载中特洛伊战争的年代早了至少一千年。

1924年，一位瑞士考古学家解读了一份赫梯文的泥板文书，文书上提到22个地名，它们的顺序大致从南到北，最后一个地方名叫"塔鲁伊萨"，位置大概在安纳托利亚半岛的西北角，与谢里曼发现的遗址位置接近。巧就巧在，这个名叫"塔鲁伊萨"的地方，读音也与"特洛伊"接近。于是，这位瑞士考古学家也坚信，谢里曼找到的地方，就是《荷马史诗》里的特洛伊。

无论怎样，在过去一百多年里，这片遗址一直都被称作"特洛伊"。其实，《荷马史诗》中的故事和人物也未必在历史上存在过，它是人们口口相传的史诗，甚至可能是虚构的。当然也有可能再过些年，人们在另一片土地上找到海伦的物品，上面刻着她的名字，甚至发现哪个地方的城门上就写着"特洛伊"；也说不定，这片废墟在历史上曾发生过远比"木马攻城计"更传奇的故事，却在某一代就失传了。

为了安慰满怀期待前来的参观者，景区管理者在大门口竖起一座木马，让大家在看过砖石废墟后不至于太失落。我顺着楼梯爬进木马肚子，弯腰透过窗洞向四下望，想象特洛伊全城居民围观木马的情景。几千年来，取材于《荷马史诗》的艺术作品层出不穷，有的片段则融入了工艺品的创作中。我想起曾在宁夏固原博物馆见过的那把波斯风格的鎏金银壶，它在固原的墓穴里沉睡了1500年，壶身上的浮雕故事便来自《荷马史诗》。特洛伊文化早就遍及全世界，动听的故事总是充满顽强的生命力，比建筑遗址更加声名远扬。

24 横渡亚欧

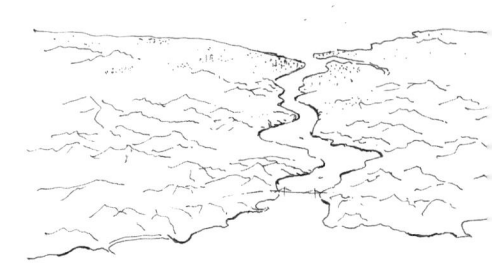

一

我没有为提前抵达欧洲就直接横渡达达尼尔海峡。相反,而是顺着马尔马拉海的南岸一路向东,去了一座名叫"布尔萨"的城市。大巴时而绕着盘山公路,时而溜进一马平川,从午后一直开进夜晚。

布尔萨城里,浓厚的宗教氛围无处不在,有些女性全身裹着黑袍,只露出眼睛。为表尊重,我特意跑回旅馆,换上长裤长袖。在乌卢清真寺里,米哈拉布(清真寺内的凹壁,朝向麦加)被金色的彩绘装饰,头戴小白帽的男人们跪坐在前,轮番吟诵经文。整洁的巴扎仿佛一座现代化购物中心,顶上罩着造型新颖的现代木架,各家商铺橱窗明净,阳光穿过拱顶旁的高窗,把国旗簇拥下的凯末尔画像照亮。

我坐上了开往伊斯坦布尔的巴士,在安纳托利亚半岛上来回兜兜转转了快一个月,终于,最隆重的角色就要出场了。

二

　　一千年前，游牧的突厥人从东面来到安纳托利亚半岛，他们遇到生活在这里的希腊人。当希腊人问这些突厥人去往何处时，他们总是用蹩脚的希腊语回答："进城去（eis tin poli）。"后来，这座城市就有了新的名字：伊斯坦布尔。

　　今天，我真的要"进城去"了。

　　高速公路穿过山峦向北延伸，跨过伊兹密特海湾上的大桥，我看见繁忙的码头和造船厂。大巴随着进城去的车流，全速行进在路上。我在挡风玻璃背后，目不转睛地盯着远处的地平线，好像守着一部电影的宏大开场。

　　由树林、草坡、田野组成自然景观渐渐退去，取而代之的是散落路旁的建材加工厂、仓储中心、物流集散地和扬起的尘土。远处山头上立起一幢幢塔式住宅，气势磅礴的"城"渐渐近了，路标牌上写着"伊斯坦布尔"。我看见起飞不久、还在缓缓爬升的大型客机，敞篷跑车挤在车流里，繁忙的塔吊下，座座高楼还在生长。

　　十几条车道并行的大马路俯冲下坡，尽头突然浮出蔚蓝的海。我在位于海边的终点站下车，兴冲冲奔向海岸。海面上波光跃动，浪花拍打着驳岸，海鸥站在礁石上。我远眺对岸，圣索菲亚大教堂的穹隆和蓝色清真寺林立的尖塔，那是伊斯坦布尔天际线上最醒目的轮廓。

△图 73 由伊斯坦布尔亚洲区眺望对岸的欧洲区

三

我提着行李往南走,爬上一座横跨铁路的桥,桥下是废弃的海达尔帕夏火车站。车站另一边的街道突然热闹起来,到处是匆忙的步伐,小猫在人群里到处流窜,密密麻麻的房屋从小巷挤到大街上,小巴车站里的吆喝声此起彼伏,岸边齐刷刷一排垂钓的男人。

在卡德柯伊轮渡码头,我登上一艘开往对岸的渡船。汽笛拉响,渡船缓缓退开岸边。看着亚洲区岸上的房屋、街道都渐行渐远。

作为全世界唯一横跨亚欧两洲的大城市,伊斯坦布尔的主城区被博斯普鲁斯海峡一分为二,亚洲区与欧洲区隔海相望。欧洲区的尖塔,沿着山坡的城墙、堡垒,以及挤在树丛间的居民区,都从天际线里逐个跳脱出来。在一个万里之外赶来的东方旅行者眼里,岸上的一切都是新鲜的。

　　渡轮开进欧洲区的金角湾，缓缓接近艾米诺努轮渡码头，我第一次踏上欧洲的土地。虽在同一座城市，伊斯坦布尔欧洲区的面貌却与亚洲区迥异。艾米诺努区街上的每座建筑都饱含沧桑，相比亚洲区朴素的现代主义外观，这里的建筑往往有着繁复的古典装饰。花花绿绿的有轨电车在窄窄的街道中央穿行，观光客们从四面八方涌来。

四

　　我在老城中心找到个不起眼的小门脸，顺着楼梯走下去。昏暗阴凉的地下，竟然藏着一座规模宏伟的"宫殿"。一根根柱子工整地排出阵列，由楼梯口伸向地宫深处，头顶的一道道砖砌拱券和穹隆交错，地面上残存积水，鱼的魅影在水中游弋。这座巨大的地宫，与外部完全隔绝。即使地面上阳光炽烈、市井喧嚣，这里却始终保持着幽暗的沉寂，待不多久，就感觉毛孔收缩，阴气逼人。虽然工程精美，却不是供人停留的好场所。

△图 74 地下水库内景

在古代战争中,城市一旦被敌人围困,就不得不面对断水断粮的威胁。东罗马帝国的查士丁尼大帝为了保证被围城时城里仍有充足的水源供应,特意在公元 532 年下令,由 7000 多名奴隶,建成了这座 336 根圆形石柱支撑起的地下水库。

我穿过一排排石柱,走到地宫最深处,顺着台阶往下,来到一处平台,相连的栈道围绕着两根柱子。我凑近看,柱子的基座居然是女人脸石像,一张脸被倒置,另一张脸则被侧放,严肃的表情渗透着恐怖气息,令人不敢直视。

这两张女人脸,是今天伊斯坦布尔城中少有的古希腊遗迹之一。修建水库时，人们希望以神灵来镇守这座国家工程，于是找来遗留的美杜莎雕像。美杜莎是希腊神话中最性感撩人却也最邪恶可怕的人物之一，人们将她的头压在柱子底下，以求看护水库。可是，传说与美杜莎对视之人都会石化，人们就将美杜莎的头像侧放或者干脆倒置过来，免得被诅咒。

除了在人们看不到的地下建造城市基础设施，查士丁尼大帝也在地面上建造了一些宏伟的工程。其中的一座，直到今天都是伊斯坦布尔乃至土耳其的标志，她就是——圣索菲亚大教堂。

△图 75 美杜莎头像（倒置、侧放）

25 权力丰碑

查士丁尼很清楚标志性建筑物对他手中权力的重要性,在他上任后不久,就发起了皇家教堂的重建工程。

新的大教堂设计方案,由来自米利都的伊西多尔和来自特拉勒斯的安提莫斯负责完成。他们都来自爱琴海沿岸地区,但实际并不是建筑师,而是对几何学有着丰厚造诣的数学家。因此,在设计大教堂时,他们没有像常规建筑师那样,受传统建筑制式的影响。

两位数学家将几何形体交错的手法发挥到了极致。他们创造性地引入半球形穹隆顶,并将其抵在中央大穹顶的外侧,这颠覆了传统建筑师的常规思路:在他们之前,还没有人敢于设想这样一套空间体系,更多建筑师基于受力经验,继承并演绎着既有的建筑传统。正因为设计圣索菲亚大教堂的两位数学家是从纯粹的立体几何形态出发,他们才创造出如此大胆的支撑体系。

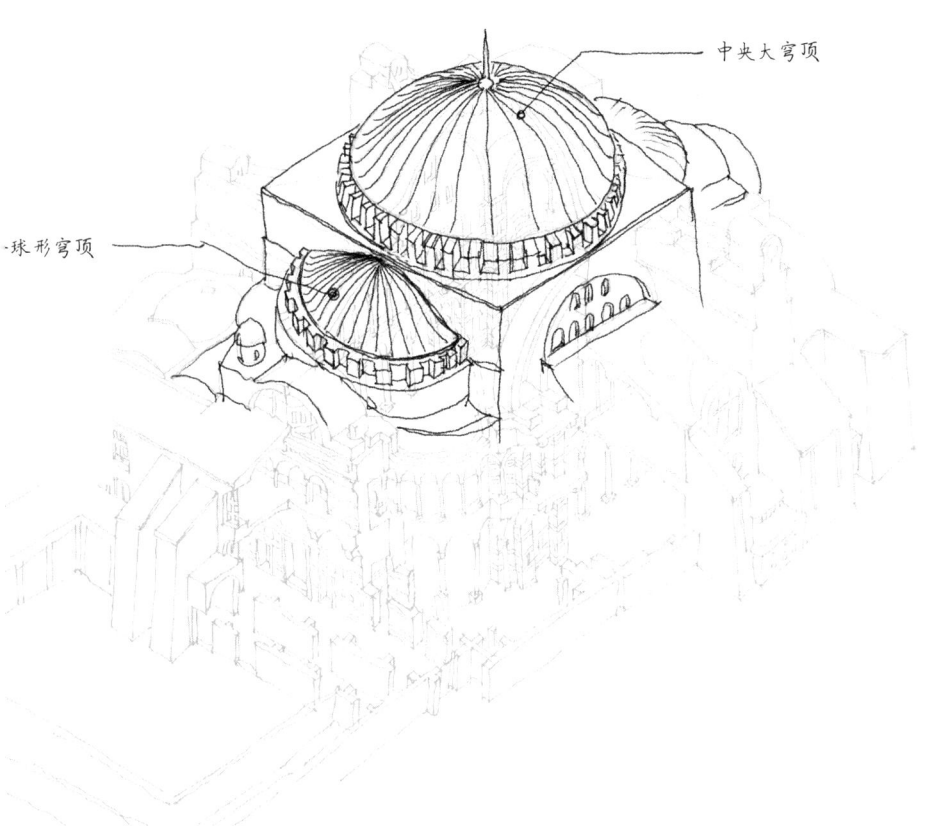

△图 76 两位数学家创造性地将半球形穹顶抵在中央大穹顶的外侧

伊西多尔和安提莫斯还承袭了由拜占庭建筑师创造的"帆拱"技术，用于圆形穹顶与方形平面的转折。帆拱自穹顶底边向下蔓延，形成一个与穹顶底边相切的半球形，这个半球形又被它四周的垂直平面切成四片接近三角形的曲面。站在穹顶下面仰望，这四片接近三角形的曲面就像船上迎风鼓起的三角帆，因而这种建筑构造被称为"帆拱"。

皇家动用超过一万名工匠，不惜一切代价，建造这座规模空前的大教堂。在几乎全部依靠人力建造的年代，新教堂的规

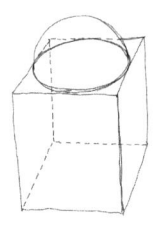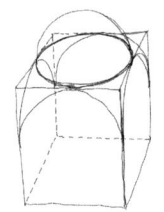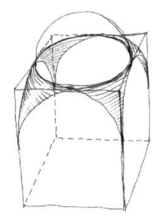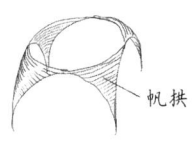

△图 77 "帆拱"示意图

模超越了以往的任何建筑物。5 年 10 个月后,这座承载着拜占庭帝国荣光的大教堂就完工了。

新建成的皇家教堂延续了曾经的名字——圣索菲亚大教堂。当我沿着广场走近这座建筑物时,它臃肿烦琐又四处隆起的形体让人一时摸不着头脑,贴在外墙上的支撑巨柱像是历年断断续续补上去的,看起来像是哪里坏了补哪里,哪里歪了撑哪里。相比这座建筑物在建筑史上的地位,外观实在有些凌乱。

我走进大教堂,站在金碧辉煌的殿堂中央。放眼四周,大理石巨柱支撑起两层回廊,阳光从正前方祭坛所在的位置照射进来。人们纷纷仰头惊叹,一同望向头顶的穹隆。看起来,巨大的穹隆仿佛飘浮在距地无限远的高空。在尺度超常的建筑里,景象看起来也颠覆了常规建筑的受力逻辑:穹顶看起来是轻盈飘浮的,那一重重拱券和半球形穹顶的交错叠加,塑造了丰富梦幻的空间。

我几乎丧失了对建筑尺度的感知力,因为这里的"房间大小"和"楼层高度"都是非人类的:我要费尽力气才能从空旷殿堂的一头走到另一端,要顺着回转的坡道折返向上,才能抵达二层的回廊。而被一座无处不装饰着金箔、大理石、马赛克、巨大铜灯架的建筑笼罩,我沉浸在恍惚迷离之间,更能理解拜占庭历史学家普洛可比乌斯的描述:"人们觉得自己好像来到一片百花盛开的草地……大自然像画家一样,把其余染成斑驳的色彩。一个人来这里祈祷……他的心飞向上帝,飘飘荡荡,觉得离上帝不远……"

▽图78 圣索菲亚大教堂剖切透视图

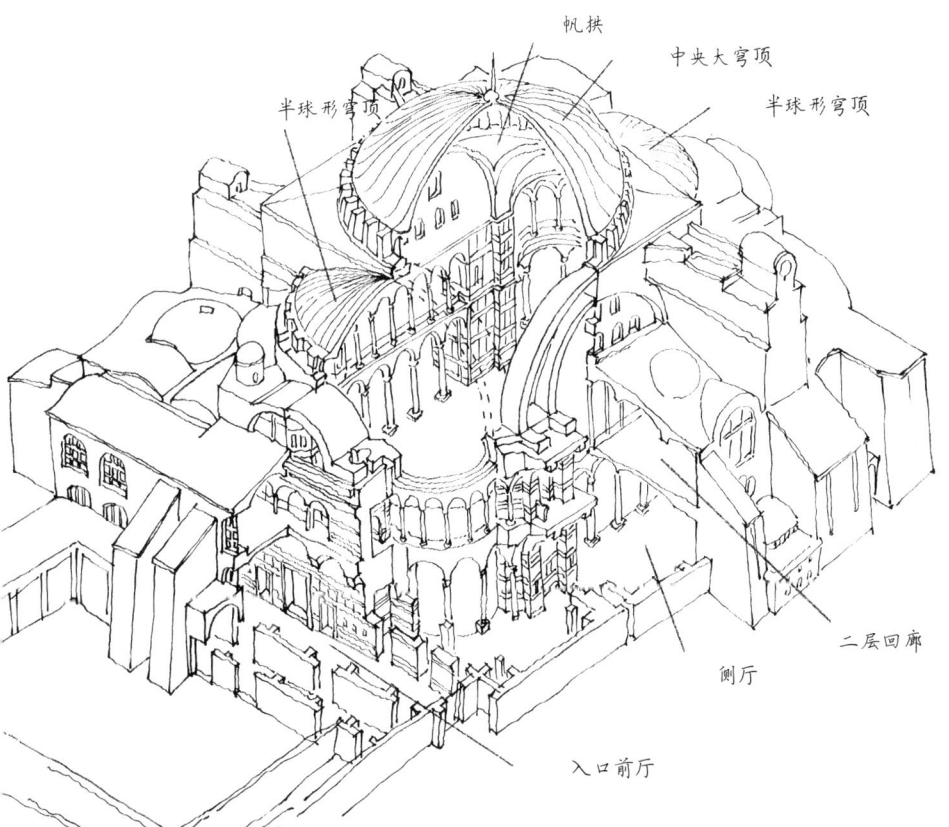

我在二层回廊的墙壁上，找到一幅镶嵌画，表现的是圣母和圣婴。它由一块块细小的马赛克拼贴而成，这些由金箔与玻璃加工合成的马赛克被匠人精心排列。因此，当我站在壁画前来回移动时，一块块马赛克闪耀起变幻的金色光芒，好像神灵显现。

自公元 537 年 12 月 27 日建成，圣索菲亚大教堂在接下来的 900 年里，一直都是基督教至高无上的圣殿，同时也是东正教教宗任职的地方。不仅如此，这座教堂还是基督教世界规模最大的建筑物。然而，教堂的宗教意义远不及其政治隐喻。这座空前宏伟的大教堂，以纪念碑一般的姿态向世人宣告：查士丁尼已经牢牢掌握了这个国家的大权。

1453 年，东罗马帝国败于奥斯曼帝国。陷落的君士坦丁堡被改名为"伊斯坦布尔"，作为奥斯曼帝国的首都。曾经作为拜占庭皇家政权象征的圣索菲亚大教堂，也被改成清真寺。宣礼塔在大教堂四周竖起来，原先的彩绘和马赛克装饰，也被厚厚的泥灰盖住了。

我在教堂原先祭坛的位置，找到后来新添的米哈拉布和讲经台。最初教堂的建造并不需要考虑轴线与麦加的方位关系，奥斯曼人后来把教堂改成清真寺时，添加的装置只好寻求一个满足自身宗教需求的角度偏转。因此，增设的米哈拉布斜放在原先祭坛正后方彩色玻璃花窗的一侧，看起来十分随意。

26 融汇东西

　　从入境土耳其的第一天,我就一直有个疑问:无论在紧靠伊朗边境的凡城,还是曾经的贸易重镇番红花城,无论在首都安卡拉还是在名城伊斯坦布尔,清真寺建筑几乎都延续了同一种风格——灰白之间,一个扁扁的大穹顶被铅皮覆盖,外缘微微翻卷,底下一圈圆拱形的小窗,四周再被几个不同方向的半球形穹顶托住,外围尖尖的宣礼塔由几节圆柱托住最上面细长的圆锥。

　　无论规模大小,这些清真寺的建造材料、形体逻辑和外形气质几乎都是统一模式。最有意思的是,如果把这些清真寺的剪影放在一起,个个都酷似圣索菲亚大教堂。我好奇,这种模式的形成,是否与大教堂有关联,又是怎样的契机造就了这样的模式。

　　奥斯曼的建筑师十分善于学习借鉴,他们不仅从塞尔柱和波斯的清真寺中吸收灵感,还把目光投向了拜占庭教堂。奥斯

△图 79 番红花城内的清真寺

曼清真寺穹顶底部的采光窗，很容易让人联想到圣索菲亚大教堂那一圈令穹顶仿佛飘浮在空中的小窗。同时受到几种不同风格影响，奥斯曼的建筑才开始了演变。

巴耶赛特二世是一位对西方文化十分着迷的苏丹，1481 年继位后，他曾邀请达·芬奇为伊斯坦布尔设计一座横跨金角湾的桥梁，达·芬奇画出了一整套设计图纸，可惜的是，在当地找不到合适的工匠，这套方案无法实现。巴耶塞特二世转而邀请米开朗琪罗，后者无奈因为教皇禁止其出境而终未成行。

巴耶塞特二世很器重国内一位名叫海雷丁的建筑师。1501 年，海雷丁为巴耶塞特二世设计了一座以苏丹命名的清真寺——

巴耶赛特清真寺。这座清真寺就位于今天的伊斯坦布尔大巴扎入口附近，由一座主殿和方形庭院组成。从内部空间上看，建筑师海雷丁明显受到了拜占庭建筑的启发。在这之前奥斯曼清真寺，往往以穆喀纳斯装饰或者角拱来处理圆形拱顶与方形墙面的交接问题，建筑师海雷丁则在巴耶赛特清真寺中大胆地引入拜占庭建筑常用的帆拱处理，这与圣索菲亚大教堂穹顶下方的帆拱完全一样。

先前的奥斯曼清真寺，为了平衡中央穹顶向四周的推力，通常在周围建造几个规模略小的穹隆。这种方式被海雷丁延续，不同的是，他还借鉴了圣索菲亚大教堂前后空间的半球型穹顶设计，将礼拜殿的入口和正中的米哈拉布分别用一个半球形穹隆罩起来，这在极大程度上增强了空间的仪式感。

后来建造的奥斯曼清真寺建筑中，越来越多地体现了圣索菲亚大教堂的一些处理手法。就在意大利文艺复兴如火如荼的时期，奥斯曼建筑风格完成了一次蜕变。1520年，苏莱曼一世成为新任苏丹，为纪念他早逝的儿子，苏莱曼计划新建一座皇子清真寺，他找来一位名叫希南的建筑师。

在接到苏丹命令之前，希南从没设计过任何宗教建筑。在皇子清真寺的设计中，希南展开了一场奥斯曼建筑传统与圣索菲亚大教堂的对话。他延续了海雷丁曾在巴耶赛特清真寺中运用过的半球形穹顶，并将这种手法进一步发扬，使清真寺中央穹顶的四面各被一个半球形穹顶支撑，每个半球形穹顶又分别

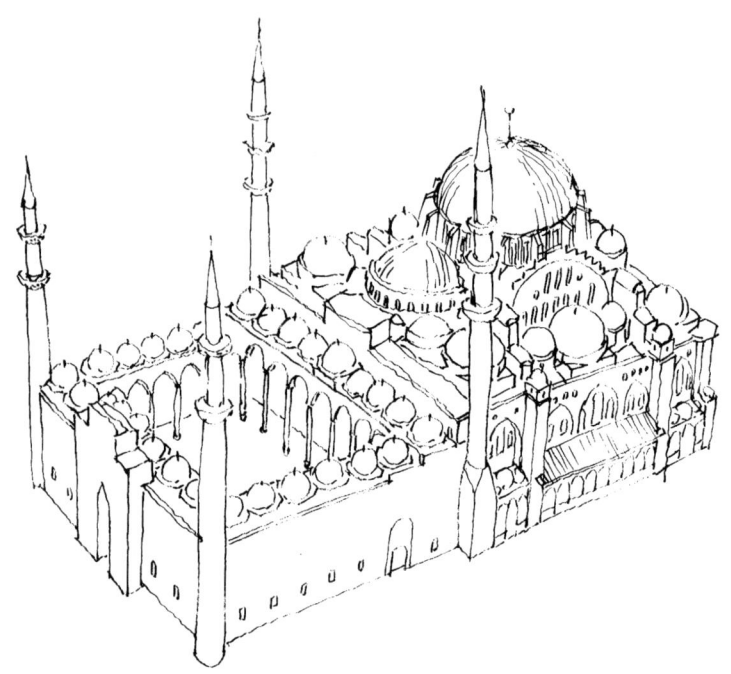

△图 80 由希南设计的苏莱曼尼耶清真寺外观

△图 81 圣索菲亚大教堂外观

向两侧衍生出两个更小的半穹顶空间。这令皇子清真寺成为一座既融汇奥斯曼和拜占庭建筑精华，又前所未有地将创新手法加以运用的建筑。

希南一举成名，在接下来的职业生涯中，他一共设计建造了 374 座建筑，其中包括 92 座清真寺、52 座小礼拜厅、62 座神学院、20 座陵墓、17 座商队旅馆、3 座医院和 7 条引水渠。毫无疑问，希南是奥斯曼帝国历史上最伟大的建筑师。

在希南的众多作品中，最负盛名的当属苏莱曼尼耶清真寺。这座清真寺立在面朝金角湾的高地上，在老城的天际线里格外突出。从外观上看，正中是又大又扁的穹隆，穹隆底部一圈规则的采光窗，周围被一系列大大小小的球形和半球形穹隆烘托簇拥着。如果不细看，很多人以为那就是圣索菲亚大教堂。

除了外观形态，在苏莱曼尼耶清真寺的内部空间组织上，希南也借鉴了圣索菲亚大教堂。教堂前后的半球形穹隆空间和两侧走廊，都在希南的设计中得到传承。当然，二者的建造时间前后隔了差不多 1000 年，苏莱曼尼耶清真寺已经实现了对圣索菲亚大教堂的改进和超越。这时的希南，已经纯熟掌握了内外一致的受力逻辑，由他精心打磨的苏莱曼尼耶清真寺外观，与大教堂杂乱无章又臃肿的外观不同，已经呈现出优雅理性的姿态、利落的线条和优美的层次，成为城市中一道亮丽的景观。相较于大教堂内部以带有浓重装饰意味的彩绘、瓷砖和马赛克来掩饰本身结构的做法，希南更加讲求设计的纯粹与对装饰的克制,他将材料和受力结构自身的美显露在外,尽显质朴自然。

　　希南没有按部就班地延续清真寺建筑的常规套路,而是通过对不同地区文化的学习借鉴,实现对传统的超越。这在很大程度上得益于他早年的从军经历,希南跟随奥斯曼军队前往中东和欧洲征战时,曾接触诸多不同建筑文化,这极大丰富了他的创作源泉。由于他生活的年代正值意大利文艺复兴时期,希南的设计受到同时期的米开朗琪罗和帕拉第奥的影响,而米开朗琪罗和帕拉第奥在意大利境内设计的一系列教堂穹顶,也是

▽图 82 蓝色清真寺前院

受到了希南清真寺作品的启发。由此足见旅行对于建筑师的重要性。

希南的建筑创作，为奥斯曼建筑带来一次意义空前的蓬勃发展。他设计的清真寺成为全国的样板，人们纷纷依照希南的设计来新建清真寺。直到今天，土耳其境内新建的清真寺依旧沿用希南树立的范本。

历史就是这么巧合，虽然在时间上前后隔了近1000年，拜占庭帝国的查士丁尼大帝为了树立政权合法性而建造的圣索菲亚大教堂，与奥斯曼帝国的苏莱曼一世为标榜强大权力而修建的苏莱曼尼耶清真寺，在空间形态上形成了完美呼应。

奥斯曼清真寺的另一重要代表，是大名鼎鼎的蓝色清真寺。它不是出自希南之手，是其弟子延续并发扬他的手法设计建造的。我走进蓝色清真寺礼拜厅，在巨大的穹隆下，祈祷的人肃穆站立，闭眼默念，双手经耳后回抱胸前，屈膝、下跪、叩首，又虔诚地起身、伫立、默念……

突然，光脚的孩童欢快地跑过来，他们跳跃、追闹，毫无顾虑。他们飞速踏向地面的小脚丫快速闪过祈祷者面前，而祈祷者早已习惯了这些跑来跑去的孩子们，任由欢笑声在清真寺里肆意挥洒。对小朋友而言，这个开阔平坦的室内空间太适合随意奔跑了：他们随时摔倒在柔软的红色地毯上，休息片刻又站起来继续玩闹，高耸的穹隆将欢笑声无限放大。他们奔跑在色彩艳丽的空间里，看绚烂的光芒射入图案繁复的玻璃花窗，像游弋在五彩斑斓的万花筒之中。他们比任何成年人都更加敏锐地捕捉到独特的空间特质，拓展出祈祷空间之外的另一层属性——游乐场。这种与建造意图相去甚远的使用状态，大概远远超出了设计者的预期。

住在伊斯坦布尔，不仅每天可以领略到亚欧对望的城市景色，更在随时接收东西方文化交流碰撞的美妙反应。而这里的建筑风貌，作为这种交流碰撞呈现的直接载体，更像一本石头砌筑的史书，我们从中读得出文化交融的印记。

虽然，一座城市里最无可替代的风景，还是人。

27 海纳百川

  距离圣索菲亚大教堂不远处的海边,有座名为锡尔凯吉的火车站。从这里登上列车,可以一路前往布达佩斯、维也纳、慕尼黑等地,经过 3000 多公里的旅程,最后抵达法国巴黎。英国推理小说家阿加莎·克里斯蒂的著名小说《东方快车谋杀案》中,快车就是从锡尔凯吉火车站启程。

  我来到空无一人的站台,只有小猫游窜,还有一只懒洋洋的大狗躺在地上。火车站的站房由红砖砌成,面朝站台的墙面上开着圆形花窗,花窗底下是古典的门洞,富于艺术装饰感的白色石雕线角,将花窗和门洞统领在一起。这种既复古又略带新意的建筑风格,曾在土耳其风靡一时。因为受到西欧巴洛克和洛可可风格影响,土耳其的建筑立面上开始大量出现曲线、褶边和卷纹等装饰。后来,人们称这种风格为"土耳其巴洛克风格"。一些西欧建筑师在设计土耳其当地建筑时,不忘结合本地奥斯曼建筑风格,就演绎出一种新的建筑风格——折中新古

△图 83 锡尔凯吉火车站立面特写

典主义风格。在欧洲古典风格与当地民族风格之间寻求一个平衡，就形成了这种建筑风格。锡尔凯吉火车站的站房，就是折中新古典主义风格的代表。

我顺着加拉塔大桥，跨过金角湾，来到伊斯坦布尔老城对岸的贝伊奥卢区。这片区域在中世纪名为佩拉，曾是热那亚和威尼斯商人的聚居地。在奥斯曼帝国时期，这里依旧是欧洲侨民的聚居区，来自各国的商人和外交官都在佩拉生活。因而，这里也成为土耳其境内文化最多元、潮流最时尚的地方。

我攀上陡峭的窄街，来到一片安静的社区。这里少有游客光顾，到处是风格各异的咖啡馆、艺术沙龙、画廊、小酒吧，还有修剪整齐的藤蔓和鲜花。地中海上吹来的湿润空气穿过邻里，吹起落在地砖的树叶，撩动蹲在马路边的猫，迷失在小巷里。

几个转弯，我闯进一片喧嚣。人群熙熙攘攘，此起彼伏的叫卖声、有轨电车当当声、儿童嬉闹欢笑声……这是伊斯坦布尔最负盛名的商业街——独立大街，她曾经的名字是佩拉大道，直到现代土耳其建国后，为纪念土耳其独立战争的胜利而改名。我走在人群中间，被沿街的一座座建筑吸引：涡卷造型的牛腿上架着阳台，阳台外侧是图案精巧的铸铁栏杆，玻璃窗做成弧形、拱形，两侧还装饰着古典柱式。若不加提示，还以为身处西欧某座繁华都会。

我来到独立大街旁的一座天主教堂，人们在庄严恢宏的圣殿里做弥撒，唱诗班优美的歌声回荡在巍峨的柱廊之间。我走出教堂回望，墙面上镶嵌的圆形玫瑰花窗、大门上尖锐的石雕门头，都是十足的西欧哥特式风格。

独立大街两旁的小街上下起伏，像迷宫一样错综复杂。石块铺成的狭窄小路旁，挤满户外茶座、水果摊和外币兑换点。各家鲜艳的招牌在头顶闪烁，人们在餐桌上抽着水烟放声大笑，侍者殷勤地端上一盘盘海鲜。几个来回张望的男人身后，夜总会大门里透出魅惑的紫色幽光。

我从小巷走回大街上，在一面面大小不一、上下翻飞的星月红旗中间，突然留意到一面彩虹旗。这面彩虹旗悬挂在一座楼房外的消防逃生梯上，旁边窗门还有一盏咖啡杯图案的霓虹灯。我好奇在这个伊斯兰教为主的国家里，性少数人群的生活状态如何,于是走上楼梯,推开这家咖啡馆的门。

眼前是个祥和的世界,张灯结彩的氛围里,人们聚在桌前聊天,欢快的音乐声中,大家牵起手围成一圈跳舞,庆祝生日的男孩低头吹灭蜡烛。我在一张桌前坐下,邻桌一位戴眼镜的长发女孩点头微笑。交谈之下,我得知女孩名叫 Joud,是一名正在伊斯坦布尔求学的大学生。她告诉我,自己是叙利亚人,几年前,为了躲避家乡的战争,随全家人一起迁来伊斯坦布尔。"我十分想念那些留在家乡的朋友们,与他们相比,我实在幸运。"Joud 说。

我望着窗外的彩虹旗,它随着晚风上下飘动,人们聚在小小的咖啡厅里,诉说、拥抱,以爱和包容来诠释对生命的热爱。然而,在 Joud 并不遥远的故土上,她的同胞们正在遭受战火纷飞、痛失亲人的苦难。在伊斯坦布尔纷繁祥和的夜晚里,人们或许可以短暂忘却残忍的禁忌与杀戮、迫害与逃亡,享受临时的安宁与和平。

我来到位于伊斯坦布尔城西地的长途汽车站,夜幕下的车站一片繁忙。九点钟,我坐在了西行的国际长途班车上,这辆汽车将在午夜时分穿过土耳其国土的最西端,并在黎明时抵达希腊共和国的第二大城市——塞萨洛尼基。

28 驶向雅典

　　大巴开出长途车站，沿着高速公路西行。伊斯坦布尔的城区在窗外无休无止，到处是绵延不绝的高层塔楼。现代繁华都会的景象，几乎伴随了整个前半夜。在游客熟悉的博斯普鲁斯海峡和金角湾之外，才是绝大多数伊斯坦布尔居民生活、工作的地方。

　　凌晨两点，大巴到了土耳其与希腊的国境线，通过土耳其海关，在希腊的入境检查站门前停下来。乘务员把熟睡的乘客叫醒，请乘客上交护照，核对数量后，就抱着全车人的一叠护照下车了。

　　隔着车窗，我看乘务员抱着护照走进海关办公室，忐忑地等待着下一步检查。相比其他国家，欧洲申根签证的审核制度过于严苛，我十分担心被拒绝入境。过了一会儿，身材魁梧的希腊海关警察来到车前。他要求我们把随身物品留在座位上，然后下车等候。

所有乘客都来到旁边的空地上。午夜微凉,有人站着打起哈欠,穿短袖的女生抱紧了胳膊,几个年轻人互相递烟。警察拎着手电筒上车,黑黢黢的车窗里,手电筒的白光在行李架和座位上草率地扫了几下。旁边乘客手里的烟还没来得及点着,警察就走了下来:"你们可以上车了。"

海关提示放行。乘务员抱着全车人的护照走出海关办公室,回到车上,司机发动汽车。暗夜里,我们滑出希腊海关的检查站,从排队等候的大卡车旁经过,沿着希腊共和国的高速公路继续向西行驶。

乘务员分发护照,我接过翻开,空白页上已经盖好了希腊海关的入境章。与申请签证时烦琐的注意事项和复杂的材料要求相比,入境希腊的流程实在过分简单。

接近凌晨四点,汽车经过一座熟睡中的希腊小城亚历山德鲁波利斯。城里每家每户的窗子都黑漆漆的,沿街的橱窗却依旧明亮,路口红绿灯闪烁,空荡的街道上,大巴车孤零零开过。

拂晓时,大巴来到轻轻苏醒的卡瓦拉城区,从修建于14世纪拜占庭时期的高架水渠下穿过。汽车沿着蜿蜒上下的街道在城里穿行,依山而建的住宅阳台上伸出遮阳的篷布,早起的老人走在未熄的路灯下。隔过路旁一棵棵海枣树,我望见金色的朝阳从沉静的爱琴海海面探出头,朝霞铺满了天空。

太阳将大巴长长的影子投在正前方,辽阔的爱琴海不时从路旁露出来。早上七点半,我们来到塞萨洛尼基城外,高速公

△图 84　卡瓦拉城区的高架水渠和海枣树

路旁冒出铺满红瓦的东正教教堂穹顶。大巴几个转弯,就开进这段通宵旅程的终点站 —— 塞萨洛尼基长途汽车站。

候车室里的咖啡厅已经开始一天的繁忙,咖啡豆的香气和三明治、水果、面包的味道混在一起。我到货币兑换柜台上,把手里的土耳其里拉换成欧元。又到售票处买好中午出发去雅典的车票,头顶的牌子显示捷克、保加利亚、匈牙利、德国这些目的地国家的名字,那些曾经令我感到遥远的欧洲地名,都成了坐上汽车就能抵达的地方。

我准备在塞萨洛尼基城里走走。一出汽车站就看见墙角的东正教神龛,白色大理石雕成的神龛顶上立着十字架,从拱形的龛口望进去,正中间供奉着一幅圣像,旁边的台子上燃着蜡烛。源自拜占庭的宗教信仰,影响了包括巴尔干半岛在内的整个希腊、东欧地区。

我顺着年久失修的马路,向市中心走去。路旁锈迹斑斑的厂房、围墙上褪色的涂鸦、散落草丛的垃圾和光秃秃的电线杆，都尽显颓态。

市中心总算有了点现代城市的模样。我穿过一座时尚的购物中心，来到由码头旧仓库改建的电影博物馆。笔直的滨海大道通向亚里士多德广场，遮阳伞下的露天茶座上坐满享用早午餐的人们，一派热闹喧嚣的生活场面。

在希腊共和国取得独立之前，塞萨洛尼基已经有至少 2000 年的历史了。市中心东面仅仅 30 公里的地方，就是曾经马其顿王国的国都旧址佩拉古城。公元前 356 年，一名男婴在佩拉出生，他就是后来横扫欧亚大陆的亚历山大。我这一路走来途经的那些地方，无论撒马尔罕、奥什还是波斯波利斯，都有过亚历山大的足迹。

塞萨洛尼基的名字，来自亚历山大同父异母的妹妹。亚历山大去世后的第八年，人们在距离佩拉最近的海湾建起这座城市。马其顿王国灭亡后，这里又成为古罗马帝国马其顿行省的省会。在古罗马帝国修筑的全国高速公路体系中，有一条横贯东西的大道，直接将首都罗马与东部地区联系在一起，塞萨洛尼基恰好位于这条大道的正中间，因而也成为联结陆路和海路商贸的重要港口城市。罗马帝国分裂后，塞萨洛尼基归属东罗马帝国。公元 476 年，西罗马帝国沦陷时，塞萨洛尼基已经发展为仅次于首都君士坦丁堡的第二大城市。

奥斯曼帝国统治时期，塞萨洛尼基依旧是重要的港口和制造业中心。位于今天滨海大道另一头的圆形堡垒，就是由奥斯曼人修筑的沿海城墙的一部分。这座堡垒建于1430年，后来被刷成白色，当地人称为"白塔"，内部被改造成一座小型博物馆，介绍塞萨洛尼基的城市历史。我顺着楼梯爬上塔顶，从防御式的石砌墙垛看出去，一面是蔚蓝的大海，一面是拥挤的城市。

1917年8月18日，一场大火将塞萨洛尼基的城区夷为平地，法国建筑师埃内斯特·埃布拉尔为灾后重建的城市做了新规划。这也是为什么我在塞萨洛尼基城区的街道上行走时，会经常走入一些方格对角线般斜穿的道路。通常，几条这样的斜路交会在一个路口，中央矗立着一座教堂或者雕塑。

我走进亚里士多德广场外围的小巷，穿梭在处处连通的路口，感受着鲜活的街道。除了各具特色的建筑物，悠闲漫步的市民也构成了城市里最灵动的风景：背双肩包的女孩长发蓬松，戴着太阳镜，穿着飘逸的"希腊蓝"长裙；脚步缓慢的老妇人满头银发，一手扶住挎在肩上的包，一手握着精致的中式复古竹质太阳伞……

我在塞萨洛尼基短暂停留几个小时，继续踏上了赶往雅典的旅程。高速公路顺着希腊半岛的东海岸线，一路都是缥缈淡蓝的群山，以及平静的爱琴海。

阳光从正午的炽烈，褪成了黄昏的温柔，最后夕阳洒满整个车厢。经过整整一下午马不停蹄的路途，汽车开进了黄昏里的雅典城。雅典，这个光芒四射的地名，终于变成脚下这方真切的土地。

29 卫城荣光

我对雅典的第一印象可不怎么样：腐臭弥漫街道，爱奥尼莫广场周围颓败的店铺，大门口和变电箱上凌乱的涂鸦，空荡荡的人行道上几个神志不清的人……持续的经济不景气，令这里凋敝萧索，沦为瘾君子和罪犯的聚集地。

我走进地铁站，搭红线抵达"雅典卫城"站。出地面一抬头，就望见矗立山顶的雅典卫城，还有卫城中央的帕特农神庙。这组建筑物，在西方建筑史上有着无可撼动的地位。细数两千多年来西方的经典建筑，以雅典卫城的帕特农神庙为蓝本，演绎变化并传承的建筑物实在不胜枚举：从罗马万神庙的大门到文艺复兴时期圆厅别墅的入口，从伦敦大英博物馆的正立面到纽约华尔街联邦大厦，从华盛顿国会山到维也纳议会大厦。如果去问问这些建筑的设计者，他们都会坦言：其中一部分借鉴了雅典卫城的帕特农神庙。

我站在卫城脚下，仰望这座被公认为"影响整个西方建筑历史"的遗址。从形态上看,帕特农神庙的制式,与我先前在土耳其境内走访的古希腊神庙并无明显差别。无论以弗所的阿尔忒弥斯神庙还是迪迪姆的阿波罗神庙,几座神庙的复原图呈现的风格也几乎一致:都是规整的柱廊顶上,一面低缓的等腰三角形山花。从年代上看,雅典的帕特农神庙并不是最早建造的;从规模上讲,她也并不是古希腊文明中最大的。那究竟是什么原因,使她具有如此崇高的地位,甚至被认为西方建筑的"起源"和"典范"?

雅典是全世界最早出现"民主"的地方,早在2500多年前,雅典公民便有资格参与政治。因为民主制,雅典在众多希腊城邦中独一无二。在希波战争中,雅典人以高昂的英雄主义精神抵挡了波斯大军的入侵。雅典作为战胜波斯军队的主力,自然也成为各城邦的领袖。为了歌颂和纪念雅典的伟大,雅典执政官伯利克里决定在城中的山头上建造一座大型纪念建筑。他找来最出色的建筑师和雕刻家,还亲自勾勒了山顶建筑群的平面图。

经过15年,宏伟的帕特农神庙在山顶建造起来,人们把这座伟大的神庙献给雅典的守护神雅典娜。从此,纪念碑一般的雅典卫城,被视为西方民主起源的象征。相应地,造型精美、比例精湛的卫城建筑群也就成了西方建筑的模板。帕特农神庙象征的民主、自由和开放的精神,被后来的建筑师反复借用,使这种建筑形式遍及世界各地。

△图 85 帕特农神庙遗址外观

　　今天，人们从四面八方涌来，带着朝圣的心情仰望雅典卫城，仿佛寻找西方文化之根。一代代建筑师更是乐此不疲，夹着速写本攀上卫城门前的陡崖，在伟岸的帕特农神庙前伫立思考。明亮的阳光炙烤着每一块巨石，蓝天映衬着神庙的雕刻，虽然顶上的三角形山花已经残缺，粗壮的巨柱依旧展现出两千多年前，坚定又豪迈的力量。

　　我在帕特农神庙前找了片阴凉坐下，用钢笔在速写本上描摹建筑外观。这时，几个孩子在他们父母的引导下坐在我旁边，他们掏出本子和铅笔，描绘起自己眼中的帕特农神庙。画好，我们把作品摆在一起交流。他们是来自巴黎的一家六口，来到雅典，也是想寻访西方文明的源头。

与先前我在爱琴海西岸见到的爱奥尼式柱子不同,帕特农神庙外部的柱子更显苍劲挺拔。没有爱奥尼式妩媚的涡卷,这些柱子的顶部十分简单,几乎就是一个碗状托盘顶着一块方形托板;相较于爱奥尼式柱子下部圆润的柱础,帕特农神庙这些柱子健硕的身体直接光脚踩在地面上。这样的柱子,最早流行于亚平宁半岛和西西里一带的城邦,那里的主要居民是多立克人,因而这种柱式被称为"多立克式"。

▽图 86 帕特农神庙复原图

伯利克里将来自东面的爱奥尼文化与来自西方的多立克文化，融汇在雅典卫城。因此，卫城上的建筑中既能看到多立克式柱子，也能发现爱奥尼式柱子。我绕到帕特农神庙北侧的伊瑞克提翁神庙前时，一眼就看到爱奥尼式柱子秀丽的身姿。

代表民主精神的雅典卫城，向世人宣告了璀璨的黄金时代。然而，这组命途多舛建筑群在后来的漫长岁月中，经受了一次次磨难：公元6世纪，帕特农神庙被改成一座教堂；15世纪奥斯曼帝国接手后，又被改成清真寺；到了1600年，卫城又变成土耳其人的守卫要塞，大大小小的营房挤满山顶；1683年，奥斯曼帝国与欧洲基督教国家爆发战争，奥斯曼军队将帕特农神庙作为临时存放弹药的仓库，一支威尼斯军队向卫城发射炮弹，剧烈的爆炸几乎将神庙的核心部分彻底摧毁；1800年，英国驻奥斯曼帝国大使带领工人拆下帕特农神庙上的雕刻和伊瑞克提翁神庙的女像柱，时至今日，当年被劫掠的雕塑还陈列在伦敦的大英博物馆。

夜晚凉下来，我在卫城下面的小街散步。女孩子身穿彩色花裙欢笑着走过，台阶上的少年抱着吉他唱歌，清凉的晚风从帕特农神庙的柱间穿过，撩起夜虫窸窣的鸣叫。卫城山顶上，那铭刻荣光的丰碑沉浸在一片金色之中。

我也准备乘船横渡地中海，前往意大利。

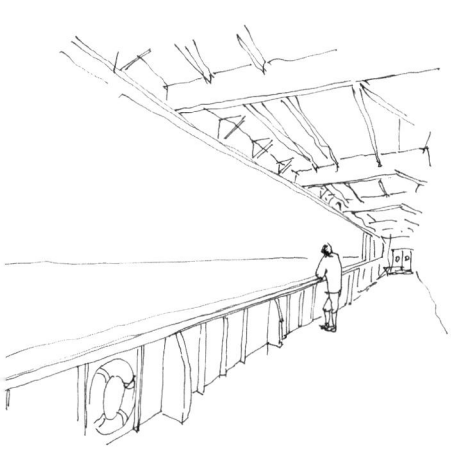

30 渡地中海

我在雅典汽车站坐上开往港口城市帕特雷的长途汽车，计划从那里乘渡轮去意大利。汽车沿着高速公路，开出傍晚的雅典城区，由科林斯来到伯罗奔尼撒半岛。

科林斯距离雅典大约 80 公里。"科林斯"这个名字的知名度，更多来自一个建筑术语。根据古罗马建筑家维特鲁威的描述，一位生活在科林斯的雕塑家在郊外散步时，看到一个祭祀用的篮子被放置在野生的莨苕上，他由此受到启发，创作出形态特别的柱头——科林斯柱头就像草叶从篮子里一层层长出来。由于来自科林斯，采用这种柱头的柱式就被称为"科林斯柱式"。

今天，科林斯柱式依旧频频出现在各地的建筑中。无论是雅典的奥林匹亚宙斯神庙，还是安纳托利亚半岛上的古罗马浴场遗址，无论欧洲古典建筑，还是新世界殖民地的法院和市政厅，科林斯柱式连同源自爱琴海西岸的爱奥尼柱式、源自亚平宁半岛一带的多立克柱式一起，共同构成西方建筑中的三大经典柱式。

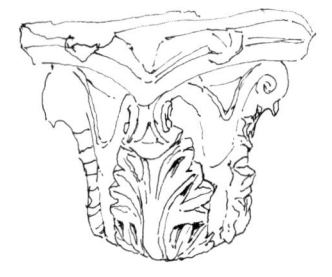

◁ 图 87 科林斯式柱头
▽ 图 88 西方建筑三大经典柱式
（由左至右依次为多立克式、爱奥尼式、科林斯式）

在帕特雷客运码头，我登上一艘开往意大利南部城市巴里的渡轮。这是一艘客货滚装船，最下面几层用来停放汽车，上面是客舱和公共空间。渡轮离开港口，向亚平宁半岛平稳驶去，海面升腾的水汽遮住了远山。晚餐后，我来到甲板。晚风吹来，深邃的天空留下一道水天相接的深红，月牙从海上升起。回到舱房，我点起床头的灯，随便写写画画之后，便沉沉睡去了。

第二天一早，船已开到亚平宁半岛附近，海水尽头浮出明朗厚实的陆地。越来越近时，岸上的房屋轮廓也变得清晰。经过整整一夜的航行，渡轮已经开到另一个国家的门口。

船头微微偏转，指向岸边林立的烟囱、教堂、铁塔和吊车。

轮船绕过港口外的防波堤，城市建筑群也渐渐清晰起来，还能看到马路上来往的汽车。过了一会儿，轮船停靠在码头边，我把时钟向后调了一个小时。

巴里老城的街道里，清爽的海风吹过，面朝海港的户外茶座上，悠闲的老人跟往来的街坊打着招呼。我顺着巷口的阳光望进去，一层层阳台向外伸出晾衣架和遮阳棚，有的家门口停着摩托车，窗台摆着花盆。年迈的老妇在高处晾晒床单，身穿短裤和皮凉鞋的大肚子中年男人拎着布袋迎面走来。蹒跚的老人相互搀扶，慢悠悠走过。我踩着方形石板小路，迷失在这片浓郁的生活气息里，还没回过神，面前就已是个完全新鲜的国度。

这是与乘坐飞机抵达一个陌生国家完全不同的体验。回想以前的旅行，每次飞到一个国家，落地后都不得不穿过航站楼里无尽的免税店，再在行李传送带前等候，经历入境海关外长长的队伍，还有从机场到市区那段漫长的高速公路……这些都在消磨刚抵达一个国家的新鲜感。而乘坐渡轮的体验，则全然不同：船一靠岸，走下来就是特征鲜明的老城街道，稍微走几步便融入了当地最真实的市井生活。

巴里老城的街巷错落有致，石砌房屋围出一条条歪歪扭扭的小街，房顶上立着密密麻麻的天线。饱经沧桑的房屋挤出窄窄的一块蓝天，伸展翅膀的海鸥从天空飞过。巷弄里孩童嬉戏，街坊闲聊，人们保持着多年不变的生活。

△图 89 巴里老城街景

我穿出拱廊,听小广场那头的教堂传来钟声。城中的一切,都是当地人真实的生活。他们从一出生就住在这里,世代繁衍生息。他们夏夜坐在广场上乘凉,周末到教堂礼拜,不受外界打扰。

巴里的地理位置十分重要:既连接罗马的陆上交通,又是东方海上贸易的重要港口。西罗马帝国灭亡后,拜占庭的查十丁尼大帝渴望恢复古罗马帝国的疆界,他出兵亚平宁半岛,公元554年一举攻下巴里。从此,拜占庭文化和希腊文化在亚平宁半岛渗透开来。

11世纪时,信仰伊斯兰教的塞尔柱突厥人横扫西亚,征服了基督教古城米拉,城内的巴里商人抢先一步,将圣物圣尼古拉的遗骨从石棺中取出，带回巴里，建造了宏伟的教堂。大家将遗骨埋在教堂地下的墓室，教堂因而得名"圣尼古拉大教堂"。从此，巴里摇身一变，成了基督教圣城，圣尼古拉的遗骨，吸引各方信徒前来朝圣。

我穿过狭窄曲折的小巷，走到圣尼古拉大教堂前面的广场。教堂里，连续的拱券和立柱支撑起崇高的空间，顶上是由金色装点的彩画。一场庄重的婚礼正在进行：鲜花包围的祭坛正中，一对新人站在神父面前，新娘洁白的婚纱垂落盛开，新郎一袭黑色西服，亲朋好友从席上立起，一同见证幸福。

为了纪念圣尼古拉，人们将他去世的12月6日定为"圣尼古拉节"。每年这一天，人们都会模仿圣尼古拉，以匿名的方式互送礼物。由于日期与圣诞节接近，一些地区的人们干脆把这个传统融入了圣诞节庆祝。在北美洲新世界，荷兰语的圣尼古拉（Sinterklaas）传到英语里，就成了Santa Claus，"圣尼古拉"变身人们口中的"圣诞老人"。只是，少有人知道，"圣诞老人"的遗骨，在这座名叫巴里的意大利城市，已经存放了快一千年。

夏夜，巴里老城的居民坐在各家门前的椅子上乘凉，嬉闹的孩童在巷中奔跑，大人们挥着扇子聊起家长里短。我行走在昏黄的路灯下，想起喀什老城，甚至遥远的北京胡同，自然环境与资源的不同，令房屋的材料乃至呈现的形态千差万别，而邻里生活的场景，却是共通的。

我在巴里只住了一晚，第二天，就踏上了通往罗马的大道。

31 罗马千年

长途班车开出巴里城区,沿着 A16 高速公路行驶,意大利南部起伏的良田沃野在蓝天下铺展。从那不勒斯城外经过时,我望见一大片背山面海的城市房屋。汽车在这里转头上了 A1 高速公路,以每小时 100 公里的速度奔向罗马。

不知是巧合还是必然,脚下这条通往罗马的 A1 高速公路,与修筑于 2000 多年前的亚壁古道走向一致。当年的罗马人,为了加强与东方的联系,方便向东方战场进一步输送物资装备,修筑了亚壁古道。实际上,亚壁古道只是罗马境内发达路网系统的代表,以首都罗马为中心,一条条古道辐射展开,因此,

也就有了那句家喻户晓的谚语："条条大路通罗马。"

阳光变柔和时，大巴已经来到了首都罗马的东郊。我走出汽车站，挤进晚高峰的地铁车厢。环顾身边的市民：牵狗的女孩满头脏辫，胡子花白的男人挺着圆鼓鼓的肚子，下班的妇女用胳膊肘夹紧肩上的背包……车厢里的电视屏幕滚动播报十二星座本周幸运指数，列车轰隆隆在隧道里开了十几分钟，抵达了距离旅馆最近的一站：Colossem（意大利语：巨大）。

我走出地铁站，刚要适应外面的天光，却一下子被一个庞然大物罩住！视野被一座巨大的建筑物全部撑满，大角斗场椭圆形的大理石外墙,差不多20层楼高,紧贴着我的脸,压得人喘不过气。我傻在原地,原来罗马大角斗场的名字就是Colossem!昏暗的地铁站仿佛时空隧道,突然把我带回公元1世纪的罗马。

一

　　罗马所在的亚平宁半岛分布着很多活火山。这些火山频繁喷发,罗马人不得不经常重建房屋。由于火山喷发会带出大量火山灰,罗马人干脆把火山灰当成一种建筑材料,运用在灾后重建中。时间一长,罗马人惊奇地发现,这些火山灰有一种惊人的性能:如果把它与碎石子、石灰、水混合搅拌之后自然凝固,最后会跟天然石料一样坚固,无论雨水冲刷还是海水浸泡,都不会影响它的性能。很快地,这种火山灰混合的新型材料就被运用在罗马的建设中,它后来有了个广为人知的名字——混凝土。

　　早在罗马人发明混凝土之前,砖砌和石砌拱券的技术就已经在西亚流行。可是,将小砌块一点点码成半圆形的做法对技术的要求实在太高,拱券技术一直也没能大范围运用。罗马人发明混凝土之后,向西亚人学习了拱券的形态和建造原理,然后尝试用混凝土浇筑拱券,凝固后拆除模板,竟也呈现出坚固的性能。于是,将混凝土技术和拱券技术相结合的建造技术,便由罗马人发明并迅速推广开来。这项建造技术不仅难度不高,还能够大规模快速复制，深受欢迎。

二

夕阳的金光洒向城市，笔直的大道两侧被一些临时的围挡隔离，从围挡背后立起的吊车来看，空地还在施工。路灯微微亮起，霞光里高大的石松树冠，就像树枝上一朵朵横向伸展的云。

我好奇这是片怎样的工地，占据了罗马市中心如此开阔的一片地域。我透过围挡的间隙向内看，才发现那实际是片考古遗迹。这里曾是罗马城的核心区，集中体现了古罗马王权的更迭变化。这处遗迹有个官方的名称——古罗马广场建筑群遗址。

▽图90 古罗马广场建筑群遗址

城市广场是罗马传统的会议场所，也是公众活动的中心地带，演讲、选举、葬礼和神灵祭祀都在广场进行。市民常常云集在广场上，参加凯旋庆典和宗教仪式，有时也能赶上酒宴之类的庆祝活动。

恺撒上任后，在罗马元老院背后建起一座广场。他以自己的名字为广场命名，广场外围是一圈柱廊，尽头是维纳斯神庙，广场中央立着恺撒的铜像。与之前古罗马布局零散、气氛轻松的世俗性广场不同，恺撒广场布局工整、轴线笔直、空间封闭。恺撒广场有着一反往常罗马广场的气势，时代的转折变化从它的形态上体现得淋漓尽致。恺撒广场完工时，罗马刚好进入一个新的纪元——帝国时代。

恺撒在远征埃及时，爱上了埃及艳后克利奥帕特拉。她跟着恺撒来到罗马，为了让佳人能够消解乡愁，恺撒下命令按照埃及公共图书馆的样式建造罗马的公共图书馆。他们的爱情，直接改变了罗马的城市面貌。

三

庞培当选为罗马执政官后，大力推崇希腊风格，招揽了许多希腊建筑师、工匠、哲学家和作家，罗马的贵族富人家中也堆满了希腊的雕塑和珠宝饰品。有建筑史家说，希腊建筑与罗马建筑，是"二重奏"的关系，也有人说"希腊是罗马的老师"。今天，我们站在每一座古罗马建筑前，都能多少找到点希腊建筑的影子。

恺撒之后的时代，奥古斯都成为罗马第一位元首。由于对希腊世界的征服和巩固，罗马人可以更直接地学习希腊的语言、文学、科学、哲学和艺术。奥古斯都也请来希腊建筑师，在罗马兴起一场大规模建设。罗马的城市面貌，在奥古斯都手中，开始了前所未有的蜕变。

原先的罗马城市景观主基调是粗糙的混凝土和朴素的砖墙。奥古斯都时期，在擅长运用石材的希腊建筑师的协助下，建筑物的外墙都被贴上了大理石装饰。罗马的市容市貌从此焕然一新，到处都是比例和谐的希腊柱式，雕刻细腻的门头山花。原本晦暗简陋的城市，经过奥古斯都大刀阔斧的改造，变得光鲜艳丽。奥古斯都曾说："我接受了一座用砖头砌成的罗马城，但把它变成了一座大理石之城。"

从恺撒开始，以自己的名字命名新建的广场便成为各位统治者钟爱的传统。奥古斯都即位后不久，便在恺撒广场的东北柱廊外，修建了奥古斯都广场。大道旁能看到一片开阔的广场遗址，遗址外侧是一堵高高耸立的石墙，那曾经是奥古斯都为战神玛尔斯建造的神庙后墙。

奥古斯都对市政建设的热衷，远超罗马以往任何一位执政者。他整修神庙、水渠、国库等，还在台伯河岸上建起了大剧场。就在这时候，在遥远的地中海东部地区，也在发生着一个即将改变世界的大事件——耶稣降生了。

四

　　基督教起源于地中海东部，经过几十年的发展传播，也悄悄来到了罗马。渐渐地，罗马的基督徒队伍逐步壮大，他们不认同信奉多神教的罗马人。基督徒的清高，很快就在行动中体现出来，他们逃避出任罗马社会的一切公职，还拒绝服兵役。时间一长，就连普通的罗马人，也对基督徒产生了不满情绪。

　　罗马皇帝尼禄执政的第十年，罗马城里一家店铺失火，火借风势，四处蔓延。大火一连烧了九天九夜，罗马城里的众多神庙、殿堂、民宅统统化为灰烬。有人散布谣言，说这场火实际是尼禄本人放的，而放火的原因，只是为了满足他自己的好奇心——尼禄渴望一睹特洛伊古城毁灭时的情景。

　　尽管尼禄本人灭火赈灾有功，谣言还是流传开来。为了平息谣言，尼禄将纵火的罪名加在基督徒身上，他对这些人早有成见，刚好借此机会嫁祸，顺带讨好那些敌视基督徒的罗马民众。从此，罗马历史上对基督教的第一次迫害开始了。

　　尼禄尽管堕落不堪，残暴毫无人性，却在艺术上有些天赋，他自认为是建筑师。这场大火，为尼禄的建筑创作腾出了足够空间，他终于可以按照自己的构思来重建罗马。尼禄在城市废墟上建起一座全新的皇家宫殿，因奢华而被称为"金宫"。尼禄还在金宫外开挖巨大的人工湖，四周搭起奇特的石洞、石柱和露台。

　　当年由尼禄下令开挖的人工湖早已不复存在，取而代之的，是由他的继任者在原址上建起的建筑物——大角斗场。

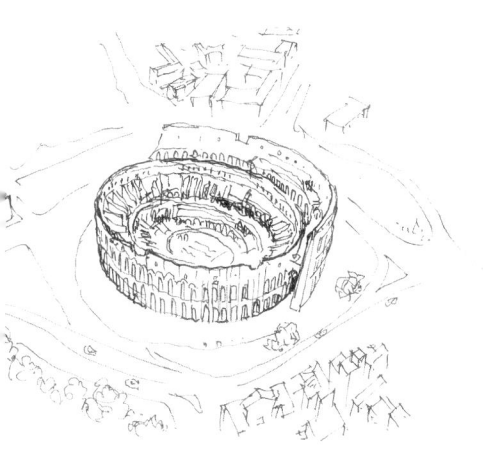

32 大角斗场

  大角斗场大概是罗马最广为人知的一座建筑,角斗是罗马统治者笼络百姓的做法之一。老百姓可以定期享受这种娱乐活动,还能领到免费食物。角斗最初有一些宗教和献祭意味,这在后来的竞技中保留了下来。皇室利用角斗士拉近和人民的关系,因此,观看角斗这项娱乐活动也成了重要的社交纽带。

  我绕着大角斗场的外墙,找到一段保存完好的区域。从底层到最上层,拱券之间墙面上凸起的柱子清晰可辨。由于角斗场的受力结构完全依赖拱券支撑,外墙上的柱子只是纯粹的装饰。从视觉效果上,这样的装饰不仅为庞大粗野的建筑体量带来了一些细节,还增添了节奏感。

  这种以拱券为主,外侧辅以柱子作为装饰的建筑语言,称为"券柱式",是罗马人把拱券技术与希腊传统柱式结合的产物。而将柱子支撑横梁的形态一层层摞在一起的做法,则称为"叠柱式"。大角斗场的每一层采用了不同的柱式:底层是罗马

△图 91 "券柱式"(左)与"叠柱式"(右)示意图

人受希腊柱式启发,抽象简化而成的"塔司干柱式",二层则是头戴涡卷的"爱奥尼柱式",三层又是细节丰富的"科林斯柱式",最上面的石墙部分,则是运用"科林斯柱式"的方形变体。一座建筑物的外墙,同时融合了源自西亚两河流域的拱券技术、来自小亚细亚地区的爱奥尼柱式、来自雅典附近的科林斯柱式、罗马人自创的塔司干柱式,维度横跨地中海数千里,足可见罗马文化的开放与多元。

我穿过石块砌筑的墙垛和拱券,走上通往看台的入口。看台入口是一段嵌在拱洞里的楼梯,两旁是方形石料砌筑的厚墙,头顶是粗糙裸露的混凝土拱顶,幽暗的通道指向尽头的看台。这种由罗马人在 2000 年前开创的建筑形式,直到今天依旧被运用在体育场等建筑中,没有任何实质改变。如果回顾这种建筑的发展历程，就会发现罗马工程师的建造智慧，"大角斗场"这种看似前所未有的建筑形式，实际上就是两座半圆形古剧场面对面拼合而成。

早年由希腊人创造的半圆形剧场，总是需要依靠山坡将看台逐级抬升。后来罗马人学会了这种建筑形式，不过，他们用混凝土拱券技术支撑起巨大的阶梯看台，无须再借助山坡地势，在平台上也能建起大剧场。再后来，罗马人把两个平地剧场拼

▽图92 罗马大角斗场剖切透视图

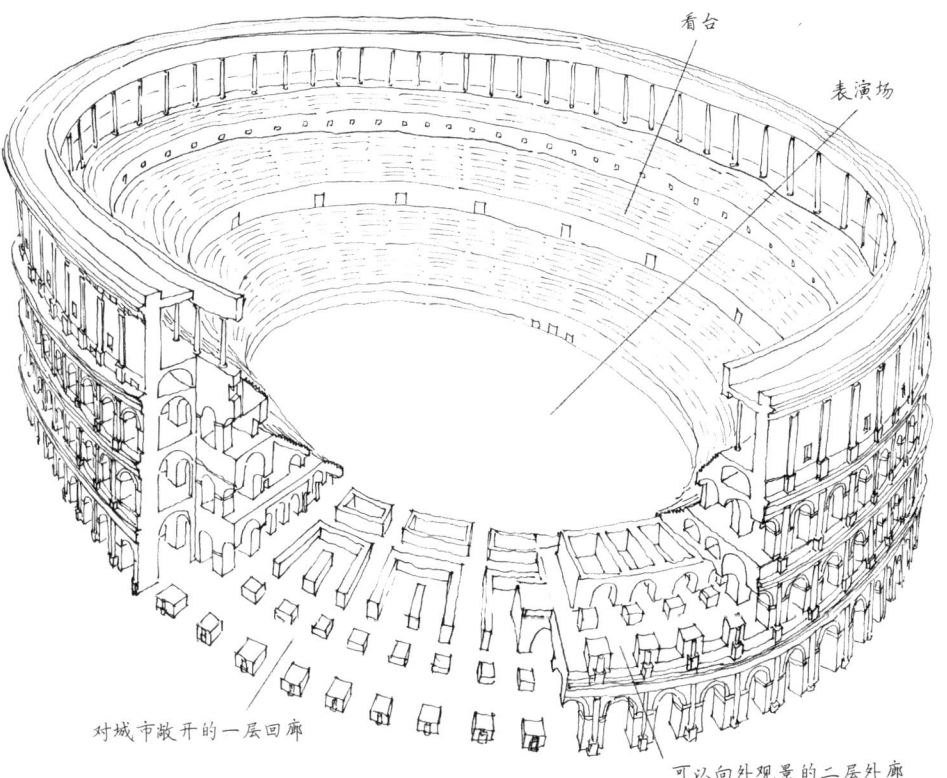

接在一起,成了后来的椭圆形角斗场。多么奇妙!我们今天司空见惯的体育场建筑,竟也经历了一番人类智慧与自然资源横跨地中海的传递和相互作用。若不是亚平宁半岛上的火山灰,罗马人恐怕不会发明混凝土,剧场建筑更不知何时才能脱离山坡,如果不受地理环境限制的剧场没有诞生,罗马人大概也想不到用类似剧场的建造方式来造一座大型角斗场。假如角斗场从未诞生,今天的体育场又将是什么样子?

庆幸的是,现代体育场虽然延续了大角斗场的建筑形式,却没有继承古代角斗场的核心功能——杀戮。从大角斗场建成起,罗马人便沉浸在这项疯狂的娱乐活动中,享受由杀戮带来的感官刺激。每天午后,人们兴致勃勃地前来,观看激烈的厮杀,为血腥的比赛叫好助威。据统计,在大角斗场将近500年的使用时间里,从这里抬出的尸体总数多达70万具,还有不计其数的动物,它们都是罗马帝国的牺牲品。大角斗场成了一座名副其实的死亡纪念碑。

爱伦·坡说过:"光荣属于希腊,伟大属于罗马。"雅典卫城山上的帕特农神庙,是古希腊工匠对美与和谐的诚挚追求,神庙以严密的数理结构来赞颂民主,建筑的内外材料与受力逻辑都高度一致。相比之下,罗马是世俗的,罗马人运用华丽的装饰来掩盖笨拙的结构体。因而,罗马的建筑通常都以宏伟取胜,展现欲望和雄心。在一次次营造"宏大"的过程中,建筑师和艺术家需要绞尽脑汁来解决技术难题,他们的身份更像工程师。

我站在大角斗场残存的观众席上，想象着烈日下，万众欢腾之中，角斗士与野兽搏斗厮杀的惨烈场面，一个问题冒出来：尽管早在 1500 年前，杀戮表演就被废止了，但这种借由人性之恶与集体狂欢所造成的迷醉效应真的消失了吗？是不是依旧冠冕堂皇地，以一种新的形式潜藏在人类社会中？

33 万神之光

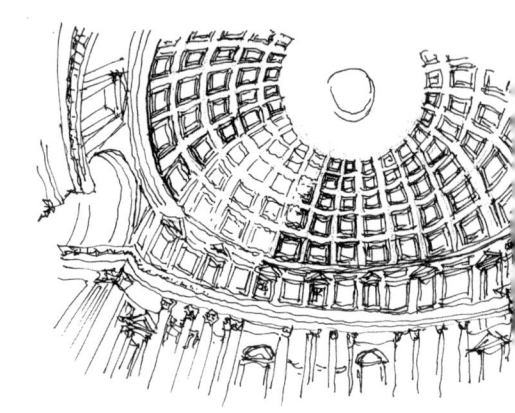

    为了体验罗马城里各个区域的不同特质,我决定换到台伯河对岸的另一家旅馆。我搭乘蓝线地铁,在特米尼火车站换乘去往城西的线路。我在充满意大利语指示牌的车站里晕头转向,从勒班陀站爬出地面。

    这个家庭旅馆位于紧邻最高法院大楼的一幢居民楼里。我用行李顶开黑色的铸铁大门,走进居民楼前的院子,爬上拱门里的台阶,来到一座颇有气势的门厅。白色大理石地面与做工细腻的格子天花一丝不苟,仿佛一位年迈却体面的妇人。旅馆实际是居民楼里一户普通住宅,各个卧室都被用作客房,老板在客厅正对入户门的位置摆了张办公桌当前台,旁边就是供住客用餐的区域。

    旅馆正对面是一座绿树掩映的公园,砖墙护筑的土台上长满石松,中央是座圆形城堡。一尊青铜的天使雕像立在城堡最高处,点明了城堡的名字——圣天使堡。罗马皇帝哈德良在位期间，曾在罗马城的西北角选好一块地，计划作为他和家人的陵墓。由他当年亲自选定的哈德良陵，后来就成了今天的圣天使堡，城堡外围的绿地现在被称为哈德良公园。

哈德良以极高的文化修养和艺术品位著称，他不仅在诗歌和文学方面颇有造诣，还对数学、几何学、绘画有深入的研究。与很多罗马人一样，哈德良也是个彻头彻尾的"希腊控"。他曾多次造访雅典，甚至还正式登记为雅典市民，被推举为雅典的执政官。

哈德良用大部分时间巡视帝国各地，留下了各式建筑。今天土耳其安塔利亚的哈德良门，就是当年为迎接哈德良来访而建；而雄伟的塞尔苏斯图书馆作为小亚细亚重镇以弗所的标志，也是献给哈德良的。除了政治和军事需要，长途旅行也为他带来广博的人文视野，旅途中见到的不同建筑艺术风格，极大激发了哈德良的创作热情。恰恰是他的业余身份，使他不再依赖常规的建筑设计手法，做出大胆创新。

我在罗马老城里穿街走巷，寻找哈德良的建筑作品。狭长的街道在楼房的夹缝里伸展，餐馆把餐桌支在路旁，铺上艳丽的格子桌布，人们坐在楼房的阴凉下，大口享用着午餐。路旁总能偶遇冰激凌店、小书店，或者路口突然变得开阔，来到一座小广场，哗啦啦的喷水池立在中央，遮阳篷下的摊位上，摆放着琳琅的商品。

此刻我便来到罗通达广场，被另一端的雄伟建筑吸引。它

△图 93 罗马万神庙外观

的高度超过周围的所有楼房,正面是酷似雅典帕特农神庙的三角形山花与柱廊,巨大的柱子与高耸的廊下空间,在尺度上拉开与常规建筑的差距。毫无疑问,这座建筑就是广场的主角。

　　人们如朝圣般从四面八方涌来。建筑物尽管外观宏伟,凑近看却是苍老的模样:科林斯柱头上不完整的角部,门楣上脱落的线角,有些墙头还垂下杂草。我绕到侧面,柱廊背后的砖墙砌成敦实的大圆柱体,好像把帕特农神庙的正面造型嫁接到一个圆滚滚的砖砌大桶前。出于结构支撑的需要,墙面还嵌着一道道砖砌巨拱。

　　这就是哈德良最著名的建筑作品——万神庙。公元 125 年,哈德良决定把这座神庙献给所有的神,因而命名为"万神庙"。

在这次建造中，哈德良将他对希腊文化的喜爱，还有旅途中的收获，以及对建筑创作的激情，都毫无保留地呈现出来。

很少有哪个殿堂空间，能让人在一进门的刹那，就不约而同地注意到同一个点。回想我曾走过的地方，进门时怦然的震撼多来自高耸开阔的空间、华丽的装饰，还有静谧幽远的氛围，那时的目光总是游动的。相比之下，这次在万神庙的体验却是完全不同的：走进大门的一瞬间，每个人都呆立原地，不约而同地仰望头顶，穹顶正中那片最亮的光是每个人的视觉中心。它是整座万神庙的焦点。

阳光穿过圆洞，洒进幽暗的神庙，投射在穹顶内壁的墙面上，刻画出壁龛和山花的一角。空灵的殿堂、虚化的全局，都退到光斑之外，巨大的张力，极富戏剧感。

我在万神庙里，试图寻找一个角度来总揽全局，拍出一张完整的照片，或者画下全貌。然而几圈走下来，发现都是徒劳。在几何比例精准的空间里，"无穷"的含义被"有限"的空间诠释了。

哈德良设计建造万神庙时的思考逻辑，看起来再简单不过：一个内切于圆筒空间的半球形穹顶，直径等于它的最高点距地面的高度。用这样一句话就能概括的设计逻辑，却造就了最摄人心魄的空间。

我在地上盘腿坐下，掏出钢笔和速写本，把头顶的圆洞、穹顶内壁的层层方格、墙壁上的凹龛和贴近地面的石柱，一并收入画面。我仰头观察，低头勾画，不知不觉，从圆洞照进的光线

△图 94 罗马万神庙内景仰视

也在悄悄游移：随着太阳缓缓下沉，投射在殿内的亮光已从壁龛与山花的墙面，偷偷爬上穹顶的混凝土方格，仿佛随夕阳西下缓缓升起的明月，在混凝土穹顶的表面游移变化着。

　　画好，我搁下钢笔，却见那抹亮光已经升到穹隆上部。工作人员开始清场，我收拾背包起身，一边走一边回头，工作人员的脚步跟出来，合上重重的大门。

万神庙的建筑形式，让我回想起70多天以前在距离罗马近4000公里之外的土库曼斯坦境内曾走访的老尼萨遗址。其中一座圆形神庙的建筑遗存与罗马万神庙十分接近，而它的建造时间却比哈德良设计的万神庙早了近200年。穹隆顶的技术起源于西亚，被掌握了混凝土技术的罗马人发扬光大。哈德良的万神庙穹顶，实现了前所未有的恢宏尺度，而且在建成后的1900年中，都未被超越。对美学的无尽追求，对技术的大胆尝试，成就了令人惊叹的建筑奇迹。

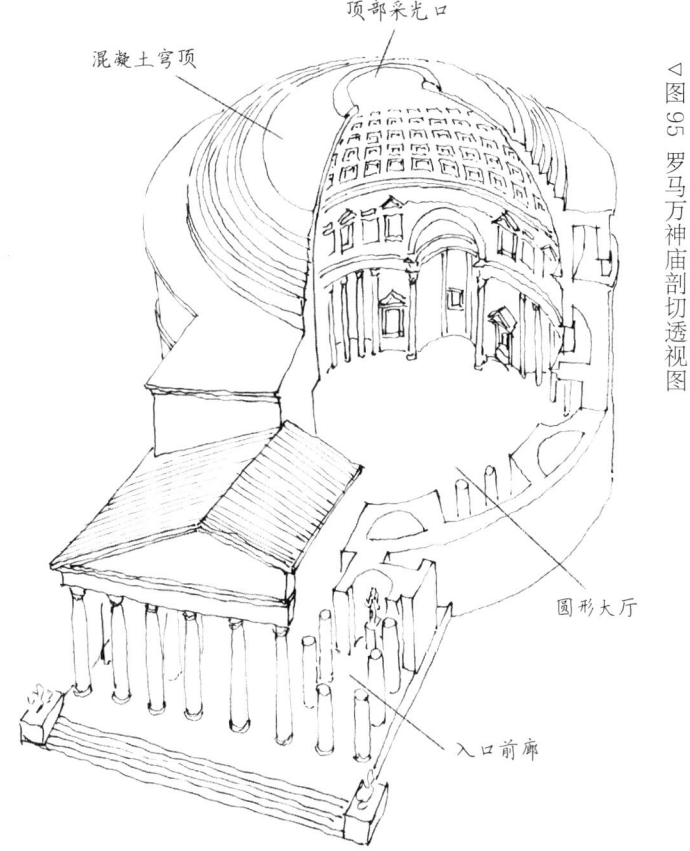

▽图95 罗马万神庙剖切透视图

34 神之圣殿

罗马人对世界建筑的贡献，远不止大角斗场、纪功柱和万神庙。他们还独创了另外一种建筑形式，在今天的世界各地随处可见。

早期的罗马神庙，室内空间普遍比较局促，主要活动都在外部的广场上进行，很容易受天气干扰，经常无法如期举办。为了改变这种状况，罗马人尝试营造开阔的室内空间。他们用木材在两排柱廊间架设横梁，再在上面搭屋顶，建起大跨度室内空间。罗马人在他们创造的大空间里，举行法庭审判，召开会议或者进行商品交易，这种大空间也成了广受罗马人喜爱的建筑形式。他们借由古希腊语的"basileus"一词，将这种大型室内建筑空间命名为"basilica"，即"大会堂"，建筑学上更多使用这个词的音译"巴西利卡"。

一般来说，巴西利卡由中央开阔的长方形大厅和两侧低矮的柱廊组成。长方形大厅相对高敞，主要供大型仪式和人员聚集。两侧的柱廊则延续了之前广场外围柱廊的做法，通常有两层，相当于长方形大厅的辅助空间。为了满足大厅的通风和采光需求，木屋顶往往比柱廊更高一些，这样就可以利用高出的部分开启侧面高窗，为室内带来良好的自然光线。出于法庭审判的需要，中央大厅的一端往往再设一个小的半圆形空间，大厅的入口则位于与半圆形空间正对的另一端。

伴随建筑技术发展进步，巴西利卡越造越大。而混凝土拱券技术日趋成熟，罗马人干脆用混凝土浇筑拱顶，以此替代之前的木质屋顶。我在帝国广场大道找到了马克森提乌斯和君士坦丁巴西利卡，红砖砌成的高墙上拱券连续，顶上还残存着混凝土结构的痕迹。

在马克森提乌斯和君士坦丁巴西利卡落成的同一年，君士坦丁皇帝颁布了一道重要法令，他废除了之前所有对基督徒的定罪，把没收的财产还给基督教会，他还向世人宣布：从今往后，罗马帝国境内的全体人民都有信仰基督教的自由。

在这之前，基督徒只能私下在家集会，住宅空间狭小局促，不便举行仪式。基督教合法化后，他们终于可以光明正大地举行宗教活动，于是开始探索大型建筑。他们把目光投向高敞宏阔的巴西利卡，它满足了容纳众多信徒进行宗教仪式需求。于是，在帝国财力的支持之下，为基督教会建造的巴西利卡在各地拔地而起，它们后来成了西欧教堂的基本模式。

作为当时罗马帝国的首都，米兰是基督教在罗马最早的繁荣之地。为了解早期教堂建筑的演变与发展，我从罗马搭火车北上，到米兰一探究竟。

米兰空荡荡的街道与她享誉世界的盛名形成强烈反差。烈日当空，路旁的店铺大门紧锁，人行道空空如也，石块铺筑的马路上不见汽车，只有空驶的电车开过……像很多欧洲城市的暑期一样，米兰市民大多去度假了。

我穿行在安静的街巷里，寻找最古老的教堂。在一条巷子的尽头，我找到了圣安布罗吉奥教堂的钟塔。这座教堂始建于公元379年，虽历经后世多次重建，平面的格局却依旧保持了最初建造时的样子。

我走进前院，外围一圈拱形柱廊环抱着礼拜厅的主入口。由主入口进入礼拜厅，纵深的中厅直指祭坛，两侧是由拱券筑成的侧廊。由复原图上看，这座教堂最开始建成时，大致也是这样的空间，几乎是对罗马巴西利卡的完全照搬。

随着基督教兴盛发展，米兰的圣安布罗吉奥教堂也迎来了一次次翻修，今天看到的模样建于12世纪。我抬头看见中厅两侧肩并肩的砖砌拱券，架在石块砌成的立柱上。交叉的拱顶，砖块顺着拱的边缘，码成拱形的肋。无处不在的拱券，彰显罗马人对这项技术的继承和发扬。可以想象，即使在12世纪圣安布罗吉奥教堂翻修期间，人们依旧怀着对古罗马建筑的崇敬。

建造者对罗马的怀念，不仅体现在圣安布罗吉奥教堂，这种大规模采用拱券技术的教堂在欧洲比比皆是。人们把这种风

△图 96 米兰圣安布罗吉奥教堂钟塔及内景

△图 97 米兰圣安布罗吉奥教堂侧廊片段

格称为"罗曼式",有意与古罗马的建筑进行区别。

除了向巴西利卡借鉴,很多早期的教堂也向古罗马陵墓和宫殿学习。始建于 370 年,至今仍矗立在米兰城中的圣洛伦佐教堂,就是这一类型的代表。

我走出一条窄街,看到一片光秃秃的草坪背后,高高立起的圣洛伦佐教堂。大大小小的砖砌小厅围在中央高耸的八边形主体外围,像一个个向外鼓出的小包。我绕到教堂正面的广场,阳光穿过柱间,投下一排节奏明快的阴影,这是曾经的前院外廊。

与巴西利卡式教堂不同,圣洛伦佐教堂的内部是规整的多边形大厅,由一个完整的穹顶覆盖。它的空间形态更接近罗马的万神庙,这种以一个中央空间为核心向周围一圈展开的教堂形态,被称为集中式教堂,与巴西利卡式有所区分。有趣的是,我在圣洛伦佐教堂门口的介绍牌上读到它的意大利语名字,竟是 Basilica di San Lorenzo。看来,以"巴西利卡"来称呼教堂已是一种习惯,而教堂本身的形态已不重要。

△图 98 米兰圣洛伦佐教堂内景仰视

我走出圣洛伦佐教堂,来到广场南面一座中世纪城门,在一个露天餐位坐下。服务生端上一盘蛤蜊意面,煮得软烂的小番茄点缀在金黄的面片之间,肥美的蛤蜊大张着口,我提起叉子,在古老的城门和教堂中间享受了一顿美餐。

35 升天赞歌

游人如织的米兰大教堂广场上，鸽子起起落落，大教堂宏阔伟岸、直冲云霄的身姿，能盖过所有，衬托得其他一切似乎都不值一提。

我的眼睛被教堂外观上的诸多细节吸引：看起来，整座建筑物像一群聚在一起的小塔，层层叠叠向中央聚拢；雕饰细腻的竖向线条不厌其烦地一根根叠加，像茂密缠绕的藤蔓植物，又带有明显的几何秩序；小塔之间填充着工整的拱形窗子，顶上的尖形装饰密密麻麻，从远处看，就像一排紧凑的蕾丝花边；无数塔尖，无数雕像，无数镂空，被阳光刻画得繁复立体……大教堂像一簇熊熊升起的火焰，吸引人们远道而来。米兰大教堂有一种宏大且不真实的气场，人们尚未走进，就先被惊艳的外观折服了。

我走进教堂，一根根尺度超常的巨柱沿着中厅，向远处层层延伸，直指尽头的祭坛。我顺着柱子向上看，柱头在高空戛然而止,顶起一圈雕像,弧形的石肋从雕像头顶向四周散开,在最高处结成一道道尖拱,尖拱奋起向上的姿态,好像要挣脱引力,冲向云端。

▽图 99 站在米兰大教堂中厅向祭坛望

我频频仰头,努力想看清那些缩在幽暗处的繁复雕刻。细密的图案卷曲盘绕,看起来阴暗狰狞,仿佛冷艳又勾魂的眼神。米兰大教堂没有罗曼式教堂里常见的罗马式圆拱,更不见集中式教堂封闭的空间,它尖耸的造型与开敞的室内,仿佛来自另一时空,墙壁上开了很多竖向的长条窗,这些窗子上镶嵌了五彩斑斓的玻璃,彩色玻璃拼贴成圣经故事的画面,在阳光的照射下如梦如幻。

我开始好奇,从圣安布罗吉奥教堂到米兰大教堂的这段时期,社会经历了怎样的转变?技术如何发展?是什么原因,导致教堂建筑风格发生了这么大的突变?

故事要从欧洲历史讲起。法国卡佩王朝早期,国王的控制力十分微弱,王权的管辖范围局限于以巴黎和奥尔良为中心的法兰西岛地区。到路易六世时期,国王终于找到一位得力助手。他的名字叫苏热,是巴黎北郊圣丹尼修道院的院长,他成了协助法兰西国王扩大权威的首

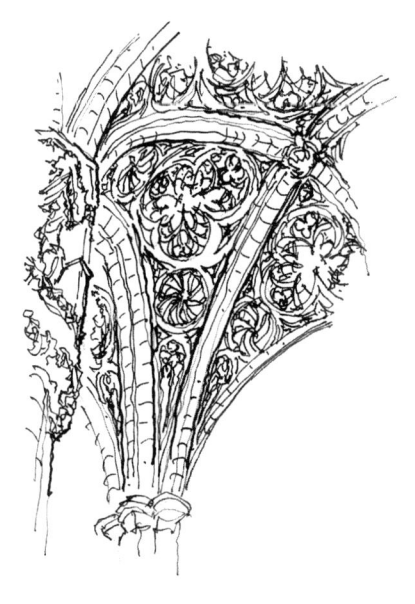

△图 100 米兰大教堂天花特写

席顾问。

苏热所在的圣丹尼修道院是一所王家修道院,它有一座附属教堂,建于公元8世纪晚期。早在路易六世之前,圣丹尼修道院教堂就已是具有宗教和世俗双重声望的圣地:这里是加洛林王朝的纪念堂,法兰西数任国王都在这里加冕,死后也埋葬在这里。

作为圣丹尼修道院的院长,苏热计划从建筑入手,把修道院教堂打造成法兰西的精神中心,以此帮助王室扩大势力。但是他很快意识到:教堂原本的规模太小,根本无法承载这么宏大的追求。要实现这个目标,只能对现有的教堂建筑做一番改造,一方面扩大规模,另一方面凸显重要性。

罗曼式教堂盛行期间,拱顶通常架设在两侧的墙壁上,因为结构受力的要求,这些墙壁通常需要造得很厚实。厚墙好不容易撑起拱顶,工匠们就更不敢冒险在墙上凿洞开窗,这就是为什么罗曼式教堂的空间往往是幽暗封闭的。苏热厌倦了这种沉闷空间,1135年,他出任圣丹尼修道院教堂重建工作的总负责人,计划在唱诗班区做出一些改变。为此,他从各个地区找来工匠,商讨用什么办法可以让教堂不再依赖厚墙,实现敞亮灵动的效果。

苏热让大家献计献策。工匠甲说,他见过一种做法:在拱顶边缘增加肋骨,这样可以减小拱顶的厚度,使拱顶变轻,相应地,拱顶的受力也可以通过与肋骨相连的柱子向四角传递,这样就不必再依赖厚墙。工匠乙补充，他见过一种与常规半圆拱不同的尖形拱，这种尖形拱由两道对称的弧线拱组成，两道弧线在正中间顶部相交，形成一个向上的尖角。相对于常见的半圆拱，这种尖形拱可以进一步降低拱的受力需求，也能换成更细的柱子来做支撑。工匠丙介绍了他曾见过的一种做法：可以在外侧增加一个"推手"，目的是保证拱结构的安全，"推手"可以造在教堂外部，由外向内托住由室内的尖拱，从外部为建筑结构增加一道保障。

来自四面八方的工匠，贡献出五花八门的建造智慧。苏热把这些经验整合起来，创造性地运用交叉肋骨尖拱，并将之作为唱诗班区的屋顶结构。他还接受了工匠提出的"推手"建议，在教堂外侧建起辅助尖拱受力的支撑结构。如此一来，只依靠内部纤细的柱子和外部"推手"，就能把整个屋顶牢牢托起。终于，历史上第一次，建造教堂不再依赖厚重的墙体，原本密闭的唱诗班区也因此变得通透敞亮。苏热在柱子之间开凿大面积窗户，还用彩色玻璃在窗上拼出图案，阳光从外侧照进，使室内氛围充满奇妙的宗教感。苏热融合来自各地的建造技艺，实现了他最初的设想。

在宗教加持下，法兰西国王的权力得以重振。苏热不仅协助路易六世扩大势力范围，也成就了一座史无前例的精美建筑：圣丹尼修道院教堂突破建筑厚重体态限制，以细长的圆柱、飞起的尖拱，实现了轻盈、明亮且优雅的教堂空间。

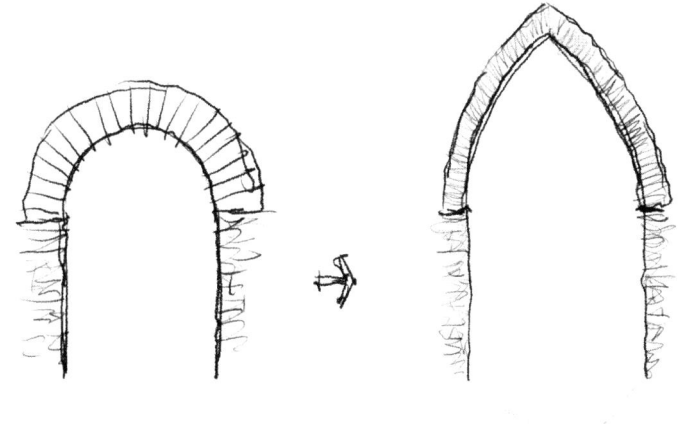

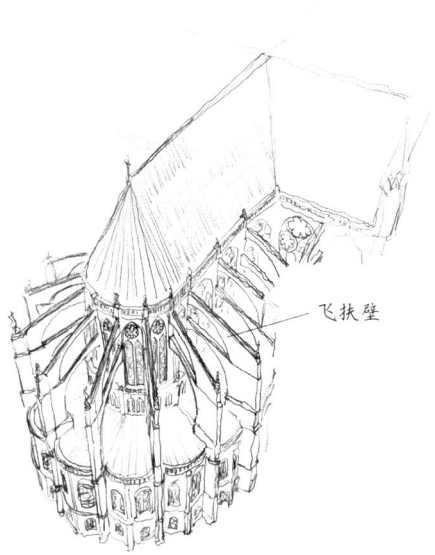

△图101 由常规半圆形拱向尖形拱转变
▷图102 圣丹尼修道院教堂外侧增加的一圈"推手"(即飞扶壁)
▽图103 小学生在圣丹尼修道院教堂的现场建筑课上,以身体示意飞扶壁的原理

飞扶壁

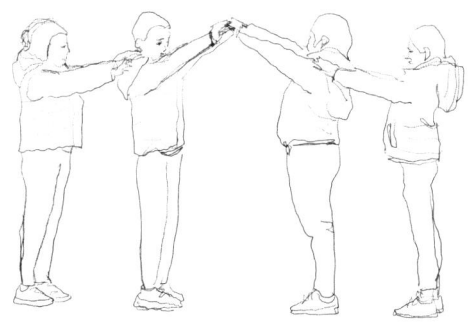

随着国王势力的扩张，这种新的建筑风格也在法兰西王国其他地区推广开来。后来，这种技术逐步形成一套成熟模式，新的建筑名词也随之诞生：教堂外部辅助尖拱受力的支撑"推手"，因为像扶在墙上把尖拱托住的大手，从而得名"飞扶壁"；尖拱的大规模运用，使人们称这种建筑风格为"尖拱顶式"。这种新的建筑风格，填补了法兰西缺乏建筑风格代表的遗憾，因而被称为"法兰西式风格"。12 世纪之后的 300 年间，法兰西式风格风靡阿尔卑斯山以北的欧洲大陆，影响直到今天。

我爬上米兰大教堂的房顶，行走在一道道倾斜的飞扶壁之间，仔细观察每个细节：尖拱肋骨的屋顶，彩色玻璃的花窗，还有不断重复的飞扶壁……显而易见，米兰大教堂是不折不扣的法兰西式教堂。

1386 年，米兰统治者发起建造新的米兰大教堂，目标是建造基督教世界最大的教堂。统治者选定当时流行的法兰西式风格，还特意去法国请来工匠。尽管这项工程前后持续了差不多 600 年，中途经历多次调整，由发起者奠定的法兰西式风格基调，还是保留下来。

法兰西式尽管一度风靡欧洲，却在阿尔卑斯山以南的亚平宁半岛一直不温不火。除了少数几处像米兰大教堂这样的代表，亚平宁半岛的教堂很少采用法兰西式。这里的人们坐拥古罗马建筑的辉煌成就，对法兰西式这种源自他乡的建筑风格不屑一顾，有人认为法兰西式建筑风格就像那些曾经洗劫罗马的哥特人一样，粗陋不堪。于是，一个远比"尖拱顶式"和"法兰西式"更加广为人知的名词开始流传，那就是对"法兰西式"的蔑称——哥特式建筑风格。

现在，哥特式建筑风格已经成了欧洲最具特色的建筑风格之一，我们熟知的巴黎圣母院、科隆大教堂、米兰大教堂，都是典型的哥特式风格。这种风格对世界建筑的影响无处不在，放眼我们身边的天主教堂，无论北京的西什库教堂还是上海的徐家汇教堂，都能循到当年由苏热开创的风格。每当信徒们走进这些哥特式教堂，在细柱与尖拱撑起的圣堂里聆听赞歌，仿佛灵魂也跟随旋律升起，无限接近神圣的天国。

▽图104 巴黎圣母院内景

36 海都沉浮

一

暮色笼罩了波河平原，月亮从地平线升起，像把烧红的铁钩。高速列车一路穿梭，金黄的灯光透过车窗，匆匆擦过帕多瓦的街市。我望向窗外，刚经历一场月食，月盘回归了圆满，挂在夜幕当空。列车减速，慢慢开到一片漆黑的水上，水上的月光和灯点随波光跃动，仔细凝视，微微辨出港湾里的船。我起身取下行李，窗外已是终点站的站台。

我比抵达任何一座陌生的城市都更激动，期待着第一眼看到威尼斯的模样。我满怀期待地走出车站，正对一条波光粼粼的大河。路灯下，乘凉的人们坐在台阶上，悠闲地望着面前穿行的大船小船，远处的楼上透出安静的光，月亮轻轻爬上穹顶。

我走到水边，岗亭挂着块写着"出租车"的牌子，箭头却指向水中。我顺着找下去，水上停着两只小船，拴在木桩上，百无聊赖地晃动着。突然，一艘大船从水上开过，灯火通明的

船舱里,乘客手握着吊杆,就像乘坐陆地上的公交车。果然在威尼斯,水上交通是步行之外的主要交通方式。这些大大小小的船只,是威尼斯人的代步工具。

我爬过火车站外的大拱桥,走进一个巷口。两个躲避警察的黑人小贩,手里提着圆鼓鼓的编织袋,慌慌张张地向外走。他们在黑暗中张望,警惕的眼白来回闪烁。我把鼓囊的包裹扛在肩上,向巷尾的路灯走去。一个转弯,又折上一座小桥,水波在砖墙上晃动。我站在桥头,看小河绕过墙角,转到宅院背后。弯弯绕绕的小巷与纵横的小河来回交织,小巷一会儿贴着河岸,一会儿又从河上跨过,在桥头分岔,又在教堂前的空地汇合。无论在巷中怎样迷失,巷子另一头总有调皮的波光等着我。建筑物挤压塑造出的小巷,与小河一起组成巨大的迷宫——我正在深夜的迷宫里,苦苦寻找一家可以落脚的旅馆。

费尽周折,我在巷尾找到个经济实惠的住处,放下行李又出门了。临近午夜的威尼斯安静下来了,游客消失在桥头,只留下水流拍打河岸的声响。小船靠在岸边,一艘挨着一艘,像归巢的水鸟,河水推一下船身,船便不情愿地跟着摇晃两下。

为了探寻这座迷宫的边界,我认定一个方向,不顾巷子如何曲折,也不管房屋怎样错落,只随直觉,向尽可能远的地方走。一路走下来,我累得气喘吁吁,巷口豁然开朗时,却看到横在面前的一条大河,对岸又是绵延不绝的房子、小巷与小河。

我的脚步声回荡在巷子里,从下火车起,我就掉进了一张由无数河流和巷子织成的大网,它张力无穷,让人难以挣脱。

△图 105 威尼斯橱窗里的面具

我越是迷失，就越渴求探索；越难辨其真容，就越享受复杂未知。威尼斯仿佛有着先天的魔力，她身姿优雅，却不肯摘下面具，她舞姿轻快，眼神迷人，让人相思成疾，她却始终隔着面具，若有深意地望你一眼，嘴角神秘扬起。

我沿着来路返回，想凭记忆找回旅馆。起初尚能辨认，跨过几座桥后，却又感到陌生。后来越走越陌生，最后干脆放弃。我像无头苍蝇一般，乱转了许久，最后来到一片开阔的水域，明月从云间探出头，洒下一片银色。末班"公交船"从水上哗哗开过，银色被轻轻拨开，又悄悄合上，船的背影孑然离去。

二

我的脸颊感到一阵灼热，睁开眼，阳光透过窗帘缝隙，直射床头。我简单洗漱，就兴冲冲跑出旅馆。与夜晚神秘魅惑的气质不同，白天的威尼斯在阳光下变得真实，触手可及。

沧桑的砖缝被阳光雕琢，因长年被浸泡，贴近水面的墙皮早已不存，露出砖头。威尼斯的房子通常只有三四层，临水的一层留有门洞用来停船。我的目光顺着砖墙游移，二层伸出窄窄的阳台，大理石雕刻的栏杆上花草锦簇，细柱优雅地撑起天花板，旁边的窗子上木百叶虚掩。

手提公文包的男人从我身旁经过，健步如飞。巷子尽头露出一座小型码头，当中立着一台鹅黄色的自动售票机，旁边一幅公交运营线路图，图上不同颜色的航线，盘绕在抽象成灰色块的大岛与小岛之间。通勤的人们刷卡进闸机,船来停稳,上下客关门,马达轰隆发动,推开浪花远去。

威尼斯大概是全世界形态最特别的一座城市。她矗立在水域中央,被贯通的河网切成无数小岛。整座城像一艘漂浮在水上的大船,与陆地保持距离。在古代,抵达这座城市唯一的方式就是乘船。

古人选址造城时,通常有几个原则:要么在河口,方便汲水和贸易;要么选有山包围的谷地,易守难攻;或者借水深优势,依港口建城。威尼斯不符合以上所有原则:她周围的水域是大片沼泽,平均水深只有一米,大部分水域都不能满足航行需求;这片水域直接跟外海连通,水质咸卤,也不能直接饮用;城区远离陆地,也就意味着远离农田和牧场,所有物资供给都依赖水上交通。如此看来,这里大概是最不适合建城的地方。可是当年的威尼斯人为什么偏偏选择在这里建造家园?他们舍弃陆地的便利与富饶,来到一片沼泽,又是何必?

三

威尼斯地处亚平宁半岛北部与欧洲大陆的交界处,几乎是亚得里亚海尽头。不同于一般陆地上的沼泽,威尼斯的沼泽与亚得里亚海连通,但外围横着一道长条状岛屿,作为沼泽与亚得里亚海之间的缓冲。从地图上看,这道狭长的岛屿,就像与海岸平行的防波堤,发挥着天然屏障的作用。无论外海如何巨浪滔天，岛内一侧依旧风平浪静。在地理上，这种狭长的岛屿有个专门的名字——障壁岛。

障壁岛内的水域，因为海水涨退与蒸发，盐分富集，也往往形成盐碱沼泽。在中国古文中，一般用"潟"来指称被咸水浸渍的土地，沼泽被陆地和障壁岛环抱，又好像一片宁静的湖水，因而这片水域被称为"潟湖"。"潟湖"虽然被称为"湖"，实际却是大海的一部分。

罗马帝国末期，北方蛮族不断入侵。为了躲避战乱，人们不得不放弃家园，举家迁徙寻找藏身之地。公元452年，一群人逃到潟湖边，他们绝望地望着这片沼泽，大多数人已筋疲力尽，见蛮族没有继续追来，他们就在沼泽旁安营扎寨，一住就是二十多年。

公元476年，西罗马帝国灭亡。这一次，蛮族的攻势更强，住在沼泽旁的人们发现无路可退，情急之下，只好冒险前往沼泽深处的小岛。因为那里被潟湖包围，同时也远离陆地，或许可以躲过蛮族追杀。

事实证明，选择小岛是明智之举。人们终于不必再受蛮族侵扰，从此过上了风平浪静的日子。这些迁居岛上的逃难者，就是威尼斯最早的居民。坐拥潟湖的威尼斯人，享受着大自然的恩赐——取之不尽的鱼和盐，可是除了这两者，他们所有的生活必需品都要用船从岸上运来。水上运输的需求，使威尼斯人在造船技术上精进，也造就了一批娴熟的水手。威尼斯人驾着小船向陆地运送食盐，然后换回粮食、布匹等，商业贸易就这样开始了。

后来，威尼斯人发挥经商天赋，逐步占据了附近陆地上内河贸易的主要市场。公元697年，威尼斯人第一次以居民投票的方式选出了总督，基本政体由此奠定。这个最初由难民建立起来的小国开始树立自己的国家形象，它在名义上附属拜占庭帝国，实际上保持着一定的独立性。

四

公元800年，查理大帝加冕，他将包括威尼斯在内的整个亚平宁半岛视作自己的领土。他要求威尼斯脱离拜占庭帝国，臣服于自己，还谋划将威尼斯人赶出陆地内河贸易。

威尼斯人明白，如果归顺，不仅会丧失独立性，通商自由也无法保障。他们拒绝了，这激怒了查理大帝。他命人连夜打造战船，从水上接近威尼斯，准备攻下这座被沼泽包围的城市。因为长期泥沙沉积，潟湖越来越浅，为了保证日常通航，威尼斯政府派人定期疏通航道上的淤泥。这些航道通常由一系列插在水里的木桩标示，威尼斯水手只有在木桩标定的范围内才能顺利航行。当敌军战船来势汹汹时，威尼斯人急中生智：他们拔掉了标示航道的木桩。

敌人乘战船步步逼近时，却发现自己搁浅了。一艘又一艘，他们被困在沼泽里动弹不得。而威尼斯人则换上小船，集中火力把这些被困的敌船逐一歼灭，打了一场漂亮仗。传统城邦以砖石砌筑厚厚的城墙，对威尼斯来说，风平浪静的潟湖就是那一道保卫她的"城墙"。

五

威尼斯人把生意做得风生水起，财富源源不断地向潟湖涌来，城邦日益强盛，国民自豪感也大大提升。经过商量，威尼斯人把城邦的中心选在潟湖中央的里亚尔托岛。

在陆地上建造城市，通常需要先划定范围，再修路建房。可是在威尼斯，城市的建造逻辑从最开始就不一样。因为在这样的环境里，一切都基于水。

首先要使城中的水道保持流动，不能淤积，既保证通航，也避免因水质变坏而滋生瘟疫。工程师还需要精准计算海水涨潮和注入潟湖的河水流量，所以他们需要弄清水道应采取什么样的宽度和走向，从而在不同的位置决定水道是该直行还是转弯，放宽还是收紧。

水道规划好之后，像血管一样的大小水道，刚好划分出一块块岛屿般的小陆地。建造房屋需要稳固地基，威尼斯人沿用了传统智慧：挑选尽可能坚硬的木材，加工成圆柱或方柱，再把木桩的一头削尖，然后把这些木桩用力"钉"进沼泽里，无数根木桩紧密排列，形成稳固的地基。除了木桩做底，通常还会在上面垒起石块，最后用水泥来填充石块缝隙，这样才能形成建造房屋的基本条件。

为了满足步行需要，威尼斯人还在房屋之间留出小巷，在河上架桥，形成密如蛛网的地面交通体系。这样，原本由水道划分的众多零散岛屿就被拼接起来，威尼斯由此成形。

　　执政者依照河道轮廓，把威尼斯划分成六个邻里。每个邻里都在区域内复制了城市所需的各个职能机构，各自形成一套完整的生活系统，居民们在步行距离范围内，就可以抵达邻里的各个角落。这样的做法很像今天城市规划中提倡的"多中心"模式。除了满足基本的生活需求，来自六个邻里的议员也组成了威尼斯议会，他们代表各个邻里的利益诉求，因此威尼斯得到了均衡发展。

　　威尼斯的一切建造都基于实际需求。从桥梁到房屋，从小巷到河道，并没有哪里是为了"好看"或者"有趣"而造。正是由于威尼斯人的智慧，如今的我们游走在城中，细看河上的拱桥、为避让小巷而退后或扭转的民宅、为了疏导潟湖水流的河道，这些元素不经意组成一幅幅构图精巧的画面，让每一个来到这里的人频频举起相机。

　　城市和建筑最打动人心的美，往往来自最大化满足功能需求之后，其所呈现的本真面貌。

六

　　我来到大运河边，水边的木桩上立着水鸟，两岸的贵族府邸一栋挨着一栋。这些府邸通常有三四层高，墙面刷成粉红、淡黄或者浅褐色，临河的竖长窗有的做成类似罗曼风的圆拱造型，有的则明显借鉴了哥特式建筑艺术，成排的尖券像一丛飞升的火焰。我登上横跨大运河的里亚尔托桥，站在桥上俯瞰船只往来，想象着500年前桥下忙碌的景象。

得益于威尼斯独特的地理位置与水手的航海天赋，威尼斯商人不断拓展贸易范围，他们在地中海地区建起一套完善的"海上高速公路"。借助发达的航运优势，威尼斯成为各地商品进入欧洲的门户。来自远东、印度、北非和小亚细亚的商品货物，往往先由商船运到威尼斯，再从这里上岸进入西欧、南欧和北欧，有人将那时的威尼斯描绘成世界经济中心。

那时来到威尼斯的商船，需要先在外港的海关交税通关，经由大运河来到里亚尔托桥，再从这里分发到众多商人手中。因此，这座桥可以说是世界贸易的轴心与转盘。相应地，世界上第一家真正的银行也诞生在这里。正是从里亚尔托桥一带开始，欧洲人第一次接触到了咖啡和香水。

今天里亚尔托桥下早已不见忙碌的商船，游船载着慕名而来的人们。他们或许像我一样，期待饱览盛世的繁华，却只看到桥头的纪念品小店。我走下里亚尔托桥，来到一个被楼房围成的长方形小广场，广场中央立着18世纪剧作家哥尔多尼的青铜塑像。他手持拐杖，头戴三角帽，脸上洋溢起神秘的微笑，眼神却不屑地转向一边。我注意雕像背后的楼上，趴在窗台上的一位白发老人，他穿了件白色背心，面前放着台小收音机，老人眼神哀伤，注视着广场上的游客。

七

在充斥观光客的威尼斯，能撞见一两个本地人总是令人兴奋的，这表明威尼斯还是一座真实活着的城市，而非造梦的大型情景式乐园。这些依旧守在水城的居民似乎习惯了这份热闹。喧嚣的游人坐在"贡多拉"上谈情说爱，然后找个贵族宅邸住上一晚。很多人眼中，威尼斯早已沦为独具异域风情的度假布景。

在"咔嚓""咔嚓"的快门声中，我又跨过几座小桥，从一条巷口穿出，走进一片开阔的大广场。广场上有座造型精致的大教堂，我绕到教堂正面，被精雕细刻的装饰和拱券吸引。阳光照在大理石上，马赛克壁画金色的背景与浮雕轮廓相得益彰，一尊尊天使雕像从飞起的石刻浪花中升起，众多华丽装饰协调镶嵌，别具一格。从外面看，教堂像个精美的首饰盒，隆重的外表宣示出独一无二的地位。

我在教堂门前抬头，看到当中长着翅膀的金狮，威严的形象熠熠生辉。长着翅膀的狮子代表《福音书》的作者之一圣马可。这座大教堂，就是为纪念他而建的"圣马可教堂"，大广场也因此得名"圣马可广场"。圣马可是威尼斯的守护圣人，他的代表物金色飞狮也成了威尼斯的标志。今天的威尼斯电影节，最高奖项就称为"金狮奖"。

圣马可与威尼斯本来没有关联。圣马可的遗骸最初保存在埃及，公元 828 年，两名威尼斯商人悄悄潜入被阿拉伯人控制

△图106 圣马可广场速写

的亚历山大港,他们找到供奉遗骸的修道院,出钱买下圣体,然后偷偷运出亚历山大港,返回威尼斯。

据称,两位商人带回遗骸时全城欣喜若狂。街头巷尾,人们见面都在谈论此事,大家相信圣人必会守护威尼斯的繁盛与荣光。元首捐出自己的大部分财产,要为圣体专门建一座大教堂。当年由元首出资建造的大教堂早已被毁,我们今天看到的圣马可教堂的主体,是1043年开始建造的,大概1094年完工。

走进教堂,我被一片幽暗的金光笼罩:色彩艳丽的人物肖像在墙壁和穹顶上飞舞,目之所及的地方都贴满了金色马赛克,扁平的金色穹顶底下开了一圈小拱窗,阳光从小窗透进来,我想起伊斯坦布尔的圣索菲亚大教堂。穹顶下方以三角形帆拱与墙面相接,也是在亚平宁半岛一带罕见的拜占庭印记。祭坛上,烛火蹿动,红色花岗岩柱子撑起半圆形拱券。

从内部空间上看,圣马可教堂的建筑风格与我在意大利所见的任何一座教堂都不一样:没有巴西利卡那种长条形中厅与侧廊相结合的布局,更没有罗曼式成排的半圆形拱顶。单纯论形制,圣马可教堂的布局和空间倒是酷似远在欧亚交界处的圣索菲亚大教堂,这跟当年威尼斯与拜占庭的紧密依存不无关系。

圣马可教堂的空间布局形式,因盛行于希腊半岛,平面布局又形似十字架,而被称为"希腊十字式"。圣马可教堂十字形空间的祭坛、前厅、中厅及其两侧的空间分别被完整的圆形穹顶笼罩,从平面图看,就像医院的红十字标识。

在建筑学上,还有一种依托巴西利卡演变出的十字形教堂平面布局,这种布局在形态上更加接近基督教的十字架:前厅深远,侧厅短小。因起源于盛行拉丁文化的亚平宁半岛,这种布局教堂的方式,被称为"拉丁十字式",与"希腊十字式"有所区分。

我爬上陡峭的楼梯,来到二层回廊,沿着回廊绕行"希腊十字"的边缘。在那里可以近距离观看被金色马赛克包围的人物壁画,还可以走到户外阳台上俯瞰圣马可广场。成百上千只鸽子围着人群,烈日下的茶座空空荡荡。

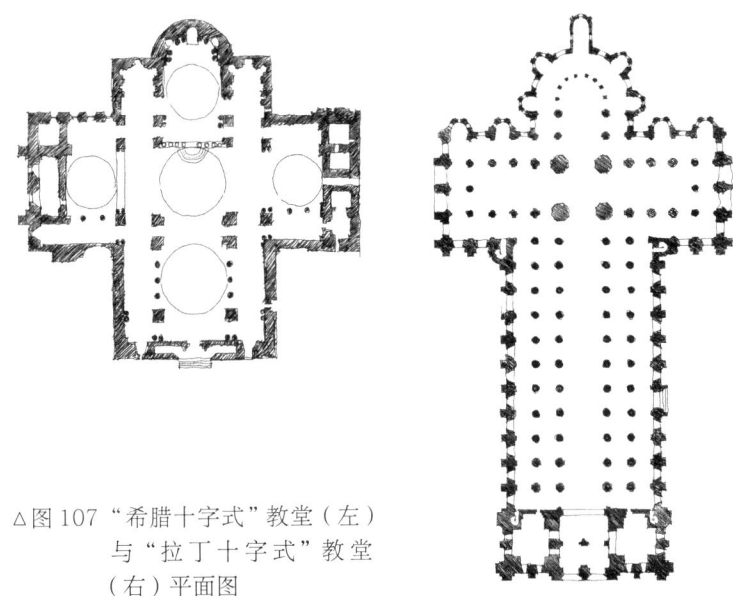

△图107 "希腊十字式"教堂（左）与"拉丁十字式"教堂（右）平面图

我仰头端详教堂的外立面，却发现与内部风格的巨大差异。教堂外立面在13世纪之后经历多次加盖整修，融合了多种建筑风格。当年的威尼斯商船从东方带来各种材料，一点点堆砌在立面上，共同组成了今天的景象。

八

圣马可教堂的阳台上，并排立着四匹昂首的铜马，气势威武。它们的历史可以一直追溯到公元前4世纪的希腊古典时代晚期，后来被拜占庭皇帝运到君士坦丁堡。第四次十字军东征时，一位威尼斯公爵将铜马劫来，安置在圣马可教堂。

15世纪后,威尼斯的海上霸权遭到新兴国家挑战。奥斯曼帝国对贸易的压迫,催生了新航线的开辟。从此,威尼斯渐渐失去了优势。1797年,拿破仑攻占了威尼斯,他看上了圣马可教堂前的四匹铜马,命令军队把它们带回巴黎,作为战利品放置在卢浮宫对面的卡鲁索凯旋门顶上。那一年,威尼斯城邦灭亡。

▽ 图 108 圣马可广场旁的拱廊

此后,失去了独特的管理机制,城市渐渐沦为活标本。新的管理者没有高超的智慧来对待潟湖水,也不懂得怎样疏导潮汐和雨水。水是威尼斯的根本,可惜对这座城市来说,至关重要的理水经验,已经随政权的灭亡而失传。再加上全球变暖导致的海平面上升,失去维护的威尼斯,地面逐年下沉,水患威胁日益严峻。

近年来,大潮一次次涌入威尼斯,圣马可广场时常被洪水淹没,钟塔和房屋的地基正以缓慢的速度下沉,不堪水患侵扰的居民纷纷搬离这里。眼前的威尼斯,似乎完成了她毕生的使命,正在孤独踽踽地走向生命终点。

威尼斯的一切,都因实用功能而生,抽离了功能,一切也将回归水底。

◁ 图 109 威尼斯主要交通工具「贡多拉」

37 穹顶奇迹

一

晚上十点,高速列车时速 250 公里,在漆黑的亚平宁山脉飞驰。穿过一连串隧道之后,列车开进一片明亮的灯海,车厢里开始播报目的地的名字——佛罗伦萨。

路灯下,街道狭窄蜿蜒,店铺虽已打烊,橱窗却依旧明亮,石板铺成的路面保持了中世纪的样貌。我沿着小街,来到喧闹的广场,儿童追打嬉闹,大人们随意交谈,散步的人络绎不绝。我想起儿时的夏夜,在那个没有手机、每家每户都没有空调和汽车的年代,男女老少就是这样,聚集在街道和广场上纳凉。

突然,城市断电了,本来明亮的广场,一下子落进了伸手不见五指的黑暗,人群发出一阵惊呼。几秒钟后,有人用手机的亮光照向四周,店铺里燃起微弱的应急灯,建筑物却统统消失在黑暗里,只有孩童的嬉闹声愈加兴奋。混沌中对空间尺度的判断,唯有依靠墙壁传来的回音,还有熹微晃动的手电筒。

还未等我挪步，一盏盏灯又亮起来。热闹的欢呼声中，我看到广场中央突然亮相的大教堂，庞大的身躯就像一位突然降临的天外来客，让人驻足仰望。柱子和拱券接连不断、花窗一重又一重，似乎只有这样，才能托起空前巨大的穹顶。墙上用不同颜色石材拼贴出的华丽图案，好像一片盛开的花海，一尊又一尊精美的雕塑伫立在花海间，我屏住了呼吸。

我为闪现的大教堂几乎热泪盈眶。500年前，站在这里的佛罗伦萨人远比今天的我更加兴奋。他们热烈庆祝眼前这座圣母百花大教堂的落成，绝不仅仅因为她代表佛罗伦萨的荣耀，更因突破空前的挑战，佛罗伦萨人成就了建筑历史上从未有过的奇迹。圣母百花大教堂像开启时空的女神，她从茫茫黑暗里倏然现身，点亮了一个群星璀璨的时代。

二

我住的旅馆，就在正对大教堂的巷子里，由一座年代沧桑的老房子改造而成。我的房间在顶层，局促的空间里一张窄窄的单人床，窗前一张可供写字画画的小桌，一把简单的座椅，朴素舒适，大概是为前来佛罗伦萨苦修研习的独身旅者量身定制。

第二天一早，我穿过小巷，来到圣母百花大教堂门前的广场。终于目睹深夜未能辨清的大教堂真容：雪白色、青灰色、粉红色的石材交织辉映，在墙面上组成比例匀称的线条图案，繁复又不失节奏感。雕刻精细的尖拱和花窗有序排列，委婉传达着哥特式风格的造型特征。但与常规哥特式阴森嶙峋的氛围不同，圣母百花大教堂在阳光蓝天的映衬下，好像洁白画布上一幅清秀明快的花草画。

正值旅游旺季，教堂广场上早已聚集了各国游客，长长的队伍绕着外墙一圈又一圈，从阴影里一直转到烈日下，大家甘愿久久等待，也要亲眼一睹这举世奇迹。我在人群中寻找队尾，终于在教堂南侧的墙角处排上了。盛夏的地中海地区，阳光暴烈，排队的游客纷纷撑起遮阳伞，我把背包举在头顶，跟随队伍缓慢地向前移动。在我以为队伍将折向西面阴影下的时候，队列却伸进了钟塔底下的一扇小门——原来这条队伍并不进教堂，而是通向教堂旁边的钟塔。

楼梯在钟塔里螺旋盘绕。我气喘吁吁爬上塔顶，向下俯瞰。只见佛罗伦萨的红瓦屋顶高高低低，从脚下向四周蔓延，与远方的山丘绿树融为一体。从 13 世纪起，这座城市就成为全欧洲最繁荣的经济中心之一，在毛纺织业的支撑下，财富从欧洲各地涌来，佛罗伦萨日益繁荣。

富足的生活，催生了 14 世纪起的一股建筑热潮。佛罗伦萨人就地取材，在城外开办采石场，借助河道清理出的泥沙制成砂浆，造起一座座建筑物。日益雄厚的财富，使佛罗伦萨人越来越不满足狭小的老教堂，他们决定重建一座彰显实力的大教堂，并以此作为佛罗伦萨称雄托斯卡纳地区的标志。工程计划之初，佛罗伦萨人就立志建造基督教世界中的最宏伟者，因为这不仅代表城市的宗教信仰，更集中体现着佛罗伦萨人的自豪感。

那座当年举全城之力进行建造的教堂，就是圣母百花大教堂。为了在规模上彻底超越其他地区正在建设的教堂，这座教堂在建造过程中经历数次调整。1334 年，画家乔托被任命为工程主管，我登顶的钟塔，就是依照乔托当年的设计而建。

三

圣母百花大教堂一砖一瓦地建起来了。看到佛罗伦萨人日渐丰满的建筑物，还有它所彰显的勃勃雄心，周边城市的人们难免有些失意。然而很快，他们就发现，这种失意完全是多余的。佛罗伦萨人盲目追求体量巨大，他们豪情满怀地使建筑物实现了前所未有的长度和高度，却没想清楚如何为这座巨大的建筑物盖上屋顶！本是项彰显雄心的工程，却反过来为雄心所困。佛罗伦萨一下子沦为竞争对手的笑柄。

佛罗伦萨的工程师纷纷行动起来，他们努力构思教堂穹顶的设计方案，以求尽早化解尴尬。正在大家一筹莫展时，有人突然将目光投向了遥远的东方，他们向波斯建筑吸取经验。在研究了当地清真寺和陵墓中广为运用的双层穹顶构造后，想出了一种既能减轻穹顶重量，又可以实现穹顶高度的办法。于是，有工程师大胆提出了双层穹顶的设想，并指出可在内、外两层穹顶之间建造骨架进行贯穿支撑。

我想起两个月前曾在中亚走访的清真寺，很多外观看似巨大的穹顶，内部空间却尺度亲切，就是因为采用了"双层穹顶"的做法。印象比较深刻的是在库尼亚-乌尔根奇亲眼见到的穹顶外壳剥落后露出的"内胆"，还有伊朗古城亚兹德的星期五清真寺介绍板上有幅穹顶的剖面图，它清晰标示出内、外两层穹顶的结构关系。

然而与波斯建筑相比，圣母百花大教堂的跨度与高度过于夸张了，工程师就算大胆提出"双层穹顶"和"骨架"的设想，也给不出一套切实可行的建造办法。毕竟在那个机械设备不发达的年代，将沉重的建筑材料运往距地面接近20层楼的高处，已经是个巨大的挑战。而在这样高的空中支撑脚手架建造穹顶，几乎是不可能的。尽管在操作实施上困难重重，这位工程师富有创造力的设想，还是将工程向前推进了一大步。佛罗伦萨人十分珍惜这次成就，他们将"双层穹顶"的方案模型妥善保存，决定以后就按照这个设想，建造圣母百花大教堂的穹顶。

四

我回到广场上。大教堂正对一座平面为八边形的建筑，虽然在尺度上远小于圣母百花大教堂，外观上却有着与教堂和钟塔风格一致的装饰。这座建筑顶上是尖尖的八棱形锥体，与中国传统建筑中的攒尖顶有些类似。这座被称为"洗礼堂"的建筑始建于 1060 年，是佛罗伦萨的重要代表，也是城中最受尊敬的建筑物之一。从 12 世纪建成起，几乎所有佛罗伦萨的幼童都要来这里完成洗礼，一方面使他们成为基督徒，另一方面，他们也在这里成为一名真正的佛罗伦萨人。

▽图 110　洗礼堂外观

1400年前后,黑死病反复爆发,佛罗伦萨人深受其害。在那个年代,人们认为蒙受这样的灾祸是因为得罪了神明。为了安抚暴怒的神明,商人们决定出资为洗礼堂建造一套新的大门。为此,他们发起一项征集铜门方案的竞赛,经过长达一年的创作,七名参赛者都按时提交了作品。评委们在两件优胜作品中举棋不定,难以抉择。最终不得已,评委们一致决定将制作铜门的工作委托给获得优胜的两位匠人,希望他们能够联手来完成。

其中一位匠人不干了,他拒绝与其他匠人合作,声称只能接受由他一人全权负责。这位匠人名叫伯鲁乃列斯基,他在铜门竞赛前,已是佛罗伦萨小有名气的金匠。可惜主办方拒绝了伯鲁乃列斯基的要求,一气之下,伯鲁乃列斯基远走他乡,终身未再制作任何青铜器。

伯鲁乃列斯基离开佛罗伦萨,来到了罗马。这时,他对建筑工程开始产生兴趣,一边靠制作钟表和镶嵌宝石来养活自己,一边研究古罗马的建筑遗迹。与伯鲁乃列斯基一同来到罗马的还有位名叫多纳泰罗的少年,他们把主要精力都用在发掘废墟上,因此也不顾衣着、饮食和居住环境,就像两个邋遢的流浪汉。

伯鲁乃列斯基着迷于罗马城中早已荒废的古代建筑,他耐心测量这些建筑的尺寸,依据比例绘制图纸。在一些建筑的关键部位,他甚至雇人把墙体挖开,只是为了看清各部分如何连接。通过考察，他学习了古罗马人的建造智慧，也掌握了古典建筑协调均衡的比例关系。他研究穹顶的受力结构与建造技巧，经常去废墟上探索穹顶建造的优化办法。

五

伯鲁乃列斯基在罗马一住就是 13 年。他返回佛罗伦萨的时候，圣母百花大教堂仍然没有穹顶。1367 年工程师提出的双层穹顶设计方案模型，还被当作圣物供奉。这个设想提出 50 多年来，无数人绞尽脑汁，琢磨怎样才能实现这个方案，却总是无法克服现实阻碍。圣母百花大教堂的主体早已完工，空留顶上一个八边形的大洞，早已建好的穹顶底座，在风雨里晾了好几年。

为摆脱这个困境，佛罗伦萨官方于 1418 年 8 月发起了一次面向公众的建造方案征集竞赛，希望推进穹顶早日建成。竞赛的消息一经宣布，立刻吸引了伯鲁乃列斯基。这时的他，早已不再是参加洗礼堂铜门设计竞赛的金匠。他带着刚从古代建筑上汲取的建造智慧，兴致勃勃加入了穹顶的设计竞赛。

伯鲁乃列斯基全力动员自己的朋友伙伴，包括与他一同在罗马考察的多纳泰罗，一群人忙碌了三个月，在竞赛委员会后院造起高大的施工方案模型。与此同时，远在比萨和锡耶纳的参赛者也运来了他们的方案模型。1418 年底，委员会的评委们聚集在一起，共同商讨最优方案。

所有参赛者都对 1367 年的设计方案做出了深化,以各种方式探讨可实施性。全部施工方案中,伯鲁乃列斯基的模型最具革命性,他一反常规,对建造方式大胆改进,这也引来不少评委的关注。然而,评委们迟迟拿不定主意,公布竞赛结果的时间一再拖延。在这期间,一些人已经从伯鲁乃列斯基的模型上看到了他的才华,有业主找到他,委托他负责佛罗伦萨的一些建筑工程。阴错阳差地,这位从未有过建筑工程实践的金匠、"罗马废墟上的流浪汉",就这样走上建筑工程的道路。这时的伯鲁乃列斯基 42 岁。

时间又过去一年,伯鲁乃列斯基已经从其他工程施工中积累了不少经验,而圣母百花大教堂的穹顶设计竞赛结果还迟迟不见分晓。1420 年 8 月,市政当局终于决定授权伯鲁乃列斯基负责大穹顶的建造。

面对艰巨的挑战,伯鲁乃列斯基想尽各种办法。他发明了一套名为"牛力吊车"的机械设备,仅用一头牛在地面拉动运转,就可以将几百斤重的石块吊到 50 米以上的高空。他还设计了巧妙的离合控制装置,通过切换滑轮组的转动方向,就可以使运完石块的空吊篮安全返回。由于"牛力吊车"只能垂直吊运石块,他又发明了一套被称为"城堡"的吊车,将运至高空的石块经过一系列横向机械传递到穹顶需要的位置,并且"城堡"吊车可以伴随着穹顶的增高而向上移动。

除了独创的设备,伯鲁乃列斯基对建造手法也做出了优化。不过,他对穹顶的建造细节守口如瓶,直到今天,结构学家也

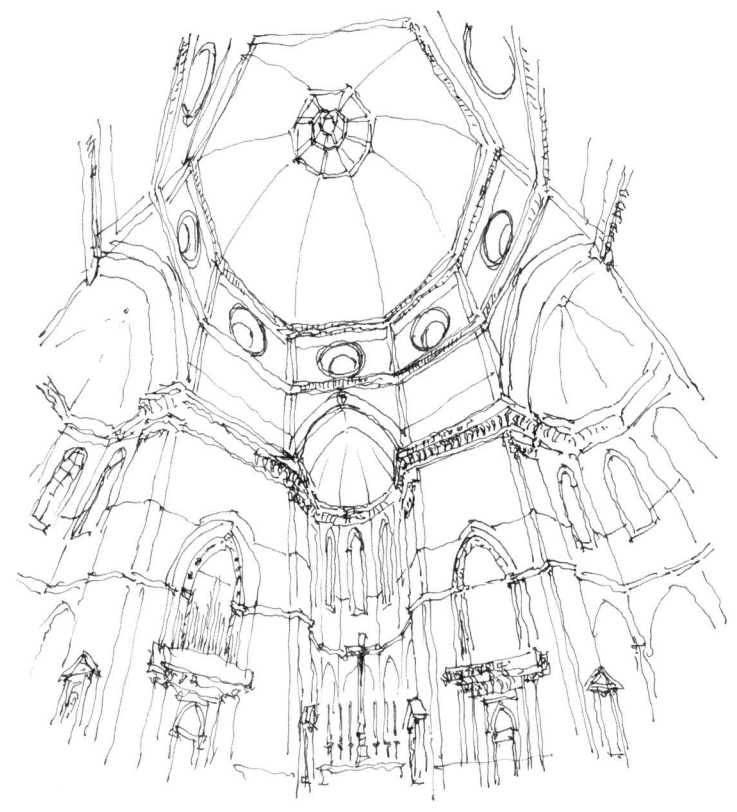

△图 111　圣母百花大教堂内景仰视

未完全破解大穹顶建造的奥秘。无论如何，经过 16 年施工，圣母百花大教堂令人惊叹的大穹顶终于竣工了。

　　这一次，穹顶顶端距离地面的高度达到了 93.8 米，相当于一座 30 多层的现代大楼，这是此前人类建筑史上从未企及的高度。伯鲁乃列斯基以他的智慧和勇气，实现了一次巨大飞跃。毫无疑问，如此伟大的建筑成就将永载史册，而古罗马、古波斯的建筑才是真正塑造这项成就的营养根基。伯鲁乃列斯基与多纳泰罗通过在罗马对古代遗址的细心挖掘、对古典美学的重新审视，才造就了传世的奇迹。

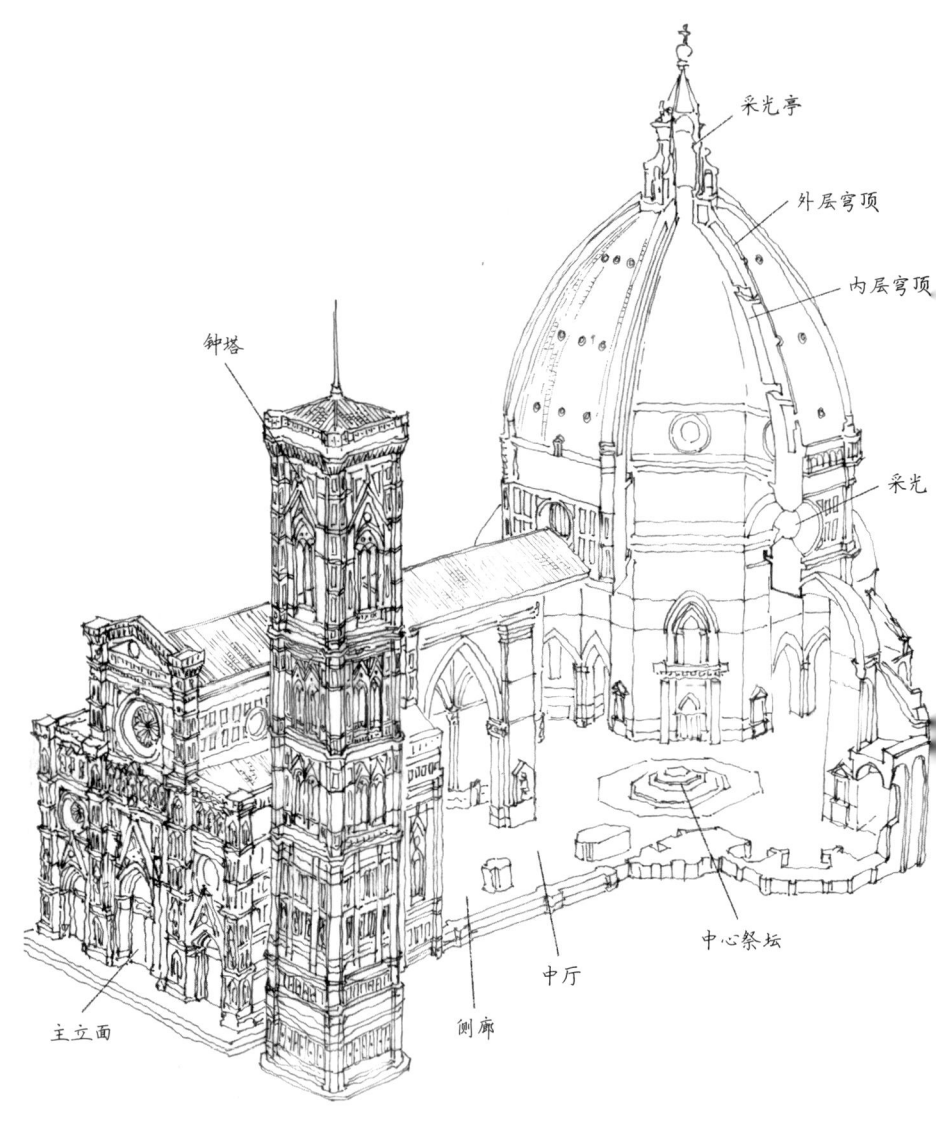

△图 112 圣母百花大教堂剖切透视图

六

圣母百花大教堂的穹顶顺利落成，直接开启了一个新的时代。在这之前，主持建筑工程的匠人只是被当作单纯的体力劳动者，即使他们建造了宏伟的建筑，也只被视为工具。从伯鲁乃列斯基建造穹顶的工程中，人们开始意识到，这实际是一项需要极高的学识和智慧才能胜任的工作。从此，"建筑师"这一职业才从工匠中分离出来，成为新的职业。

大穹顶落成100多年后，艺术家瓦萨里撰写了一本名为《艺苑名人传》的著作。他在书中第一次使用"重生"一词来概括那个时期建筑师、艺术家对古罗马辉煌成就的复兴运动。而带动这次运动的，正是率先前往古罗马遗址的伯鲁乃列斯基，他以大穹顶的落成，徐徐拉开复兴的序幕。从这个时期开始，艺术家纷纷从神学的桎梏中解脱出来，他们如痴如醉地去搜求、学习和研究曾经被淡忘的古罗马艺术成就，人文思想也在经历了中世纪的漫长压制后重获生机。人们后来回顾这个令人神往的年代，感怀那场基于古典艺术而迸发的文艺盛世，为这个时代取了个光环闪亮的名字——文艺复兴。

我在佛罗伦萨住了五天，位于市中心的圣母百花大教堂是每天出门的必经之地。每每仰望耸入云霄的大穹顶，我都忍不住惊叹，也一直渴望走进穹顶内部，沿着双层穹顶之间的台阶，爬上最顶端。不过，所有来到佛罗伦萨的游客都与我有一样的愿望——攀登大穹顶的预约人数早已爆满，我等了几天，终于如愿约上。佛罗伦萨作为文艺复兴起源地,一代代建筑师、艺术家创作的宝藏遍布全城,就算在这里连着住上几个月,也看不够。

38 星河闪耀

我骑着自行车,轧着圆鼓鼓的石块路面,颠簸着来到位于圣母百花大教堂西北面的王子礼拜堂,这是个由穹顶覆盖的八边形空间,看起来像圣母百花大教堂穹顶的缩小版。王子礼拜堂的墙面是深红色花岗岩,中间镶嵌着雕饰精美的石棺,石棺中央是个形似盾牌的椭圆徽章,六枚凸起的圆球均匀排布在徽章上。

在佛罗伦萨城里的很多建筑物转角,我们都能见到这个徽章。它是一个家族符号,代表着曾经在佛罗伦萨历史上一度占据霸主地位的美第奇家族。今天看到的圣洛伦佐教堂,由美第奇家族在 1419 年委托伯鲁乃列斯基设计建造。那一年,正是伯鲁乃列斯基提交大穹顶建造方案后,等候宣布竞赛结果的一年。

美第奇家族的祖孙四代都是狂热的艺术爱好者。他们大力资助才华横溢的建筑师和艺术家,其中就包括伯鲁乃列斯基。他们还收集古代雕像、石棺、柱头、花瓶和绘画,供年轻艺术家学习。据说美第奇府邸门口的铭文写着："拉丁和希腊文学在此得以恢复，视觉艺术在此得到发展，柏拉图哲学在此迎来复苏，这里不仅是许多杰出人物活动的空间，也是智慧女神居住的地方，是所有在此复兴的知识的聚居地。"

▽图 113 从米开朗琪罗广场远眺圣母百花大教堂

美第奇府邸见证了很多艺术家成长的第一步。家族成员为少年米开朗琪罗提供最好的学习条件，还付给他一笔不错的薪水。米开朗琪罗长大后，为圣洛伦佐教堂设计了新圣器室，以此作为美第奇家族礼拜堂的一部分。在新圣器室中，我看到了米开朗琪罗当年创作的石棺，一组"昼"与"夜"，一组"晨"与"昏"，以人体之美来展现一天不同时段的特质。

我在佛罗伦萨过上了这样的日子：每天早晨被乔托设计的钟塔上飘来的钟声唤醒；在紧邻圣母百花大教堂的房间里洗漱，出门仰头就见伯鲁乃列斯基负责建造的大穹顶；穿过达·芬奇、米开朗琪罗等人住过的小巷，来到拉斐尔曾经作画的广场；走累了，找个阴凉舒适的地方坐下，掏出钢笔和速写本，画下眼前的巴齐礼拜堂；午后，到街边小店买两颗冰激凌球，甜美的果汁混合奶香，丝丝冰凉，解暑又解馋；黄昏时，静静待在大卫雕像旁边，听艺人拨动竖琴；夜晚，在共和广场追着旋转木马奔跑；有时，我会带着换下的衣物，送进小巷深处的自助洗衣房；还有一次，我突然心血来潮，骑车跨过阿诺河，气喘吁吁爬上山顶，在米开朗琪罗广场远眺圣母百花大教堂，守候夕阳落山，与广场上的人们一同鼓掌。

我每天沉醉在无处不在的艺术氛围中，心满意足地徜徉在杰作的海洋，兴致勃勃地一次次提起钢笔，记录由感官体验带来的深度愉悦。在佛罗伦萨，到处是丰厚的营养，让人总是感慨生命的有限。在一天又一天的行走和记录中，我的笔尖流淌

的墨水似乎更加灵动自如，或许，这就是艺术之都的魔力吧。

　　文艺复兴起自佛罗伦萨，得益于美第奇家族的支持，原本熹微的星星之火在亚平宁半岛迅速蔓延。1482年，成长于佛罗

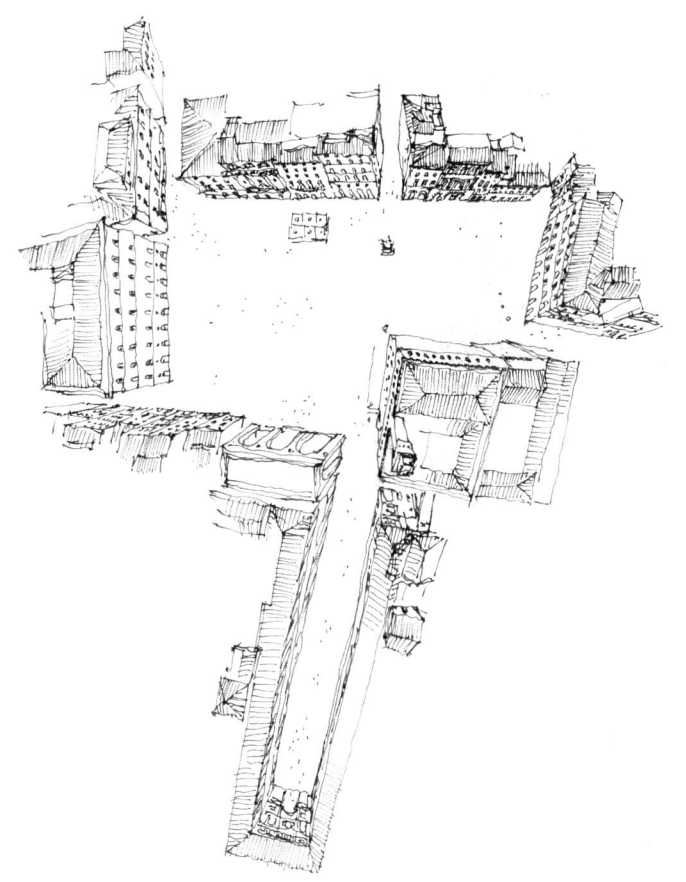

◁图114　佛罗伦萨街景
△图115　俯瞰市政厅广场

伦萨的达·芬奇前往米兰,此后他在圣玛利亚感恩教堂的墙壁上创作了《最后的晚餐》。这座教堂的穹顶,由一位名叫伯拉孟特的建筑师设计,他后来创造了一系列设计手法,直接影响后来500多年的世界建筑史。

《最后的晚餐》完成后没多久,米兰卷入战争,达·芬奇不得不回到佛罗伦萨,而设计圣玛利亚感恩教堂穹顶的建筑师伯拉孟特则去往罗马。

罗马台伯河西岸的一座小山丘上,有一座规模小巧的修道院。1502年,伯拉孟特受到委托,在这座修道院里设计一座小型纪念堂,用来纪念殉教的圣徒彼得。与伯鲁乃列斯基一样,伯拉孟特也从古典建筑中吸收灵感,他创造了一种前所未有的建筑形式:一圈环形柱廊做基础,托起中央鼓座,最上面才是半球形穹顶。后来,人们称这座小型纪念堂为"坦比哀多",就是小神庙的意思。

伦敦的圣保罗大教堂、巴黎的先贤祠、美国国会大厦,都是以小小的坦比哀多为蓝本设计的。自坦比哀多步行只需30分钟的梵蒂冈,圣彼得大教堂高耸的大穹顶几乎

△图116 坦比哀多外观

是坦比哀多的等比例放大版。

1546年，罗马教皇找来71岁高龄的米开朗琪罗接手圣彼得大教堂的设计建造工程。这位大师发誓建造一座"令古希腊和古罗马黯然失色"的建筑，并将自己生命最后的17年全部投入这项工程。在设计大教堂的穹顶时，米开朗琪罗认真研究了伯鲁乃列斯基建造的圣母百花大教堂穹顶，对穹顶形式加以改进创新。他努力推进圣彼得大教堂的建造。可惜直到他去世，大教堂的穹顶还未落成。庆幸的是，接替米开朗琪罗的工程负

▽图117 圣彼得大教堂穹顶外观

责人基本遵照他的设计，最终将穹顶建成。

圣彼得大教堂的穹顶，在高度上超越了由圣母百花大教堂创下的纪录，以 123.4 米的高度，成为新的建筑奇迹。文艺复兴巨匠们的智慧结晶，大大超越了古罗马人创造的辉煌成就，从此，欧洲建筑史也掀开了新的一页。

在佛罗伦萨的最后一个下午，我终于如愿获准进入了期盼已久的圣母百花大教堂。在圣殿角落找到通往穹顶的小门，沿着螺旋楼梯向上攀登良久，终于站在大穹顶之巅。

我绕着大穹顶最高处的采光亭走了一圈，然后选了个阴凉的角落，背靠采光亭的墙壁坐下。脚下是中世纪以来形成的城市肌理，以圣母百花大教堂为中心向四周蔓延。我在想，究竟是伟大的城市成就了卓越的天才，还是出色的巨匠塑造了光辉的城市？无论怎样，佛罗伦萨都该为她杰出的孩子们而备感荣耀。

◁图 118 从圣母百花大教堂穹顶俯瞰佛罗伦萨

39 大师之城

我展开了一段追随文艺复兴大师步伐的旅程，辗转于佛罗伦萨、罗马、米兰之间，为与每件杰作近距离接触而兴奋不已。到后来，我漫无目的地游走于街头，却发现无论走到哪里都能撞见著名建筑物熟悉的身影，它们要么曾在经典电影中反复出镜，要么多次出现在历史艺术书籍中。这种体验，好像突然闯入一场先贤云集的聚会，可以轻松走到崇拜已久的大师跟前，与他握手，同他交谈。

在这些城市游历时，我愈发感受到绘画过程中的深层愉悦。景物通过眼睛观察、大脑思考，再抵达手指，手指操纵笔尖。墨水在纸上的走向和流量，是景物与眼睛、大脑、手共同作用的结果。这个过程是身体和意识与面前的建筑物进行的一场激烈碰撞和交流，绘画还原建筑形态，实际传达的是绘画者对景物的理解，从中可体会设计者建造时的精巧匠心。用相机记录建筑，更像是围着诱人的美食端详，但对实际味道全然不知；而在现场写生，画笔在纸上还原这些建筑的过程，好像手中突然有了把叉子，可以把食物送进嘴里，真切地感受美味迸发的瞬间。

我在飞驰的火车上翻看速写本上的笔记和画，哪怕只看一个片段，也能回想起当时的气氛，甚至现场的温度、湿度、声音，甚至心情。不知不觉，我在意大利的旅程已经从盛夏来到初秋。火车在波河平原上开了一段，停在一座名叫维琴察的小城。

我走出维琴察火车站，眼前是一片清静的深绿，与意大利那几座名声响亮的城市不同，这里几乎没有游客。初秋的黄昏，暑气渐渐散去，凉意升起。我到维琴察，只为找寻文艺复兴最后一位建筑大师的创作足迹。

从 15 世纪起，潟湖中央里亚尔托岛的威尼斯商人开始搬到周边内陆地区的城镇和乡村。与拥挤的岛上不同，陆上不仅有广阔的田野，还可以随心所欲建造豪宅和花园。当年的维琴察被威尼斯的富人选中，他们在这里置业建房，也为本地工匠带来不少机会。

1508 年，安德烈亚出生在距离维琴察不远的帕多瓦。按照当地习俗，男孩 13 岁时就要去学习一门谋生的手艺。安德烈亚被送到当地一位石匠师傅门下做学徒，学了不到三年，就随父亲搬到维琴察。他在维琴察的石雕厂继续接受训练，学会了门框、大门和柱头的雕刻技巧。在那个时期，建筑师已经作为知识分子而受人尊敬，而每天出入石雕厂的安德烈亚还只是卑微的石匠。

1538年，30岁的安德烈亚遇到改变他一生的贵人——特里西诺伯爵。安德烈亚的进取心和创作天赋打动了伯爵，后者决定培养安德烈亚。接下来的两年，伯爵花很多时间带着安德烈亚四处旅行。安德烈亚不仅在途中接受人文主义思想，也通过结识伯爵的朋友极大地拓展了眼界。此外，伯爵还教会安德烈亚如何待人接物。

　　特里西诺伯爵煞费苦心，将安德烈亚由粗糙的石匠改造成才华出众又有魅力的健谈者。伯爵为安德烈亚起了一个新名字，他由表示睿智、知识或研究的拉丁文"palladius"衍生出一个响亮的名字——帕拉第奥（Palladio）。

　　我行走在维琴察街头，"帕拉第奥"的元素随处可见：帕拉第奥大街、帕拉第奥酒店、帕拉第奥酒吧……我入住的旅馆，墙上的画框里挂着的尽是帕拉第奥的建筑图纸，就连无线网络的名称也是帕拉第奥。附送的地图，也以帕拉第奥的建筑作品为导览主线。显而易见，帕拉第奥已是维琴察这座小城最显眼的旅游名片。

　　帕拉第奥生活的年代，正值威尼斯人在维琴察建造宅邸的高峰期。这时的帕拉第奥已经成为学识丰富、品味一流的建筑师，设计建造了大批豪宅，广受好评。当时的威尼斯贵族都以请到帕拉第奥做设计为荣。

　　帕拉第奥设计的住宅讲究严格对称，或许正是由于这样的基调，他的作品气质端庄。与文艺复兴时期的其他大师一样，他也曾多次前往罗马考察学习，从古典建筑汲取养分。在帕拉第奥设计的房子中，所有尺寸都追求比例上的呼应协调，无论房间的长、宽、高，还是窗户的大小和位置。

我住在一座被公园环抱的旅馆里，拉开窗帘就能看到高远的蓝天。我沿着马路走向城外，寻找帕拉第奥当年设计的住宅。踩着人行道上的金黄落叶，我拐进一段乡间小道，柏油马路随地形上下起伏，两旁是葡萄园和小房子，远山上立着修道院的钟塔。

我停在两扇大铁门前，里面笔直的缓坡通向一座端庄的建筑。建筑正前方有着雅典帕特农神庙一般的三角形山花和柱廊，后面鼓起高高的穹顶，乍看起来，与罗马的万神庙有几分神似。将神庙常用的元素运用在住宅中，是帕拉第奥最具开创性的尝试，这也令他设计的住宅有了清晰识别度：这些曾经用来凸显神庙庄严华丽的建筑元素，用在乡间别墅上也毫不突兀，反而更令这些宅邸多了份沉稳高贵的气质。

我顺着石子铺成的小道，走近这座建筑。走上台阶时，阳光正穿过门前的柱廊，我仰望着房顶上的雕塑，竟生出类似朝拜的崇敬之情——在这样的宅子里居住，怕是睡觉也要穿着礼服吧。

这座住宅的四个立面完全相同，都是工整的山花柱廊，因此，没有哪个面是房子的正面。内部房间也完全对称，整座房子以圆形中厅为核心，四角分布餐厅和起居室等，因此得名"圆厅别墅"。

△图 119 圆厅别墅外观

委托帕拉第奥建造圆厅别墅的业主,是一位梵蒂冈退休的神父。他请帕拉第奥建造这座房子,并不是用来自住,而是希望把这里作为一个观景楼,招待亲朋好友。从罗马远道而来的朋友们,住在互不干扰的不同房间里,从每个房间都可以前往柱廊。

圆厅别墅对世界建筑史的影响巨大。这种模式最先被英国人仿效,他们在伦敦郊外建起圆厅别墅的复制品;后来美国总统杰弗逊依照圆厅别墅,在美国弗吉尼亚大学建起一座图书馆;再后来,弗吉尼亚大学图书馆落成 100 年后,圆厅别墅的形象出现在地球另一端的北京,清华大学的大礼堂,就是依杰弗逊的弗吉尼亚大学图书馆而建。

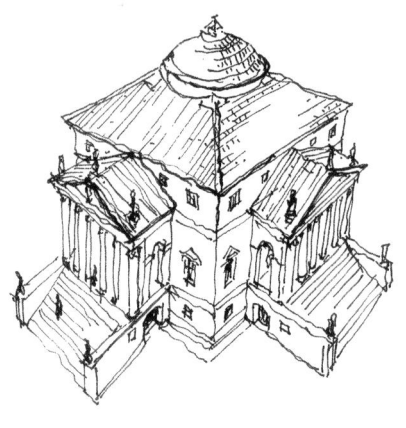

△图 120　圆厅别墅（左）与美国弗吉尼亚大学图书馆（右）

傍晚，我来到位于维琴察市中心的一家餐馆，露天餐桌紧邻帕拉第奥的雕像。饭后微醺的我走在帕拉第奥大街上，橱窗前的黄灯下，齐耳短发的女子手中的琴弓上下飞舞，小提琴飘出《蓝色多瑙河》的旋律。她一袭深蓝的连衣裙，像极了此时头顶的夜空。我把硬币投进琴盒，她会心点头，旋律愈加激昂动听。我离开，路灯拉长影子，我忍不住转身面朝拉小提琴的女子，一边倒走，一边对她微笑。她也面向我，虽然距离渐远，路灯昏黄，我们都已无法辨识对方的表情，那段欢快跌宕的《蓝色多瑙河》旋律，却是维琴察秋夜里，一抹令人难忘的回忆。

40 珠光宝气

理性、端庄与优雅，是文艺复兴时期建筑师一致推崇的建筑品格。经过仔细推敲的立面比例，对古代柱式、山花等经典装饰元素的娴熟运用，形成以典雅为美的审美风潮。这一时期的建筑外观，真实体现内部功能甚至受力结构，人们也愈发青睐这种从实际功能出发、装饰克制的设计风格。

不过时间一长，有的建筑师对理性设计手法产生了质疑。一些既从事雕塑又负责建筑的艺术家认为，建筑是雕塑的延续，不应过分依赖理性秩序。在实际建造中，米开朗琪罗设计的劳伦齐亚纳图书馆正是这种看法的典型体现，其中的楼梯造型完全展露了与主流建筑观点的倔强对抗。

在设计这座楼梯时，米开朗琪罗将雕塑语言运用得淋漓尽致。他极富夸张表现力的造型手法，使楼梯变成一股倾泻而出的洪流，无论扶手还是踏步，都是翻卷的浪花造型，强烈的视觉冲击力远远超出楼梯本身的功能属性。

△图121 米开朗琪罗设计的劳伦齐亚纳图书馆楼梯

在米开朗琪罗之前,楼梯都以满足人们上下楼的需要为出发点,因此通常不会在造型上做太多文章。正所谓"物极必反",经历了文艺复兴时期对建筑比例近乎完美的探索后,有人率先以实际行动来颠覆这种审美法则。米开朗琪罗就是这样一位勇于自我否定的大师,他以劳伦齐亚纳图书馆这座造型夸张的楼梯,向文艺复兴时期形成的宁静秩序发起挑战。

后来,人们把这种单纯运用造型手法追求形式变化的设计思路称为"手法主义"。从米开朗琪罗的大胆尝试开始,新一代建筑师发挥创造力,打破规则、秩序、几何关系和稳定性等传统理念的束缚。正如意大利建筑师贝尔尼尼所说,"一个不偶尔破坏规则的人,就永远不能超越它"。

我在罗马城里看到这样一座教堂的正面：两层突出的柱子支撑起三角形的山花，所有的门洞、窗子、凹龛都向中央集中，两侧却留出支离破碎的空白。不同于文艺复兴时期讲求均衡稳定的处理方式，这座教堂的正面显现出一种局促、拥挤和令人不安的神态。架设在墙头的旋涡造型，更是增强了这种动势。还有莫名其妙出现在门头的弧形拱造型，令饱受理性主义熏陶的人们难以忍受。

▽图122 耶稣会教堂外观

究竟是什么原因，令这座教堂呈现出与文艺复兴时期大多数建筑完全不同的气质？难道只是追求手法主义的建筑师一心而为？事实证明，历史上发生的一次次巨大风格转折中，建筑师本人的作用微乎其微。真正主导这些变化的因素，在于当时的社会背景，以及可以左右建筑师的社会阶层。

1545年，教皇保罗三世主持召开罗马教会第19次公会议，会议主题是反宗教改革。通过重申天主教教义，坚定人们对天主教的信仰。由于教会加强了对艺术作品的审查力度，文艺复兴的人文主义思潮被迫中断，社会向中世纪开倒车。在教皇的命令下，曾经大胆表现人体美的绘画作品，被加上了遮羞布。

反宗教改革运动期间，出现了一个名叫"耶稣会"的传教组织，它的总部就位于上文提到的罗马那座外观局促的教堂。这样的建筑风格一反文艺复兴时期教堂平静、祥和、光明的气质，而是以错乱、荒诞的手法表现张力。这符合教会震慑人心的需要，因而也在接下来的时段广为流行。

源自耶稣会教堂的乖张手法在梵蒂冈的圣彼得大教堂被发挥到极致：位于穹顶正下方的青铜华盖，连柱子也为追求造型变化而刻意做成螺纹扭曲形。珠光宝气之间，雕琢与堆砌，炫耀着教会的财富。

在18世纪的法国人眼中，这样不加节制地在建筑造型和装饰上花费精力，是做作且荒谬的。这种毫无章法的建筑，看起来就像畸形的珍珠。逻辑学术语中以baroco来指荒谬可笑的事物，有观点认为这个词源于葡萄牙语 barroco（畸形珍珠）。后来，法国人由此派生出 baroque 一词形容这种怪诞不羁的风格，称之为"巴洛克风格"。

就像当年亚平宁半岛上的人们戏称那种起源于巴黎的建筑风格为"哥特式"一样，法国人为这种盛行于罗马的建筑风格所起的名称，早已丧失了最初的贬义。今天，当我们提及巴洛克式，总能在身边的城市和建筑上找到踪影。

我来到圣彼得大教堂前的广场，两侧柱廊好像合抱的双手，在几百根巨柱包围中，人们抬头仰望圣彼得大教堂的巴洛克式立面。17 世纪时，建筑师马尔代诺拆除了原先由米开朗琪罗设计的教堂正立面，在入口方向增加了一段长条形大厅。今天看

▽图 123 圣彼得大教堂前广场速写

到的教堂正面实际是17世纪建造的，早年由米开朗琪罗设计的大穹顶，被这个杂乱轻浮的立面挡了个严严实实。

1585年继位的教皇西克斯图斯五世，对罗马自中世纪起形成的混乱无序的城市面貌非常不满。他希望建造几条笔直的大道，将零散分布的几座教堂和宫殿连接起来，再在大道交叉处建造广场。尽管这个宏伟构想未能充分实现，这种规划理念还是主导了一些城市的建设，对后来的法国巴黎、美国华盛顿乃至中国上海都影响深远。由于这样的规划理念诞生于巴洛克式盛行时期，因此也被称为"巴洛克规划"。

我买好直达巴黎的火车票，计划深度领略巴洛克规划对城市建设的影响。

41 巴黎如梦

整整一晚,火车都在阿尔卑斯山的隧道钻进穿出,轰轰隆隆。我盖着蓬松的羽绒被,躺在狭窄的铺位上。偶有亮光划开窗帘的缝隙,在包厢里扫一下,又消失得无影无踪。这趟从意大利米兰开往法国巴黎的国际列车,途经瑞士。大约凌晨五点,火车在瑞士边境小城瓦洛布停下来。警察敲开包厢门,我迷迷糊糊睁开眼,从背包里翻出护照递给警察核对信息。火车在瓦洛布停了很久,开车时才又熄灯。趁天还没亮,我又睡去。

起床时,火车已经翻过阿尔卑斯山,来到开阔的西欧平原上。我到餐车简单吃了些早饭,又回到包厢。这时,火车已经来到勃艮第的田园,窗外是恬静的乡村。铁路从碧绿的河上跨过,水面船只往来。成片的玉米地、树丛围绕着有陡坡屋顶的房子,房顶上冒出小巧的烟囱。

房屋渐渐密了起来,窗外闪现连接巴黎市区和卫星城的双层通勤火车。随着火车减速,云朵之下,巴黎的城市风光像一幅画卷铺展开来。这时，睡在我上铺的意大利男人站起身来收拾行李，然后在旁边坐下，我们一同望着窗外徐徐展开的城市。"巴黎。"他若有深意地说。车停稳，意大利男人起身推开包厢门："祝你在巴黎有艳遇！"他坏笑着挤了下眼睛。

火车停在位于巴黎市中心的里昂车站。一列列通勤火车从郊区开来，涌入巴黎的人们肤色各异，脚步匆忙。我买了张车票钻进地铁，轰隆隆开了几站。在某一站时，被飘进车厢的竖琴演奏声吸引，我毫不犹豫地跳下车。车站的空间是个宽阔的拱形隧道，两边的站台和中间的轨道一览无余。光洁雪白的瓷砖从墙根一直铺到头顶，由金色雕花瓷砖拼出的画框也顺着拱壁向上翻卷，画框里镶嵌着色彩鲜艳的艺术展海报。演奏竖琴的女艺人就坐在海报下方，手指轻轻拨动琴弦，微微俯首又缓缓抬头，悠扬的音乐声回荡在车站里。列车从中间经过，人来又人往，似乎一切都随着音乐悠扬的节奏。

我听完一曲才依依不舍地上车，坐到距离旅馆最近的一站。走出站台，穿过一条出站通道，爬上楼梯时就听见地面上传来的车声和人声。随着楼梯一个转弯，阳光从头顶倾泻下来，出站口一片葱绿掩映，鸟语花香，似乎突然走进小花园里，铸铁小门也跟花园栅栏连在一起，门框上还爬满青藤。地铁口正对着石块铺成的圆形小广场，喷水池中央立着大理石雕像，长椅上坐着牵狗的妇人，旁边的户外茶座有一对老夫妇在喝咖啡。精致的建筑围在广场四周，留出来三个路口。我走进一个路口，两旁米黄色的房子肩并着肩,仿佛在高度和制式上都遵守了某个规则,却又各有特色,一眼望过去,仿佛一场宏伟的多重奏。

我特意慢下脚步,细细探寻这些楼房是遵循了怎样的规则。从外观上看,几乎每座楼房都是七层左右。一层是临街店铺,二层以上的窗子都是瘦长条窗,五层或六层挑出细长的阳台,顶层阁楼向内收进,青灰色的屋顶上凸出来一个个老虎窗。整栋楼的烟囱被集中在一面高出屋顶的墙里,站在街上看,每座楼顶一面面错落的墙,很像中国传统民居里的封火山墙。

每座楼房的独一无二从错落的层高上就能一目了然。还有外立面上的窗子,尽管长条窗的尺寸差别不大,窗口的造型却千差万别:有些用朴素的线角,有些则用华丽的窗楣和山花……除了窗子造型,阳台的设计也各具特色,顶层阁楼的设计手法更是层出不穷。究竟是怎样一种强大的控制力,令巴黎的市容如此统一协调又各具特色?难道这也与当年起源于罗马的巴洛克规划有关?

趁着阳光,我到旅馆放下行李又回到街上。路口的水果摊上堆满绿的苹果红的橙子,面包店里各式各样的法棍,咖啡的香气飘进五颜六色的花店,餐厅大厨叉着手靠在玻璃门边跟人行道上的食客闲谈……我穿行在巴黎的日常生活场景里,目之所及,尽是细心打磨、用心经营之美:无论建筑物上精细的雕刻,还是小店门口的橱窗标牌,哪怕咖啡馆里盛放冰水的瓶子,都仿佛出自艺术史教材。沿街的每扇大门都明艳亮丽,真不知设计师对比了多少油漆色号。大到城市街道、建筑立面，小到一个门把手、一份精心设计的菜单，无处不是审美天赋的结晶。大街上每一位迎面走来的巴黎市民也加入了创造美的行列，他们无论发型、衣着、首饰全都惊艳又得体。

我浸润在这场美学盛筵里，尽情吸收着视觉愉悦带来的滋养，已经不知不觉穿过了很多个街区。与我们熟知的城市路网结构不同，巴黎的中心城区很少见到常规工整的十字路口，总是多条马路交叉在一起，如"米"字形路口，或者看似随意的锐角交叉，这就带来非常特别的行走体验：当我折进一些路口时，像翻开一本新书，打开一个新世界。在每一个"新世界"里，居民的肤色和族裔、商店招牌的文字都是未知。大大小小，很多个路口穿插在一起，感觉哪里都长得很像，却又哪里都很不一样。

因为街道的走向、密度、长短和路口的间距与平时熟知的城市全然不同，随之带来行走体验上时间标准的丧失。既有的空间和时间概念被全然推翻，这是一种前所未有的生命体验——对于时空的错乱感。我迷失在巴黎这张浩瀚的大网里，仿佛每个路口都能接入另一重时空，无边无尽，就像进了电影《盗梦空间》。

这大概是只有梦境中才能有的体验，我被一条又一条折叠的街道带进一重又一重时空，脚步不停，就不断有全新的内容呈现出来，无论颜色、形状、线条感还是创意度，都将人不停带向新的精神高潮。

欲知造成这种超凡体验的根本原因,只有回到巴黎地图上寻找答案:城市被一条条斜向的马路切开,形成无数个星形交叉的路口或广场,但凡在一个路口不慎选错,就会不知不觉误入"迷途"。这很容易让人联想起罗马教皇西克斯图斯五世提出的"巴洛克规划"。他当年未能在罗马彻底实现的设想,后来在巴黎变成了现实。

是怎样的大刀阔斧,让巴黎的形态全然有别于其他城市?

▽图124 俯瞰巴黎街道

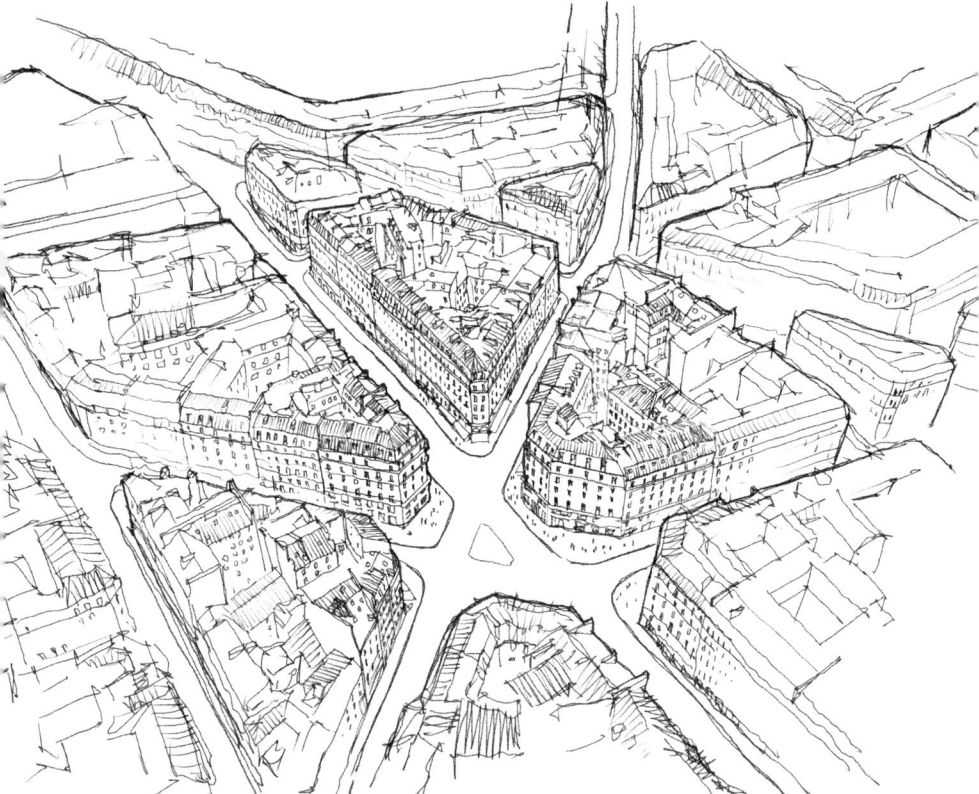

又是怎样的契机使巴洛克规划得以在巴黎实现？巴黎原本跟中世纪建成的大多数欧洲城市一样，也是街巷蜿蜒的城市。我在玛黑区找到一些中世纪时遗留的痕迹：石块铺筑的巷道曲折回环，沧桑的建筑高低错落，独立书店与夜总会毗邻而居……街巷间的墙面上贴着独立戏剧的海报，犹太人戴着大黑帽站在自己的店铺门口，清瘦的男孩身穿短裙却毫不扭捏，光头女孩坐在咖啡厅门口，读着纸页发黄的小说。

然而，19世纪时，巴黎人口激增，狭窄的街道、拥挤的房屋、落后的基础设施，都不能满足城市大规模运转的需求；而且拥挤逼仄的空间为革命分子提供了藏身之处，危及拿破仑三世的统治。于是管辖巴黎的塞纳省省长奥斯曼男爵被委任负责巴黎的改造。奥斯曼的专长是法律，对城市规划是外行。可是，作为省长，他对这项工作义不容辞。后来，在奥斯曼的主持下，这场翻天覆地的城市改造如火如荼地开始了。

奥斯曼受到了巴洛克规划思想的启发，他以旧城中的重要地标建筑和公共广场为节点，用笔直的大道把它们连接起来，大道所经之处的原有建筑物全部拆除。为保证大道两侧的风貌，奥斯曼又沿街面建起六七层高的新楼。与道路一同整修的，还有城市的上下水系统。每条大道的地下都埋设了管道，令巴黎的供水量激增。一条条交织的大道之下藏着不为人知的城市血脉，维系着都市的运转。

我在特罗卡德罗广场旁的展览馆里，见到了改造前后的巴黎城市模型，从模型上可以直观看到奥斯曼的这番操作：他拓宽了一些原本存在的笔直街道，又用几条斜向穿越的大道加强了城市各个区域的联系，新建的建筑物修补和衔接了原有的城市肌理。奥斯曼对这些新建的楼房也提出了明确要求：所有建筑物必须保持统一高度，外墙必须用石材贴面；沿街首层应开放作为商铺；二层是店主或员工居住的空间；三层供贵族居住；四层到六层留给小资产阶级；顶层阁楼则专供仆人居住，有独立楼梯供其上下出入。

在路过无数家咖啡馆、书店、画廊和酒吧之后，我突然探进一条石块铺筑的小马路，在安静的居民区里来回转折，爬上一段小山坡。马路尽头是段笔直的阶梯，我一步三个台阶地朝山上冲，气喘吁吁地站在山顶回头望，被身后的一幕惊呆了：满眼铺开的巴黎天际线，层层叠叠的浅灰色屋顶，那是由无数只高高低低的陶制小烟囱和成千上万扇凸出屋顶的老虎窗、避雷针、天线所共同组成的画面，在夕阳的金光里，迷宫一样的城市无边无尽、嶙峋立体、巧夺天工、优雅至极。

伴着蒙马特高地上艺人的风笛演奏声，我等待太阳落山后，又走回热闹的街上。灯红酒绿间，红磨坊的风车徐徐转动，巷尾的小酒吧里人头攒动。深夜时，我回到房间，远处埃菲尔铁塔顶上的探照灯掠过城市上空，扫来一缕耀眼的光，忙碌整天的巴黎安静下来，沉入梦乡。

△图 125 埃菲尔铁塔速写

42 横渡加来

在巴黎北站，我坐上一列开往加来的TGV火车。加来是法国北部的重要港口城市，也是欧洲大陆距离英国最近的地方。列车启动后，雨滴在玻璃上滑出一道道斜线，车轮与铁轨撞击的声响也越来越密。半小时后，窗外已是法国乡间铺开的田野、茂密的树丛，还有矗立的尖顶小教堂。

火车抵达加来站。我在站外拦了辆出租车。出租车穿过城区的街道，从低矮的红砖建筑前开过。一个转弯，就看到房子背后的港口吊车。从这里上船，只须航行两个钟头，就能抵达对岸的英国不列颠。

面前这道浅浅的海峡，被法国人称为"加来海峡"，它有个更加广为人知的名字——英吉利海峡。偏居欧洲一隅的不列颠，曾经是冷漠、孤独和绝望的代名词。驻扎在那里的罗马士兵曾在家书里写道：像不列颠这样的地方，不可能为罗马帝国增添任何价值。那时谁也没想到，这座与欧洲大陆遥遥相望的小岛，后来竟然大放光芒，它的社会制度、生产技术、殖民扩张，对整个世界产生了深远的影响。

我在加来港客运大楼买好船票，穿过边境海关，登上了开往英国南部港口多佛尔的轮船。轮船离开欧洲大陆，以40公里的时速，朝着大不列颠岛破浪前行。阴天里，疾风掀起大浪，拍打着船舱的玻璃，渡轮剧烈摇晃。

两个钟头后，阳光透过云隙照在船头甲板，略微平息的海上泛起一片亮光，海水尽头浮起淡淡的地平线。

那道地平线愈渐清晰，像道窄窄的白墙。轮船开到跟前，岸边"白墙"顶上的草坡也开始明朗。越是靠近，越能感到"白墙"的高大。它其实是一片白色悬崖，从海面到崖顶足有90米高。乌云退去，巍峨的白色悬崖像被切开的奶油蛋糕，凹凸不平的断面被倾斜的阳光刻画雕琢。光影转折间，海上升起一道彩虹。

多佛尔附近的白色悬崖，是英国最靠近欧洲大陆的土地。当年罗马帝国的军队，就是从这里登上不列颠群岛；"二战"期间，敦刻尔克大撤退的英国士兵也由这里踏上故土；后来参加诺曼底登陆的大军，又是从多佛尔的白色悬崖浩浩荡荡出发。

轮船停靠多佛尔港口，我正犹豫着接下来该去哪座城市。这时，旁边一位美国女士问我下船后有什么计划，我耸了耸肩，无奈地摊摊手。她倒来了精神："不如我们一起去坎特伯雷吧！咱们一起拼车，省钱！"我看距离不远，就答应了。

下船后，我们找到辆出租车。汽车很快下了高速公路，穿过一条窄街，开进熙熙攘攘的老城区时，我的视线被一座大教堂高耸的塔楼吸引。大教堂伟岸的身姿立在一片低矮的民房背后，宏大的体量被硬生生嵌进小镇中央，有些格格不入。

"这可是全英国最出名的大教堂，"司机自豪地介绍起来，"这教堂的历史也快1500年咯！每年很多人专程来坎特伯雷朝圣，你不知道吗？"我摇摇头，然后转向后排的美国女士："谢谢你，带我来到坎特伯雷。"

公元597年，来自罗马的圣奥古斯丁横渡海峡传扬福音，他在坎特伯雷建起不列颠历史上第一座教堂，也成为这里的第一位主教。因此，对英国的基督徒而言，坎特伯雷大教堂的意义重大。几经重建，教堂达到了今天的规模。

我穿过城堡般厚重的院门，来到教堂前的草坪。无论是刺向苍穹的尖塔，还是连续排布的尖拱形花窗，大教堂的外观都透着十足的哥特式风格。我走进室内，更是被一根根挺拔的束柱震撼。这些束柱笔直升向高空，在顶上散开，形成交叉的拱顶，拱顶上的细肋又交织成繁复的图案，比我曾在法国见过的哥特式建筑更加细腻华丽。

教堂北侧有座柱廊围成的方形庭院，柱间朝向庭院的方向都有一段尖拱花窗，花窗顶上又有形似火焰的装饰。下午的阳光穿过柱廊，洒在地上，形成一段有节奏的阴影。钟声从头顶传来，回荡在庭院中间。

△图126 坎特伯雷大教堂俯视图

△图127 坎特伯雷大教堂回廊片段

△图 128 坎特伯雷大教堂内景

△图 129 坎特伯雷大教堂天花造型

我回到教堂中厅，管风琴的旋律与唱诗班的歌声充盈圣殿。仰头看束柱之间，彩色玻璃窗鲜亮又神秘。视线被壁龛里的圣像与束柱顶上的造型来回吸引，应接不暇。

过去一千多年里，这座教堂一直是人们的朝圣地。14世纪英国作家杰弗里·乔叟搜集了几十位前来坎特伯雷朝圣的旅人讲述的故事，汇集成册，后来成就了一本世界名著《坎特伯雷故事集》。

坎特伯雷城北是肯特大学，我在学生宿舍里睡了一晚。早上醒来时，阳光斜切在窗外的白墙上，在草坪上投下长长的影。初秋微凉的风穿过校园，吹动树叶沙沙不停。我拖着行李穿过校园，蹲在草丛里的野兔转头看了我一眼，又跳去池塘边，那里有群野鸭，正慢悠悠游过。我抄近路穿过一片安静的住宅区里，又跨过铁道，绕到一座白房子前，门上写着：坎特伯雷西站。

"请问去伦敦的话，几点钟有车？"我问站务员，站厅并不比我昨晚睡觉的房间大多少。"下一趟车很快就要进站了，赶快买票吧！"他指着旁边的售票机。

我买好车票，来到站台上。低头看车票，却发现"目的地"一栏写着：伦敦各车站（LONDON TERMINALS），据说伦敦有很多个火车站，却不知这列火车将把我带到哪里，这让我心里有了一种"开盲盒"的期待。

43 雨雾英伦

一

火车快速穿行在绿油油的树丛和田地间,一朵朵白云悬在树梢。我再次望向窗外时,摩天大楼已经从地平线上露头。树丛背后,低矮的小住宅一幢挨一幢,一根根小烟囱并肩立在房顶。原本宁静的田园风光,也被仓库和工厂取代,铁路信号灯挂在锈迹斑斑的钢柱上,护坡上填满凌乱的涂鸦。

越靠近城市,窗明几净的现代化公寓楼越多,阳台玻璃护栏反射着云影天光,一扫郊外的颓败感。伦敦的几座标志性建筑也接连映入眼帘:无论圆溜溜的"小黄瓜"大楼,还是白色胖头"对讲机"。伦敦市中心竞相追赶高度的天际线,也渐渐分离成一座座近在咫尺的建筑单体。列车减速,我看见马路上的行人,还有伦敦塔桥的哥特式桥头堡,红色双层巴士从桥上徐徐开过。"伦敦桥车站到了。"车厢广播报站,然后缓缓刹车,停靠站台。我从行李架取下背包,走上站台。

我向伦敦塔桥桥头的尖顶堡垒走去。因风格独特，伦敦塔桥成为伦敦最具识别度的地标建筑之一。我望向泰晤士河北岸，桥头屹立着一座堡垒，名为"伦敦塔"，伦敦塔桥因此得名。

二

我在途经新疆喀什时，结识了两位澳大利亚朋友阿黛尔和卡梅隆。那时他们也在背包陆路前往伦敦的途中，我们在乌兹别克斯坦的费尔干纳市分别。经过100多天旅行，我终于来到伦敦，不知他们是否也已抵达。我试着联系卡梅隆，马上收到他的回复："来伦敦，住我们家里！"

我拿着卡梅隆发来的地址，来到位于伦敦西面的帕特尼。在一座二层联排小楼前，我按响了门铃，开门的是卡梅隆，正是那个过去100多天都没有再见的卡梅隆！未及开口，卡梅隆欣喜地伸出双臂，与我紧紧拥抱："好久不见！快进屋来，阿黛尔准备了好吃的！"坐在明亮的厨房里，我们兴奋讲起这100多天以来各自在路上的旅程。他们由土库曼斯坦横渡里海，穿过阿塞拜疆、格鲁吉亚、土耳其，还在既定的日期抵达希腊的克里特岛，在那里举办了婚礼。终于，二人如期抵达了伦敦，开始了新生活。

阿黛尔告诉我，她正在伦敦的一家公司实习，同时也期待着开启博士生涯，而卡梅隆也已在一家金融公司找到工作。我们感慨命运的安排，曾经的偶然相识，让我们又在地球另一端重逢。

三

第二天卡梅隆在厨房准备早餐，见我下楼："早上好啊！昨晚睡得怎么样？阿黛尔刚出门，她实习的公司有点远。"他一边说，一边从烤箱里取出面包圈，动作麻利地打开冰箱，取出玻璃瓶，倒了杯冰水："我也得赶紧去上班了。"他连吞带咽地嚼着面包圈，举起杯子咕咚咕咚一饮而尽。"你想吃什么自己弄就行，别客气。"与旅途见到的卡梅隆大不相同，面前这个头发干练、衬衣笔挺的他，完全一副伦敦金融才俊的模样。他放下杯子，背起公文包，与我道别，匆匆上班去了。

偌大的房子安静下来，我坐在餐桌前望向后院，摇椅孤零零地躺在草坪上，塑料布盖着割草机。在伦敦繁忙的周一早晨，我享受着难得的清闲。

我决定出门走走，跳上一辆红色双层巴士。巴士跨过泰晤士河，穿行在狭窄曲折的街道，路旁的建筑物装饰繁复。与巴黎工整统一的城市面貌比起来，伦敦更加细小灵动，充满变化。

巴士一路开到威斯敏斯特，从地图上看，这里被称为"威斯敏斯特市"。我走进赫赫有名的威斯敏斯特厅，这座大厅始建于1097年，最初内部类似巴西利卡，分为中厅与两侧柱廊。14世纪时，皇家工匠重新调整结构，以悬挑的木梁替代了原先的落地支柱，实现了空间的完整开敞。因此，威斯敏斯特厅成为中世纪英格兰屋顶跨度最大的建筑。在过去的几百年中，它曾是英国最高法院的所在地，现在主要用于举办各种公共活动和仪式。

△图 130 威斯敏斯特厅木屋架结构

我站在空阔的大厅里，仰望从两侧墙壁升起的木构架屋顶。与东方建筑中以直线杆件层层组合变化以实现曲线造型的方式不同，西方的工匠直接把木材加工成曲线，以实现哥特式的尖拱。交叉的尖拱又托起水平方向的木梁，结合粗壮的立柱实现跨度出挑，再一排排撑起沉重的屋顶。在视觉感受上，头顶是精美的木柱、木拱和飞梁经过灵巧组合造就的木工森林。在那个年代，这是项了不起的工程奇迹。而擅长用木材建造房屋的东方人，自始至终，都未实现过如此巨大的无柱空间。

四

　　18世纪的英国，在受过良好教育的贵族子弟中间，一项被称为"壮游"的活动颇为盛行。"壮游"意味着连续几个月甚至几年的长途旅行，像文艺复兴时期从古迹中获取灵感的大师一样，这些年轻人也深入亚平宁半岛与希腊半岛，甚至远足安纳托利亚。他们一次次走入古希腊与古罗马的遗迹，探寻西方文明的根源。与常规校园里的教育方式不同，壮游者所获得的知识，来自亲身经历，这是一种直接有效的博雅教育。经过不同地区、不同文化的洗礼，壮游者不只开阔眼界，思想也更加包容。难怪有人说，一位英国绅士的教育是在海外旅行中完成的。

　　那段时间，壮游几乎成了英国年轻人的成人礼。他们从多佛尔乘船，横渡英吉利海峡，在加来登上欧洲大陆。到巴黎学习法语、舞蹈、击剑、马术，再前往瑞士。从瑞士南部翻越阿尔卑斯山，再到佛罗伦萨生活几个月。接受文艺复兴的艺术作品熏陶后，又去往威尼斯，最后抵达罗马。有条件的壮游者，还会乘船继续向东，前往雅典甚至土耳其。

　　艰苦的长途旅行，不仅磨砺旅行者的意志，也锻炼其解决突发问题的能力。时至今日，"间隔年"（gap year）的概念在西方依旧流行，年轻人利用升学或毕业后的一整年时间，停下所有学业与工作，历经长途跋涉，体验和学习世界各地不同的社会人文，拓展认知。

　　1751年，两位壮游的英国青年到达希腊和安纳托利亚半岛。

通过实地走访，他们发现，不同于文艺复兴时期柱式改良的风格，遗址上的古希腊柱式更加古朴纯粹，也更能代表古典建筑的本源。于是，他们在遗址上展开测绘工作，最后带着厚厚的成果回到英国并整理成册，出版了名为《雅典古物和希腊其他古迹》的图册，引来许多英国建筑师的兴趣。于是，英国境内掀起一股"希腊建筑复兴"的风潮，建筑师们纷纷参照《雅典古物和希腊其他古迹》，仿效起希腊古典建筑中的造型与比例，著名的大英博物馆就是这种传承的一个实例。不经意间，一本小小的旅行出版物，改变了英国建筑的面貌。

五

夜色阑珊，伦敦市中心的苏荷区一片灯红酒绿，我从一家家喧闹的酒吧外经过，走到安静的巷尾。一个透明直播间外，我看见主持人与几位嘉宾正聊得津津有味。突然，主持人看到我，伸手示意邀请。我走进去，他请我坐下，戴好耳机。主持人缓缓推下音乐键，然后对话筒说："现在，我们的直播间进来一位新嘉宾，这位朋友介绍一下自己吧！"来不及反应，架子上的话筒已经推到我面前，我只能硬着头皮讲了一番，主持人则幽默调侃。话毕，他推上音乐键，摘下耳机，与我寒暄起来，我忍不住好奇："你们是在录制节目吗？"角落里的一位女孩突然瞪大眼睛："刚才你的声音已经传遍了整个伦敦啊！"

节目持续了几十分钟，我和几位嘉宾被主持人抛出的各种问

△图 131 伦敦街头出租车

题逗得哭笑不得,还得想出得体的应对。末了,主持人请我用中文向听众们道晚安,音乐响起,直播结束,我摘下耳机,长舒一口气。

"我们去旁边的酒吧喝一杯吧!"主持人提议。他叫 Keb,来自苏格兰,是一位传奇的音乐人。我与几位认识还不到一小时的英国朋友一起,坐在温馨的小酒吧里,我们频频碰杯,饮下相逢的喜悦。酒吧门口,大家握手,拥抱道别,马路上迎面开来的车灯照出地面圆滚滚的铺路石,也晃动着几位朋友远去的剪影:礼帽、风衣和手杖,体态复古的出租车悠然驶过。那一刻,我确定,自己真的抵达了伦敦。

六

来到伦敦好几天,天气一直昏沉沉,偶尔还飘起小雨,透着初秋的凉意。好在城里到处洋溢着活泼的色彩,无论艳丽的广告牌,还是明快的出租车,以及住宅区跳跃的窗框和门板。大概是因为天气太过阴郁,人们才格外喜爱运用这些鲜艳的色彩。

傍晚,阳光穿出云隙,照亮西区街上熙熙攘攘的人群。仿佛一张连日阴沉的脸上,突然绽出灿烂的笑。云层渐渐散去,霞光将整个伦敦映照,笔挺的玻璃幕墙反射出天空粉色的光,泰晤士河静静流淌。

我与艺术家艾斯·德芙琳(Es Devlin)约定,在一家名为"安娜贝尔"的私人俱乐部碰面。艾斯·德芙琳是享誉世界的舞台设计大师,曾操刀多位世界级明星的演唱会舞台设计,由她设计的艺术装置,更是很多城市中闪耀的焦点。

我按照约定的时间,来到安娜贝尔俱乐部。艾斯已经在二楼休息厅一角的沙发上等候,她面前的桌上有一个摊开的速写本。见我走来,艾斯热情地招呼我。这场交谈让我反复回味,既感慨艾斯简单纯粹的生活状态,又羡慕她执着于艺术创作,同时坚持清晰的创作边界。我也发现在不同社会环境中,出资者和决策层对创作者不同程度的尊重。有的社会极少诞生纯粹、精湛的艺术作品,有的地方这样的作品却层出不穷。

那么问题来了,究竟是艾斯先有了名声,才掌握了划定边界的话语权,还是她从最开始就明确坚持,才获得今天的成就?

走出安娜贝尔俱乐部,艾斯戴上头盔离开,在伦敦,骑自行车是她唯一的出行方式。我则坐上一辆双层巴士。快到站时,我从座位上起身，攥紧扶手走下楼梯，来到车门口。一层空空荡荡，只有坐在后排的一位乘客。那是位金发蓬松的女子，她望着我，嘴角微微上扬，我也对她微笑。见我带着相机，她将两只手的拇指和食指对在一起，拼成长方形，声音温婉："出来拍摄吗？"我点头回应。巴士停稳，门开，我回头跟她道别："祝你晚安！"她点头："谢谢你！你也是！"我迈上人行道，巴士离开。就在不经意抬头时，我看见远去的车窗里，女子正回过头，隔着窗子对我摆手，老朋友分别一般。那张温暖的笑脸，随远去的巴士一起，汇进了凌晨的灯海。

44 航海日记

一

我来到英格兰南部港口城市南安普敦。不同于热闹嘈杂的伦敦,小城南安普敦清秀恬静。城中到处是以"五月花"命名的地点:五月花剧院、五月花公园……1620年8月5日,清教徒乘坐的"五月花"号帆船,正是从这里出发前往美洲。后来,一艘艘载满移民梦想的轮船也从这里起锚,雄心勃勃地驶向新世界。1912年,鼎鼎大名的"泰坦尼克"号,就是从南安普敦出发,前往大西洋对岸的纽约。

在当年"泰坦尼克"号出发的那个码头,我将登上一艘远比"泰坦尼克"号更大的邮轮。这艘名为"玛丽王后二号"的大船,号称传承了邮轮黄金时代的精神,定期将乘客从英格兰载往北美。

办好出境手续,我从舷梯登船。放眼四周,崭新的家具设施、擦得发亮的黄铜、镂花的玻璃、舒适的灯光照明、开阔的公共空间……船上无处不在追寻邮轮黄金时代的奢华感，三层通高的中庭空间里，还悬挂着巨幅铜板浮雕。若不加提示，谁也不会想到，这一切都集中在一艘交通工具上。

二

盛大的启航酒会在船尾甲板热烈进行，舞台上的黑人女主唱的嗓音极具感染力。人们随着音乐晃动身体，举起香槟酒杯。船尾的海面上，两道白色浪花紧随其后。

我在船上走了几圈，发现全船2000多名乘客几乎清一色的欧美人，我大概是整艘船上唯一的东亚乘客。除了我，船上还有1000多位来自东南亚的船员，他们来回奔波忙碌于餐厅、酒吧、客舱和布草间，为乘客提供服务。这条经典航线广受西方人青睐，但对于船上的大多数东方人而言，怕只是远离故土、谋生攒钱的一份工作。

晚饭后，我在各层甲板之间穿梭。绕过一条幽僻的走廊，转角传来优美旋律，循声向前，空间豁然开朗，灯光变幻，乐队即兴演奏，银发老人舞姿翩翩。角落的一扇门透出魅惑的彩灯，推开门，节奏强烈的音乐涌出，歌手激情演唱，鼓点欢快……我穿过一扇扇门、一个个空间，仿佛穿行于城市的不同地带。

临近午夜，中庭暗了下来，黑衣女子坐在竖琴旁轻轻拨动琴弦，轻柔的爵士乐曲流淌而出，淡紫色灯光倾泻而下，幽暗清雅。

我回到舱房，房里夜灯安详，窗外漆黑。

三

早上起来，窗外天空阴沉，海面翻滚起波涛。因有八级大风，船上通知所有户外甲板关闭。船尾画廊里，人们聚集在画作前，低声细语地讨论价格，拍卖师举起手中的木槌——一场艺术品拍卖会如火如荼。

晚上九点，轮船失去了白天的平静，船体在狂风巨浪中轰隆作响，剧烈的摇晃让人站立不稳，四周的家具也发出吱吱呀呀的声响，海面的巨浪冲进阳台，拍打着窗子。持续的摇晃带来恶心的眩晕感，即使坐在沙发上也难以忍受。只有在床上躺下，呕吐感才稍稍缓解。

在海浪席卷、伸手不见五指的夜晚，我们的邮轮遭遇了大西洋上的九级大风，在翻腾的海面上被巨浪掀着俯仰前行。

四

经历整晚风浪的折磨，终于迎来阳光普照、风平浪静的一天。甲板上放眼看去，到处是晒太阳的乘客。

每一天，我都穿行在十多间风格各异的餐厅和酒吧之间，从二楼的复古英式"金狮酒馆"，到九楼拥有绝佳视野的"准将俱乐部"，在三楼，除了传统的"香槟吧""海图室""塞缪尔先生之家"，还有一家名为"G32"的喧闹夜总会。娱乐之余，在船头的驾驶室附近，甚至有座海上图书馆。书架是深褐色的实木打造，每格书架都带有可折回的玻璃门。船尾的"皇后宴会厅"里,水晶大吊灯从七米高垂下,在现场乐队的旋律伴奏中,人们翩翩起舞,四周的茶座里,彬彬有礼的侍者戴着白手套,递上正统的英式下午茶。

整艘船实在太大,楼层也太多,我时常迷路,好在各个区域的明显位置都张贴了地图。只不过,与一般的平面地图不同,需要把各层平面图与轮船剖面图放在一起看,才能找到要去的地方。

公共空间里时常能见到英国女王的肖像,每一处细节、每一个空间都在彰显邮轮的"皇家"血统。船上的气氛安静体面,人们低声细语、礼貌致意,互相保持社交距离。这令我更加沉浸在自我的世界,每天起床、吃饭、闲逛、对着大海发呆,天黑时钻进被窝。

五

一连四天,手机没有信号,每天除了船上的生活,只剩大海和蓝天。日常生活里习以为常的陆地、房屋、道路、田野、植被,都成为遥远的名词。而远在地球另一端的家人和朋友,他们在经历什么,也全然无法获悉。每一天,我都被无休止的派对、高级晚宴、艺术品拍卖会和时装表演包围。一觉醒来,我开始怀疑自己是不是已被放逐到世界之外,与一群欧美人在海天混沌中共同流浪,好像身处与主体社会失联的孤岛,几千人孤独狂欢,自生自灭。

离开英格兰的第五天,没有飞鸟的天空中,突然出现与我们的邮轮同方向前行的喷气式飞机,它在空中拉出长长的白色尾烟,正飞速穿越云朵,朝目的地疾飞而去。

六

船头的皇家剧院里,国际钢琴家赛蒙·卡拉汉在台上忘情演奏,台下掌声经久不息。演出结束,赛蒙在台上深深鞠躬,又返场了一首。

音乐会散场,观众们将赛蒙团团围住。待他稍稍空闲,我上前问候,一起到星象馆的楼下喝了杯红茶。赛蒙来自伦敦,应邮轮公司邀请前来,七天航程结束后,他将得到高额报酬。聊了片刻,赛蒙不好意思地告辞:"今晚在套房酒廊还有场个人音乐会,我得去准备下,我们傍晚五点半在七层甲板卡林西娅休闲吧靠近门口的那张桌子上见吧?"

海上没有手机信号,现代化联系方式统统失灵。人们的约会回到最原始的方式:某个点钟,哪一层甲板的哪一个厅,哪一个角落里的哪一张餐桌。

赛蒙所说的"套房酒廊",是只有高级舱房的乘客才允许进入的区域。记得几天前我无意闯入那里时,服务生侧眼打量着我,尴尬地凑到跟前:"咳,咳,不好意思先生,您的着装不符合这里的要求……"

晚上,赛蒙在套房酒廊演出。我透过酒廊的落地窗,看见身穿礼服、坐姿端庄的妇人,她们听着赛蒙的音乐,微笑着频频点头,我看见她们指间,闪耀的钻石。

七

太阳升起,有人在甲板上晨跑。我在甲板上呼吸着温暖潮湿的空气。没了湿凉的疾风,户外泳池重新开放,人们懒洋洋地在躺椅上舒展,感受炽热的阳光。傍晚时,我们的船又遇上强风,船头直指的远处,云隙漏下几道金光。

我回到舱房,关掉灯,明亮的圆月照亮海面,低低的云朵清晰可见。还有偶尔爆发的明亮闪电,云层里刹那间迸发的巨大火光,将天空和海面点亮。

航程最后一晚,海上飘起轻雾。我站在船头,向前方极目远眺,依旧是一团混沌的漆黑。

45 晨曦星火

一连七日漂在海上，早已习惯窗外浩瀚无尽的大洋，索性每次就寝时也不拉窗帘，任由月光、星光甚至闪电将舱房映亮。

还不到凌晨四点，我突然被隐隐的亮光唤醒。窗外，海面尽头微微泛起一丝灯光，断断续续，像一串伏在海天之间的夜光珠，忽明忽灭，若隐若现。我不假思索，迅速爬起，冲到阳台上。我扶着栏杆，朝船头探身，远处已是一片光芒璀璨的灯火，好像一个炽热燃烧的世界。经历七天七夜的跨大西洋航行，终于来到欧亚大陆之外的"新世界"。

"玛丽王后二号"的前方，正是全世界最喧嚣、最多元的大都市——纽约。

为了找到一个更好的观看角度，我穿好衣服跑出房间，一路冲上高层甲板，直奔船头的瞭望平台。隔着黑压压的人头向正前方望去，一眼就看见灯火通明的纽约城：一座座摩天大楼彻夜不眠的亮光，摩肩接踵地挤成一簇簇，由近及远，愈渐清晰。宁静中，灯火闪耀的曼哈顿，仿佛一艘迎面开来的巨型航船，载着满船繁华，不知疲倦。连绵的灯火，把云层也映得通红，航灯闪烁的海面上，自由女神高举火炬的身影傲然屹立。

我想起电影《海上钢琴师》的片头：自由女神像从迷雾里突然现身，一名乘客失声大喊："美国！"顿时，满船男女老少激动欢呼，有人抛起帽子，有人兴奋跳跃，也有人举起香槟，眼泪横流……他们望着自由女神，仿佛看见了自己全新的未来。两百多年来，许多人的命运轨迹，都随着轮船开进纽约港而彻底被改写。苦难重重的漫长航行，挡不住他们对"新世界"的向往。

今天，"玛丽王后二号"全船亮起彩灯，仿佛洗去了旅途的疲惫。旁边岸上的布鲁克林居民区，还在圆月下酣睡，教堂的钟声飘来，叮叮咚咚……曼哈顿拥挤的高楼上，窗格子密密麻麻。这里寄托了太多人的遐想：她操纵着全世界的经济命脉，集合全世界各民族的文化、艺术。此时的曼哈顿，正卸下晚妆，在朝霞里伸展筋骨，迎接新的一天。

赛蒙特地来到舱房与我道别。他赚足了这程的出场费，下船后要马不停蹄地赶往肯尼迪机场，当天就能回到伦敦。

我打包好行李，顺着廊桥走下邮轮。码头外的街道上，满头脏辫、身材发福的黑人女性调度员一面指挥着车辆进出，一面回答乘客们提出的问题，嗓门洪亮不失幽默热情。从精致的英国遥遥赶来，眼前的纽约虽不修边幅，却也有条不紊。

我拖着行李走进华尔街，来到密不透风的高楼挤压形成的峡谷，正好赶上通勤早高峰。不同肤色、不同族裔的人们从我身旁匆匆经过，他们的口音带着世界各地的痕迹，他们身上，汇集了来自全人类的基因。

我走在纽约的大街上，大小车辆风驰电掣，消防车警笛此起彼伏。时代广场四周挤满凌乱的广告牌，中央车站里的通勤大军摩肩接踵，路边热狗摊上飘着香气……整座城市浓烈嘈杂又光彩炫目，让人眼花。跟巴黎和伦敦比起来，纽约是癫狂的，是痉挛的，是跳跃且庞杂的。随时扫一眼纽约街上的人，就能明白为什么这里会是世界之都。

过去的几百年，来自世界各地的移民，怀揣着对美好生活的向往，源源不断地来到这个"新世界"。他们在这片土地上扎根，建立政府，营造城市。带着有别于传统的社会理想，一代又一代移民，用行动书写他们对一个全新社会的理解。而建筑物，作为物质载体，正是呈现这种期许的最佳方式。

我来到联邦大厦门口，看到八根多立克式石柱支撑三角形山花，完全是雅典帕特农神庙的模样。1789年，美国开国总统华盛顿就是在这里举办就职典礼。为了彰显美国"自由""民主"的价值主张，设计联邦大厦的建筑师，特意找来了2000多年前希腊的建筑样式，他们希望借由希腊古典建筑所代表的民主精神，寄托执政者对这个年轻国家的希冀。以至于在后来的相当长时间里，这种希腊复兴风格都是美国公共建筑的主基调。

◁图 132 纽约证券交易所
　　　　外观
▽图 133 联邦大厦外观

我在联邦大厦门前的台阶上，望见纽约证券交易所的立面。它也是帕特农神庙的翻版，只是为了避免与联邦大厦过分雷同，纽约证券交易所的柱式换成了科林斯式，顶部的三角形山花里嵌入一组人物雕塑。

在欧洲看过古希腊、古罗马、中世纪、文艺复兴等各个时期的建筑之后，我再来到纽约才终于看明白那些曾经习以为常的欧式建筑上每个符号的起源和出处。当我沿着百老汇大街穿过整个SOHO区，站在街口不经意抬头，望见楼房立面上类似帕拉第奥母题的处理方式时，竟想起威尼斯附近的小城维琴察市政厅广场晚餐的那杯馥郁红酒。

在全球资本的推动下，纽约成了全世界企业家的冒险乐园。相应地，这里也是聚集创新精神的先锋试验场。来自各地的艺术家与设计师，都渴望在纽约一展才华，各位建筑师更是以在这里留下作品为荣。因而，纽约也成了全世界新奇建筑分布密度最高的地方。为了在拥挤的曼哈顿博人眼球，各大建筑师高手过招，他们用最发达的建造技术，创造出五花八门的建筑，引领着全世界现代建筑的风潮。

走在纽约街上，总是能跟一些著名建筑不期而遇，这些建筑在现代建筑发展史上有独特的里程碑意义。如果把行走在罗马的体验比作翻阅一本古典建筑教科书，那么在纽约漫游的经历，则像是穿行一部现代建筑史，各个时期、各位大师的代表作都在眼前一一呈现。

我在纽约现代艺术博物馆的展厅里，看到了凡·高的著名油画《星空》，还有莫奈的巨幅《睡莲》。回到住处，我试着回想博物馆的外观，却没有印象了。我们平常熟知的艺术馆和博物馆，往往在外形上具有强烈的表现力，只看一眼便能记住。而这座享誉世界的艺术博物馆，人们只对其中的展品念念不忘，对于建筑本身，却留不下任何印象。

我好奇，究竟是怎样的建筑师，这么慷慨地放弃在纽约城里一展自我的机会，甘愿让自己作品的形象消隐，默默成为一件承载艺术的容器。这样的处理方式，令人心生崇敬，在欲望弥漫的纽约，从如此低表现欲的建筑理念上，能清晰地辨出东方建筑的营造智慧。我猜想纽约现代艺术博物馆的设计者，大概是一位来自东方的建筑师。

不出预料，我在一本小册子上，查到了负责博物馆改造设计的建筑师——谷口吉生。在谈到纽约现代艺术博物馆的设计理念时，谷口吉生说：

> 博物馆建筑不应与艺术品争辉，在好的艺术品面前，建筑本身应该消失。
>
> 建筑物就像一个容器，如果没有艺术品和欣赏它们的人进来，这建筑就不算完整。
>
> 博物馆就像一只茶杯，它不会炫耀自己，但当你为它注入绿茶时，它就会显现出双方的美好。

46 重拾古典

火车穿过哈德逊河底的隧道,开进晨光明媚的新泽西州。朝阳的光芒洒向仓库、铁桥、小教堂、加油站、涂鸦墙、电线杆,杂乱的情景,仿佛被纽约遗弃的城乡接合部。我到餐车买了一份早餐,把咖啡放在折叠桌上,火车在轨道上咣当几下,杯子就从桌上跳起来,险些翻倒。我环顾四周,车厢里的乘客一片安静,没有说笑,不见交谈,每个人都专注地对着笔记本电脑,忙碌的气氛好像一间办公室。连接东海岸几座主要大城市的阿西乐特快列车,不仅是繁忙的商务专线,还串起美国早期历史的脉络。

阿西乐特快向西南方行驶了四个多钟头,中午前抵达了终点站——首都华盛顿。我来到这里,是为了继续溯源美国建国初期的建筑风格。

一走出车站,我一眼就看见最具标志性的美国国会大厦。作为政治中心的华盛顿,在城市布局上也直奔主题,开门就见国会山。在站前广场上回望,联合车站的正立面由三个连续拱券组成,与贴墙的六根爱奥尼式巨柱共同构成标准的古罗马券柱式构图。明显看出,车站的立面是以罗马废墟上的君士坦丁凯旋门为蓝本,就连每根柱顶矗立的雕像,也是参照君士坦丁凯旋门而作。据说,建筑师在设计车站内部时,还借鉴了罗马浴场的室内拱顶设计。建筑史就是这么奇妙,相隔不止万里,

△图134 罗马君士坦丁凯旋门(上)与华盛顿联合车站(下)

前后相差 1600 年，古罗马的建筑又在遥远的土地上重现。

1791 年，刚上任的华盛顿总统任命皮埃尔·朗方负责新首都的规划。朗方来自法国，早年曾在卢浮宫皇家学院进修艺术。朗方深受以巴黎奥斯曼规划为代表的巴洛克式城市规划思想影响，于是，他将这种极具纪念性的手法，运用在美国新首都的设计中。

在空地上建造一座新城，首先需要明确这座城市的核心职能。将核心职能部门的位置确定后，再依次展开相关机构及设施的布局，这大概是最科学高效的工作思路。朗方勘察了地形，他找到一座高 25 米、名为"詹金斯山"的小山丘，并把这座小山丘确定为新建美国国会大厦的位置。在这之后，这座詹金斯山便改名为"国会山"。以国会山为起点，朗方规划了一条东西向主轴线，作为核心纪念轴。这条轴线在今天被称为"国家广场"。

国家广场的核心是一片宽 100 多米、长约 3000 米的纪念性大草坪，横向贯穿华盛顿城区，也是整个规划中最核心的一条景观轴。大草坪两侧，分布着国家美术馆、国家自然历史博物馆、国家历史博物馆、国家印第安人博物馆、国家航空航天博物馆、国家非洲艺术博物馆等一系列大型公共建筑。行走在华盛顿国家广场上，能找到一丝巴黎卢浮宫前杜乐丽花园的味道，稀松的黄色石子铺成地面，两旁的绿树与中央的大草坪向远处无尽延伸，托起正中的国会大厦。

朗方希望借助规划布局，进一步强调美国政府立法权、司法权、行政权三权分立的政治理念，他有意将代表行政的总统办公室与代表立法的国会大厦有所区分。在空间布局中,朗方将总统办公室与国会大厦确立的核心纪念轴脱离,转而在北面找到一块地势稍高的缓坡,借助坐北朝南的方位,作为总统办公室的选址。以总统办公室为控制点,再绘制一条南北向的轴线,这条轴线与核心纪念轴交汇,交点刚好成为日后建设中的重要节点。乍看起来,朗方的设计构思巧妙,然而仔细一想就能找到纰漏:代表立法权的国会大厦与代表行政权的总统办公室都有了不错的选址,代表司法权的最高法院却无处安放,到后来,不得不在国会大厦东面一块局促的用地上动工,建造最高法院的办公室。

▽图 135 华盛顿城市轴线关系

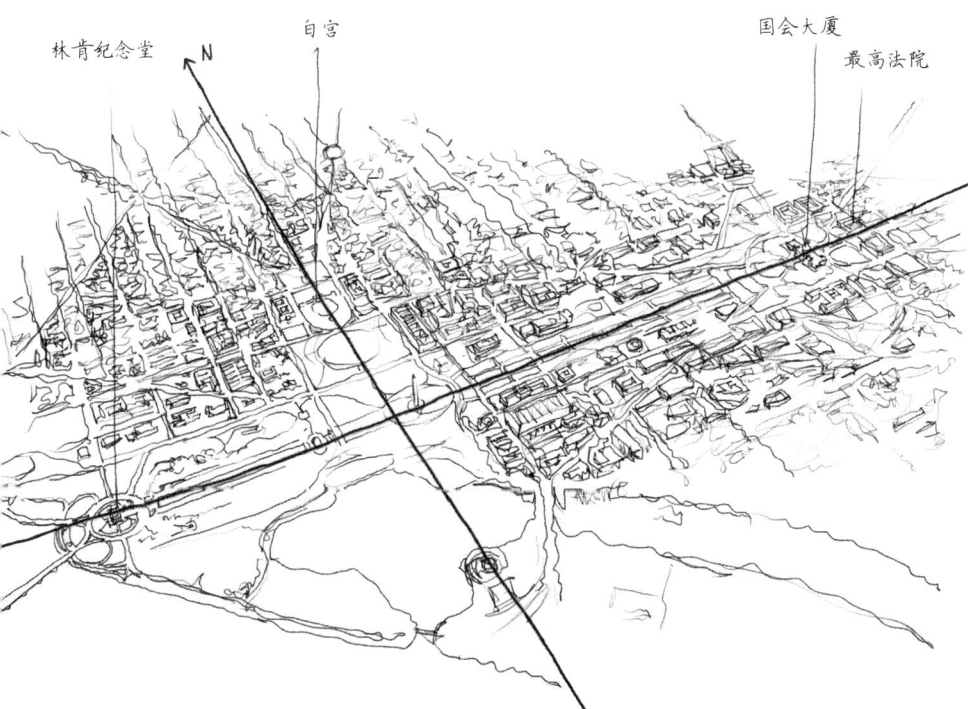

像奥斯曼规划的巴黎一样,朗方也为华盛顿规划了多条放射状大道,这些大道把主要地标建筑联系起来,也在路口形成一些小广场和公园。也是这个原因,在华盛顿的街上随便朝路口一望,总能见到国会大厦雪白的大穹顶。

国会大厦从 1792 年开始动工。建筑师最初的设计灵感,来自巴黎的卢浮宫和罗马的万神庙。可惜建成不久就赶上了第二次美英战争,国会大厦被英军焚烧,部分被毁。战后重建的国会大厦保持了南北两翼分别容纳参议院与众议院的布局,正中

▽图 136 美国国会大厦外观

央以一座穹顶统领整个建筑。到了1850年，随着国家立法机构日益庞大，同时不断有新的州加入美国版图，国会里议员席位不断增多，只好继续扩建国会大厦，在南北两侧增加新的会议和办公区。如此一来，大楼的总长度就成了之前的两倍，而中央穹顶便显得矮小不协调了。为使穹顶尺度与大楼自身比例和谐，建筑师设计了一座比原先穹顶高三倍的铸铁结构新穹顶。这座新穹顶的总高度达到88米，外观参照巴黎先贤祠，顶上矗立着一尊6米高的青铜自由女神像。

我在国会大厦前掏出速写本，用钢笔描摹大穹顶，思绪却回到了遥远的亚平宁半岛。由米开朗琪罗建造的圣彼得大教堂穹顶，甚至由伯拉孟特设计的坦比哀多，都是文艺复兴时期建筑师对古典建筑形式的传承和发扬。如今，在大洋彼岸的美国首都，罗马古典建筑带来的启发，又被建筑师继承运用。

我走在华盛顿街头，仿罗马或希腊神庙的建筑样式随处可见，无论最高法院大厦还是国家档案馆，正中央的主入口都是一排柱廊顶着三角形山花。独立后的美国，迫切希望隔绝英国的影响，因而在建筑风格上也极力摒弃英国样式。于是，他们回溯希腊与罗马建筑，为一座座新建的政府建筑披上了民主与共和的外衣。

希腊、罗马的古典建筑样式在美国得到大规模复兴，与一位精通建筑设计的政治家密不可分。他不仅懂得如何传承古典建筑之美，更清楚建筑在实用功能之外，作为塑造社会意识形态的工具意义，他是美国的第三任总统杰弗逊。在就任总统前，杰弗逊曾担任美国驻法大使，多次前往意大利、英国等地旅行，在心底种下古典建筑的种子。独立战争后，建国元勋们认为他们所建立的国家，将是古罗马以来第一个真正的共和国。于是，为了暗合这样的古今呼应，杰弗逊大力提倡古罗马建筑风格，传达国家的政治主张。

杰弗逊还创办了弗吉尼亚大学，亲自负责大学校园的规划设计，留下了风格鲜明的建筑。其中最具代表性的，就是弗吉尼亚大学图书馆。杰弗逊把图书馆设计成圆柱形，加盖一个大穹顶，门前一道柱廊，几乎是对罗马万神庙的翻版。杰弗逊的喜好还直接影响了美国总统办公室白宫的建筑形态，从白宫正中的列柱门廊、两翼的墙壁和长条形窗上，都能看出意大利文艺复兴大师帕拉第奥的影响。

一个多世纪之后，在罗斯福总统的主持下，人们在华盛顿为杰弗逊建造纪念堂。考虑到杰弗逊生前对罗马建筑情有独钟，纪念堂的建筑风格也特意采用了罗马万神庙的样式。

以国会大厦为代表的东西向主轴线，是长约3000米的国家广场大草坪，草坪的最西端，林肯纪念堂与国会大厦遥相呼应。挺拔粗壮的多立克式柱子突显纪念堂的气质，也像极了雅典卫城的帕特农神庙，只是建筑师将原本纵深的神庙改得开阔，取消了三角形山花。

我租了一辆汽车。从约翰·肯尼迪表演艺术中心附近开上

△图 137 不同角度的杰弗逊纪念堂
▽图 138 白宫

西奥多·罗斯福大桥,跨过波托马克河,在弗吉尼亚州境内由乔治·华盛顿纪念公路沿河而行,进入马里兰州境内。

我沿高速公路向西北方行驶,午后开进阿拉巴契亚山区,高速公路在起伏的丘陵间百转千回,烈日照在路面上,车影晃动。下午进了宾夕法尼亚州境内,在紧靠山区的小城尤宁敦,我找到一家汽车旅馆。

▽图 139 林肯纪念堂外观

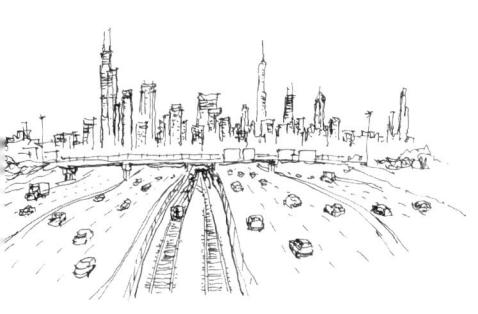

47 耸入云霄

睡在汽车旅馆年代久远的大床上,我的身体被松软的床垫和毯子包裹,沉沉一觉醒来就到天亮。吃早餐时,阳光斜斜照在窗外的草坪上,外面高速公路上的汽车奔忙穿梭。趁时间尚早,我退了房间,继续上路。

我从匹兹堡城外开过,路两旁是连绵的玉米地。中午路过克利夫兰。傍晚时,我已经来到芝加哥城外,高速公路尽头,一群群摩天大楼拔地而起,刺入苍穹。

我还了汽车,拖着行李走进密密麻麻的摩天大楼丛林。与同样密集的纽约相比,芝加哥的街道更加密不透风。不仅阳光被大楼阻断,就连行人也显得渺小,高架铁道上的列车从大厦之间的峡谷疾驰而过,勾起一阵轰隆嘈杂的回响。

今天,摩天大楼的建设热潮席卷世界各地,无论迪拜还是上海,伦敦或者东京,高层建筑密集的景象,仿佛已是各个地区展示经济成就与商业繁荣的视觉标志。相应地,这类景观也成为一些艺术作品的表现题材，比如在《蜘蛛侠》《复仇者联盟》等影视作品中，由摩天大楼塑造的城市丛林，都是展现特技的绝佳舞台。可是，如果追溯现代摩天大楼的起源，还是要看 19 世纪的芝加哥。

1871 年 10 月的一个晚上，芝加哥的一头奶牛踢翻了放在草堆上的油灯，引发了一场殃及全城的大火。大火足足烧了 30 个小时，芝加哥城区化为灰烬，灾后重建迫在眉睫。尽管大火烧毁了城市，却挡不住芝加哥迅猛发展的势头。因为地处重要的位置，这里的地价依旧飞涨。持有土地的商人们不得不尽快想办法，应对地价上涨带来的压力。最直接有效的方式，就是在有限的土地上，把建筑造得高一些，这样就可以拥有更多用来租售的房间。那时的电梯技术恰好也已成熟，可以借助机械设备，免去爬楼之苦。

在这之前，房子几乎全部使用砖石砌筑，承重受力主要依赖建筑墙体，所以在高度上有一定的局限性。如果砖石砌筑的建筑要突破一定高度，下层的墙体就需要筑得很厚。当厚厚的墙体将建筑下层的可用空间侵占得所剩无几时，结果往往得不偿失。

就在地产商和建筑师都绞尽脑汁为"如何修筑高楼"犯愁时，一些轧钢厂的销售经理率先嗅到了商机。他们把厂里的工程师派到芝加哥，协助对业主要求束手无策的建筑师。在钢铁工程师的帮助下，一种前所未有的建筑结构诞生了——钢框架结构。简单讲，就是用钢材建造柱子与横梁，支撑起一层层空间，由于钢材独特的受力属性，用轻巧的构造，就能支撑起很多楼层。

掌握了这项技术的建筑师与地产商欣喜若狂，这种新建筑形式不再受高度限制，同时也不再有历史经验可循，它将人类的起居生活带离了地面，实现了在高空中的栖居与工作，这种在芝加哥诞生的建筑形式，就是摩天大楼。在美国这个讲求利益最大化的社会里，建筑物总是服从于商业价值的创造，每一次技术创新与突破，多是因为社会需求刺激产生。

由于技术要求较高，最早设计摩天大楼的设计师通常更擅长处理技术问题，他们往往没有建筑学背景，也更不受传统束缚。他们抛弃了历史主义的古典复兴式风格，积极拥抱新材料与新技术，设计的新建筑也更加符合使用功能。由于建筑受力不再依赖外墙，大楼的外立面也变得更加自由。这项变革，令一些传统建筑师感到无所适从。不过，很快地，就有人从中找到了突破，沙利文（1856—1924）就是著名代表。

通过实践摸索，沙利文为摩天大楼的外观设计树立了新的秩序。直到今天，这一套秩序仍被当代建筑师广为沿用，即所谓的"三段式"构图原则：摩天大楼被划分为坚实的"底座"、中间长长的"躯干"、最顶上的"头部"。

具体来讲，"底座"对应建筑最下部的两层，通常这两层是临街的商铺、银行或公共服务空间，因而在外观上处理成巨大的门洞或拱廊，再以粗糙的毛石凸显坚实感；三层以上则作为标准化的办公空间，窗子可以被划分得比较小，以窗洞之间通长的柱子整体联系上下层，组织起"躯干"的形态；至于建筑的顶层，则往往是容纳电梯机房、水箱等设备的地方，因此可在外观上做特殊处理，形成整座大楼的"头部"。

由不同功能决定建筑不同部位的外观，这一理论被沙利文概括为"形式服从功能"。也就是说，建筑的外观，应当遵循内部的使用功能，不可为所欲为。以沙利文为代表的芝加哥建筑师，后来被称为"芝加哥学派"。他们大胆创新，突破了美

▽图140 芝加哥"千禧广场"速写

国追求古典装饰的潮流。

　　我穿行在芝加哥的街道上,被一座座历经沧桑、体态优美的大楼吸引。简洁的外观中蕴藏着一些需要仔细辨识才能看清的装饰细节:柱头或花草的样式往往来自欧洲古典建筑,一些局部为了显得纤细,甚至借了哥特式建筑中束柱的手法。随着楼层增高,远在顶层的细微装饰已无法从地面察觉,100多年前的建筑师依旧一板一眼地将它们呈现出来,大概也是对当时那个舆论环境的无奈回应。毕竟,在当时的大多数美国人看来,古典式建筑才是好建筑,他们对缺乏装饰的摩天大楼充满抵触,甚至有人抨击芝加哥学派设计的摩天大楼为"裸体建筑",呼吁为这些大楼加上一些装饰。

　　新的事物诞生时,总难免遇上传统的阻力。然而时代洪流来势汹汹,时至今日,摩天大楼的形态早已摆脱一切复古装饰,以更加不受束缚的姿态,在世界各地刷新高度。

48 道法自然

　　1888年，一位21岁的年轻人敲开沙利文的办公室。他曾在威斯康星大学学习工程学，却意外辍学。年轻人来到芝加哥一年，换了两份工作，一直没能找到适合自己的方向。他这次找到沙利文工作的事务所，希望借助项目实践的契机，向沙利文学习。

　　这位年轻人后来成了沙利文身边的得力助手。主业之外，他还利用工作余暇，在外面偷偷接起项目。一开始，沙利文并不知情，直到有一天，他在自家附近看到座新建的房子，外观明显带有他助手的设计风格。眼看自己被助手背叛，沙利文勃然大怒，马上决定解雇这位年轻人。年轻人见导师如此绝情，气愤地丢下绘图笔，头也不回地，离开了沙利文的事务所。

　　当年被沙利文扫地出门的这位年轻人，后来成了一位独立建筑师，他创建自己的事务所，开启了新的职业生涯。他后来的作品，遍布美国及海外，在建筑史上留下闪光的印记，他就是弗兰克·劳埃德·赖特，被誉为20世纪最伟大的建筑师。赖特最广为人知的代表作，是那座建在山泉瀑布上的"流水别墅"。

▽图141 流水别墅外观

1893年，芝加哥举办世博会，来自19个国家的不同风格的展馆齐聚一堂。在大量西方式白色古典主义建筑的环绕下，建在岛上的东方式的日本馆大放异彩。这一次，日本参展方仿造了位于日本京都的平等院凤凰堂。这是座典雅的东方式建筑，正中间是工整的重檐歇山顶殿堂，两侧为伸展的回廊，完美传承了起源于中国的传统建造技术。那时的赖特，还从未到过东方。他在世博会上见到日本馆，为这种新鲜的建构形式兴奋不已。平生第一次，赖特见到了东方建筑飘逸伸展的大屋檐、流畅贯通的室内外空间，以及简洁灵活的屏风式墙面。尤其吸引赖特注意的，是整座建筑明晰的木结构咬接关系。相对于西方建筑，东方建筑更展现了逻辑分明而不加掩饰的坦诚。这种建造智慧，令赖特深深折服，也被他运用于此后的设计作品中。

为了寻找赖特的设计作品，我坐上一趟公交车，来到芝加哥大学校园外。在街角，我老远就望见一座舒展的"大屋檐"。

▽图142 1893年芝加哥世博会日本馆外观

△图 143 罗比住宅外观

这座名为"罗比住宅"的建筑,建于 20 世纪初,是赖特设计风格的重要代表作。

隔着草坪望过去,罗比住宅像一艘泊在树下的长船,层层外墙、阳台、长窗沿着水平方向伸开,笔直修长的大屋檐好像一顶大檐帽,投下深深的影子。我绕着房子走了一圈,除了简洁的红砖墙与细腻的玻璃窗格,找不到任何传统建筑装饰元素。顺着北侧的小径,我找到隐藏在背后的建筑入口。推门进去,经低矮的前厅转折,上楼梯来到二层的起居室。

我沿着长长的玻璃窗行走,不知不觉来到楼梯另一侧的餐厅。相比西方建筑以隔墙彻底划分使用空间的传统做法,赖特以东方式的空间贯通和流动,令不同区域保持相对独立的同时,又自由连通。除此之外,赖特也尽可能发挥建筑材料本身的色泽和质地,尽可能不加任何涂抹粉饰。我站在罗比住宅的餐厅里环顾，朴实温暖的木色与土黄色的墙面搭配协调，有一种自然的清新感。

在这个时期，赖特建造了大量与罗比住宅风格类似的房子，由于它们大多位于广袤的美国中西部，房子水平伸展的姿态又刚好呼应中西部开阔铺展的自然景观，所以被称为"草原式住宅"。

赖特认为，房子应该与大地融为一体。他将自己的设计作品设想为有机结构，能够像树木那样，不断生长。这不就是中国古建筑一直秉承的建造理念么，哪一座中国古建筑不是与自然环境高度协调？赖特将东方古人的建造智慧完美地嫁接到美国的环境中，获得广泛欢迎，人们惊叹他革命性的建造理念时，却不知道，那早已在遥远的东方足足践行了两千多年。

我从罗比住宅回到朋友在芝加哥城北的住处，朋友从北京来到美国西北大学求学，学习之余，也不忘将自己的住所精心布置。

我坐在客厅沙发上，面对一方精心点缀着茶具、瓷瓶、书法和竹影的天地。窗外传来树上的蝉鸣、街道的喧嚣、割草机的隆隆声、飞机和火车呼啸而过的声响。当我独坐在这个东方意味十足的空间里时，窗外的"西方"却已被推向无限远。

我的视线扫过几盏造型别致的茶盅，落在温润如玉的雪白色茶碗上，茶碗的形态透着典雅的宁静。一时间，江南园林、巴山蜀水、云雾黄山……仿佛都近在咫尺，这种因空间气场而生的通体愉悦，截然不同于纽约大都会博物馆里的那个仿制的苏州庭院，更是与只求形式不求思想的"仿古"做法，有着天壤之别。

小小一隅，五六平方米，一切皆因主人的喜好与起居习惯而布置，丝毫不做作。这大概就是东方文化超乎寻常的生命力。

49 穿越美西

　　受到 1893 年世博会日本馆启发的美国建筑师,不只赖特一人。当时,一对建筑师兄弟从他们工作生活的波士顿出发,乘坐火车去往西海岸的加州。在穿越美洲大陆的途中,兄弟俩经过芝加哥,顺道参观了在那里举办的世博会。二人一同欣赏了独具东方风情的日本馆,眼界大开,深受启发。抵达加州后,他们在那里造起深受日本馆启发的房屋,这些房屋至今仍作为文物留存,见证了东方建筑在美国的深远影响。

　　这对建筑师被称为"格林兄弟",他们的作品以工艺精湛、用料考究著称。为了寻找他们的设计作品,我买了一张从芝加哥前往洛杉矶的火车票,计划用两天两夜的时间,在铁轨上穿越美国中西部,最后抵达阳光明媚的南加州海岸。

　　下午三点,我坐上开往洛杉矶的"西南酋长"号列车。火车从芝加哥联合车站开出,穿过芝加哥西郊的住宅区,从小镇中心的道口经过。车窗外的人行道边,胖胖的女孩举着冰激凌从商店推门走出；停车场上，银发妇人正伸手拉开车门。火车哐当哐当摇晃着，跨过湍急的小溪，钻进一片幽静的森林，树后露出另一片中产阶级社区。下午的阳光透过枝叶，洒向各家门前的草坪，学校操场上的少年高高跃起，接住飞来的棒球……芝加哥无边的郊区在窗外延展，火车开了足足一个钟头，连绵不绝的居住区、仓库和厂房才开始稀稀拉拉地散开，露出支离破碎的农田。

夕阳下，伊利诺伊州的大平原肆意伸展，破败的村舍立在玉米田背后，草地上停着拖拉机和皮卡汽车，木桩电线杆在旁边东拉西拽。又过了一个钟头，窗外只剩下广袤的玉米地。有时候，玉米地中间又冒出个农舍的尖顶，门口还立着信箱。白色木栅栏里躺着一辆拖车，旁边是小巧的公路加油站，来不及修建的草坪……有些树上的叶子已经泛黄，有些伸出通红的一簇。

黄昏时，火车跨过密西西比河。在橙红的晚霞下，烫金的落日映在河面，跃动着一片闪亮的波光。由伊利诺伊州进入艾奥瓦州，也从地理概念的美国中部来到西部。

火车在艾奥瓦州境内开了不到半个小时，跨过了得梅因河，来到密苏里州。太阳落进地平线，天空泛起淡粉色，又幻化成玫红。我到观光车厢找位子坐下，窗外已是浓重的蓝紫，地平线上残留一抹温度褪尽的深红，深沉又静谧。道旁的树影越发难以辨认，火车一头扎进了漆黑。

晚上十点半,"西南酋长"号自东向西穿越密苏里州,来到与堪萨斯州交界处的堪萨斯城。深夜的车厢里一片安静,我去一层的洗手间洗漱,然后回到座位上,放倒椅背,随火车轻轻摇晃的节奏,沉入梦乡。

再醒来时,天已大亮,平原上不见庄稼,只剩下苍茫的戈壁,不见人烟。经过一整晚行驶,火车已经离开堪萨斯州,来到科罗拉多州境内。我跑到最后一节车厢,趴在车尾的玻璃上,耀眼的太阳从铁轨尽头升起,投下两道笔直的金光。

"西南酋长"号行驶在新墨西哥州的戈壁与山地间,途经一座座西班牙风格的车站。虽然身处北美干旱炎热的沙漠,每当看到这样风格的建筑物,思绪总被带向柔情蜜意的地中海沿岸。晚饭时,我望向窗外,红色的岩石从植被间露出来,山岩受雨水侵蚀,剥出层层肌理,夕阳镀来一层深红色。火车来到亚利桑那州境内,距离加州仅剩几百公里。

我被车厢里一段突然的广播惊醒:"我们今天十分幸运,火车将提前抵达洛杉矶。"我迷迷糊糊睁开眼,借着昏暗的光线举起手表,六点不到。我拽开窗帘,虽然天还未亮,外面却已经一派繁忙:宽阔无边的高速公路上,一盏盏车灯匆忙飞逝,广告牌明亮,灯火似乎彻夜不眠,映照着一棵棵棕榈树的剪影。几个小时前,窗外还是原始苍凉的无人区,一睁眼,就突然变成昼夜繁忙的超级大都市,好像小说突然跳了章节。

火车飞速奔向的终点站,是那座梦一般的城市。在那里诞生的流行音乐风靡全球,早已植根于全球大众的生活。那里诞生的经典电影更是不胜枚举,依靠资本搭建起来的制作体系,将每一部大片精准加工,再投喂给全世界观众,长年霸占着各大院线的银幕。洛杉矶,早已成为一个闪亮的文化符号,那里有星梦闪耀的好莱坞,她像一台魔力四射的发动机,源源不断地向世界输出着流行文化。

"西南酋长"号开进位于洛杉矶市中心的终点站。我与万千匆匆赶来的人们一起,从出站地道走出来。抬头就被南加利福尼亚炽烈的阳光照耀,我望着棕榈树和湛蓝的天空,想起熟悉的电影画面中,跑车、墨镜、沙滩与女郎的场景。

我搭乘轻轨,向西穿过城区,来到圣莫尼卡。离开纽约十多天后,终于又一次见到大海。我站在悬崖上远眺,浩瀚的海面上波光跃动,浪花层层扑向沙滩,海鸥回旋,艺人欢快。此刻,横在我眼前的,是全世界最宽广的大洋,对岸,就是亚洲的土地。

我在洛杉矶东北郊的小城帕萨迪纳,找到了格林兄弟设计的东方风格住宅。这座名为"盖博住宅"的房子,由盖博夫妇委托建造,建成于1908年。我站在房前,看着飘逸伸展的大屋檐、精巧的木结构榫卯搭接、细腻的工艺与大方的出挑,一切都唤起我对家乡古建筑的记忆,我看得到很多熟悉建筑的影子,无论应县木塔,还是五台山佛光寺东大殿。中国古人传统的建造理念和建构技术，漂洋过海到了日本，又由日本人带往美国，却在无意间，启发了美国本土建筑师的创造力。

▽图144 盖博住宅外观

50 西岸星辰

一

我租了一辆汽车,汇入洛杉矶出城的车流。从落日大道底下穿过,又望见一片矮房子和棕榈树中间,"国会唱片"圆柱形的白色大楼向外伸出层层遮阳板,顶上冒起一根长长的天线。一个转弯,高速公路折进山谷,市中心的几座高楼从后视镜里消失了。

我开上1号公路,不多时,左边浮现浩瀚的太平洋。1号公路时而高悬于陡崖,时而俯冲跌入山谷,时而又跨越海湾。晚霞映照下,海面呈现深邃的蓝,翻涌的白浪拍着礁石,轰隆作响。红日沉入海面时,我停在山崖上,守着微弱的残光,听大海间歇的喘息。

夜幕低垂,我开进大瑟尔树林茂密的山谷。穿过红杉林,我来到一个伸手不见五指的户外营地,找到一顶过夜的帐篷。我小心翼翼地靠车灯前行,车轮轧在铺满木屑和败叶的小路上,发出噼啪响声。放眼四周,在几团篝火的映照下,闪现几张笑脸,欢快的歌声伴随着轻柔的吉他旋律。

我在帐篷里一觉睡到天亮。睁眼时,早晨的阳光正穿过周围的红杉树,投在帐篷上,鸟鸣声从四周传来。我走出去,炊烟还未散尽,一棵棵巨树以超常的尺度出现在视线里:树干比汽车还宽,树梢的高度甚至超过芝加哥的摩天大楼。

我继续行驶在1号公路上。大海在早晨稍稍平静,清风拂过海面,掀动着牧场的草叶。1号公路沿着海岸线向北伸展,贴着圣克鲁兹北面的群山,穿过一条隧道,我看见山上层层叠叠的房屋,这里是美国著名的山城——旧金山。

我在旧金山归还了汽车,坐上一辆有轨电车。电车吃力地爬上陡坡,又从山头哗啦啦溜下来,在路口轻轻一顿,跌进谷底的车站。

二

克雷格是我一位忘年交朋友,比我父亲还年长十岁。他已经在旧金山生活了40多年。

我按响了克雷格家的门铃,他从楼道里走出来,离老远就伸出双臂,喜剧演员般地挑起眉毛:"欢迎来到你的天堂!"克雷格在这套位于卡斯特罗区附近的公寓里,已经住了几十年,他帮我把行李提上楼,去厨房里接了杯水。我凝视着墙上的黑白照片,那是克雷格早年参加越战时在部队里的军装照。已经70岁的克雷格仍在工作,在他的起居室一角,厚厚的文件把工作台上的好几台电脑围得严严实实。另一头，则是克雷格为我准备的折叠床。

我拽着克雷格到唐人街吃了顿晚饭。饭后，我们沿着哥伦布大道走向旁边的北滩。入夜的北滩流光溢彩，一片灯红酒绿中，时尚男女聚在夜总会门口。人行道上，几个身穿海军制服的年轻人走过来，我借着夜总会门头上闪烁的霓虹灯，看到他们稚嫩的脸庞上，表情像中西部的农场一样纯真。

克雷格为我讲起他的故事。"二战"之后，他的父母一直住在西雅图附近的布雷默顿海军基地，克雷格在那里出生。后来，一家人搬回了艾奥瓦州，克雷格在艾奥瓦度过了自己的童年和少年时代。那是美国人最富有的年代，他们创造了经济腾飞的神话，却也是清教徒思想主导社会的时期。战后那些年，几乎整个美国社会都陷入保守的观念中。人们对财富的狂热追求到了病态的程度，生活僵化平庸，人性被物质压抑。看似繁花似锦，实际却干瘪空乏。

在这种社会背景下，年轻人愈辛劳工作，愈为维系生计忙得疲惫不堪，却愈得不到主流评价体系的认可。这时候，有人开始从主流中挣脱出来。他们对抗传统社会，去世界各地流浪，到不同的文化背景中寻求解脱。杰克·凯鲁亚克就是这群"反叛"年轻人的著名代表，那本记录他流浪生涯的小说《在路上》，依旧被一代又一代年轻人奉为经典。

主流社会越是要求"奋进"，这群年轻人就越标榜"潦倒"；主流社会越是追求"富有"，这群人就越乐享"清贫"。他们与主流形成顽固对抗，无论价值观还是生活方式，都与主体社会背道而驰，进而形成了独具特质的一个群体。人们还为这个群体起了个名字——垮掉的一代（Beat Generation）。

克雷格一边给我讲"垮掉的一代"，一边带着我穿过马路，来到夜总会对面的"垮掉博物馆"。在"垮掉的一代"活跃的1950年代，这个名叫"北滩"的社区，曾经是"垮掉"作家和诗人最活跃的地方。从墙上的一幅幅黑白照片中，我依旧能感受到当年激进活跃的热烈氛围。正是当年那一场场发人深省的沙龙、读书会，推动了整个社会的观念变革。为了与传统严苛的基督教桎梏形成对抗，"垮掉的一代"还引入了东方佛教思想。凯鲁亚克借着自己对禅宗一知半解的领悟，形成了一套自己的哲学体系。

"垮掉的一代"对佛教的热衷，引领美国人对东方文化投入了更多关注，一些"垮掉"成员甚至亲自前往遥远的东方，以真诚的姿态求取"真经"，在精神上孜孜不倦地追寻，引领越来越多的美国年轻人寻求解脱。原本单一枯燥的"中产阶级价值观"，也被一批又一批"垮掉"的年轻人，以不断的行走和思考，慢慢冲击瓦解。

我们来到路口对面一家名叫"城市之光"的书店。书籍类型从女性学研究到中东小说，从欧洲文学到LGBT现状分析，作为"垮掉的一代"的重要地标，这家书店见证了那批年轻人的抗争经历。

三

克雷格告诉我,他大学毕业后就加入了美国海军,与万千美国年轻人一同奔赴越南战场。1960 年代末的美国,贫富差距日益悬殊,失业率飙涨,由于深陷越战泥潭,军费开支不断上升。这种国家状态,引发了年轻人的强烈不满,他们提出反战的口号。像他们的前辈一样,这代年轻人也选择了"拒绝工作"。他们到处游荡,身着奇装异服,通过酗酒和纵欲寻求"自我放逐"。向当年的凯鲁亚克学习,他们也对佛教进行了"美国化"的改造。

人们将这批年轻人称为"嬉皮士"。1967 年夏天,成千上万名嬉皮士云集旧金山,推动了"爱之夏"运动。这里成了音乐的熔炉,精神药品与性解放的核心地带。我想起在横穿西部的列车"西南酋长"号上遇见的两位嬉皮士,我曾跟随他们体验位于西好莱坞地下室的摇滚派对,在那个烟味弥漫的午夜,迷幻的灯光中,一群奇装的人疯狂舞蹈。直到今天,"嬉皮"仍是一部分美国人还在坚持的生活方式。

克雷格从越南回到美国后,在加州南部的海军基地娶妻生子。1970 年代中期,他离了婚,独自搬来旧金山。那时刚好赶上嬉皮士文化大肆渗透时期,克雷格与新结交的朋友一同打开了自己的生活。

"你知道吗?我在 1982 年就已经有了一台个人电脑。"克雷格满脸得意地告诉我。"你别以为'嬉皮士'运动只是一群年轻的疯子搞怪，那场运动可是推动了个人电脑的诞生！"

1940 年代，计算机技术诞生以来，对这项技术的研究和运用一直集中在美国东北海岸的少数几个地方。那时，这项技术由大型企业和军队掌握，少数科学家把持着研究资源，等级森严，保守封闭。在当时，"计算机"几乎就是集权官僚机构控制工具的代名词。

70 年代早期，正当旧金山地区的嬉皮士们沉浸于反越战抗议示威、民权运动和致幻剂体验时，斯坦福大学周围的几家实验室里的科学家，在自由气氛的感召下，也开始探索可以由个人操作的计算机。他们受"反主流文化"的思想影响，渴望寻求属于独立个体的电子世界。

于是，人类历史上第一台个人电脑在旧金山南部诞生了。从此，计算机不再是官僚机构专有，转而成为走入千家万户的电器产品。

受嬉皮士文化影响，一位出生在旧金山的年轻人，对东方神秘主义哲学产生了浓厚兴趣。1974 年，他独自前往印度旅行长达数月。回到美国后，他在离家不远的禅宗中心静坐冥想。禅修期间，他与一位日本禅师结识。他们一同静修、冥想，年轻人深受来自东方的智慧感染，从此皈依，成为佛教徒。

这名年轻人保持了禅坐冥想的习惯，这对他的事业影响巨大。事实证明，那家由他创立的公司，已是商业史上的奇迹。他就是苹果公司的创始人史蒂夫·乔布斯。

"禅修磨炼了我的直觉和欣赏能力，教会我如何过滤掉任何分散精力或不必要的事情，在我身上培养出一种基于至简主义的审美观。"乔布斯如是说。在东方智慧的启迪下，他获得一种洞见本质的能力，多了份超常专注的耐心，并对产品提出"直指人心"的直观、简洁等要求。

乔布斯对产品的要求，也体现在他对苹果公司总部大楼的设计要求上。我曾在降落圣何塞的航班上，看到过苹果公司总部大楼，那是早在2011年就由乔布斯确定的建设方案。象征无限的巨大环形平面，极其简约的造型，内外通透的空间，无不践行着乔布斯受东方禅学启发的设计精神。这样的精神，在当今遍布全世界的苹果专卖店设计中，也得到了完美贯彻。无论是透亮的落地玻璃，还是极致简化的空间布局，都是设计师将东方禅学研究提炼后的结果。想要真正读懂苹果的设计，就需要先搞清楚，过去的半个多世纪里美国社会经历过什么。

克雷格十分得意，他眼中闪烁着加州人独有的自豪："感谢这片自由、进取、开放、包容的土地，我真是爱死了加州。"

以"硅谷"为代表的大旧金山地区，是全世界计算机技术的圣地，也是自由、多元文化思想的交汇点。有人把今天的旧金山与文艺复兴时期的佛罗伦萨做类比，认为这方天地虽偏处一隅，却深刻影响了人类历史的进程。

我打开手机，用叫车软件"优步"叫到一辆出租车。司机是个胖胖的黑人小伙子,车里响着蹦跳的嘻哈音乐。我坐上副驾,克雷格在后排为我讲解40年前沿途街道的样子。司机从后视镜看了一眼克雷格:"先生,您也就五十来岁吧?知道得可真多!"克雷格笑而不语,司机继续猜:"最多六十岁!"克雷格终于憋不住说了实话:"我七十了。""天哪,这真是看不出来!您如何保养得这么好?"司机感慨,克雷格的回答也很狡猾:"因为爱。"司机接话:"那您一定有位很棒的伴侣吧?"克雷格的调皮又开始作祟:"不,我从来花钱找乐。"这时,他瞟了一眼坐在副驾驶位置上的我,故作严肃:"喏,没看到你旁边那个亚洲小伙儿吗?"司机笑作一团。

我望向窗外,旧金山市政厅高高的穹顶被彩虹色的灯光照亮。穹顶的造型,让我想起梵蒂冈的圣彼得大教堂,那是出自米开朗琪罗之手的经典设计,之后在美国国会山、各处市政厅建筑上广被借用。有那么一瞬间,我望着彩虹灯映照下的旧金山市政厅,想象着作为天主教圣地的圣彼得大教堂被五颜六色的彩虹灯打亮的情景。如果这一幕能够发生,那一定将是道绝世奇景。

一项调查显示,在旧金山35岁以上的男性人口中,每五人中就有一位属于LGBT群体。因此,在这里聊到别人的恋爱或婚姻状态时,一定要做好对方伴侣不是异性的假设。

△图 145 旧金山市政厅外观

四

克雷格开车,把我送到海湾对岸的爱莫利维尔车站,我们拥抱道别。不见星星的夜晚,我踏上一列名为"海岸星光"的火车。经过整夜行驶,我醒来时看见俄勒冈州田野上的晨雾,像罩在大地上的一层薄纱。路过波特兰的城外时,我又望见圣海伦斯火山上的积雪。天黑时,火车开进了终点站——西雅图。

在火车站附近,我寻找着在"爱彼迎"上订好的住处。站满流浪汉的大街上,我找到一个门洞,按响门铃。我走进写满汉字的楼道。提着行李走上楼,一下子闯进了"开平同乡联谊会"。在一片哗啦哗啦的麻将声中,一位白胡子老先生用粤语告诉我,过夜的地方在楼道对面。我走过去,一抬头却望见"佛寺"字样。推门走进一个日式佛堂,当中还供着佛像,祭台前摆放着跪垫。

"请问今晚我睡在哪里?"我去问僧人模样的老先生,"晚一点我们会把床拿出来。"他用低沉的语气回答。我出门吃了晚饭,再回来时,几道日式屏风已在佛堂竖好。屏风之间摆放了几张折叠床,几个背包客已在床上熟睡。我去洗手间简单洗漱,到一张床上躺下来。旁边的室友起身,关掉了天花板上的灯。黑暗里,隔过屏风还能感受到佛像前跳动的烛火,窗口传来楼下流浪汉神志不清的骂声,大概是致幻剂的作用。

第二天一早,旁边的室友起身收床,僧人撤去了屏风。收拾利落后,佛堂重新恢复了庄严。

后来,我见到了这座寺院的住持,还有其他几位僧人,他们绝大多数都不是亚洲面孔。僧人们身着袈裟,面容安详,论神态与气色,有着超乎大多数美国人的沉静与平和。然而,无论瞳孔颜色还是面部轮廓,几位僧人却是完全西方式的。他们都不能被"东方人""西方人"这样的概念生硬定义,他们就是人类中的一分子,身在"西方"却以"东方"的思想探寻、体悟、觉察世界,早已无所谓具体的出生地、种族、国籍和语言。

人如此,建筑亦如是。

51 阿拉斯加

一

西雅图的阴天让人提不起精神,市中心的派克市场里却始终熙熙攘攘。艺人们欢快地拨动乐器,赢来阵阵掌声。中午,我坐在一家小吃店里,啃起一块夹着番茄和火腿的煎三明治。填饱肚子,我又拖上全部家当,来到长途汽车乘车点。

巴士开出西雅图,沿着高速公路一路向北,傍晚抵达温哥华。温哥华的街道早已秋意盎然,阳光穿过红彤彤的枫叶,洒在人行道上。我站在格兰维尔大桥上,眺望两侧的住宅区,俯瞰桥下码头里停满的游艇,还有色彩斑斓的格兰维尔岛。岛上由旧厂房改造的画廊、餐馆、店铺和市场,与怡然自得的人们一起,都在太阳底下懒洋洋。

二

我来到邮轮码头。我将从这里登上一艘名为"华伦丹"号的远洋轮船，接下来的半个月，我都将在船上生活，手机没有信号，我将彻底过上与世隔绝的日子。

傍晚时，汽笛鸣响，"华伦丹"号迎着夕阳，缓缓离岸。我站在甲板上，看温哥华的建筑群、背后的雪山，都渐渐远去。轮船平稳地航行整晚，我睡在温暖舒适的大床上，一觉醒来已经是第二天中午。按照既定航程，"华伦丹"号将沿美洲西海岸北上，穿过阿拉斯加的一系列群岛，进入北太平洋阿拉斯加湾，再继续向西抵达阿留申群岛。从阿留申群岛起，"华伦丹号"将马不停蹄地开往亚洲。这是一趟由"西方"前往"东方"的旅程。

晚餐时间，我准备乘电梯去餐厅。刚带上房门，就见走廊里一位亚洲面孔的老太太拄着拐杖迎面走来。她看着我，露出温暖的微笑，我也笑着点头。我到电梯门口按下按钮，她恰好走过来。我正在犹豫选择什么语言向她问候时，却被她抢先了："你好！"——标准的普通话。

电梯里，我们聊起彼此的旅行计划，只见老太太眼中闪起兴奋的光："快，我们一起吃晚饭，你这个朋友我要交！"出电梯时，一座座树木葱郁的小岛从船外漂过，低低的云雾缭绕在岛屿和树丛间，而海面与天空是大面积的留白。我们站在甲板上，一同望着眼前的景色。许久，她说："美得好像一幅中国画。"

我们到餐厅坐下，老太太请服务生送来一瓶红酒。她说英文的语气沉稳又亲和,不经意的举手投足,都透着出色的教养。她衣着简单:一件宽松的米黄色毛衣,搭配着长项链。花白的短发向脑后梳得整齐,白皙的皮肤上隐约几道皱纹,眼里还闪着睿智的光,嘴唇上一丝不苟,涂着深粉色的口红。"我明年就80岁了。"她得意地告诉我。

"你可以叫我罗妈妈。"她说。我望着面前这位精神矍铄的老人,她比我母亲年长20多岁,大概与我姥姥年纪相仿。罗妈妈讲起她的人生经历,从中国到美国,从民国到抗战,其中蕴含着无数个"东方"与"西方"交融的故事。

1939年罗妈妈出生在香港,自幼丧母。因此,在她的成长过程中,她的姑妈扮演了重要角色。"在上海生活的几年,我曾在姑妈家的客厅里见过不少文人雅士。"罗妈妈说起她经历过的文化沙龙,那时的她还是小女孩,静静守在姑妈身旁。她对当时女大学生的印象非常深刻:"她们总是穿着藏蓝色棉布旗袍,齐耳的短发上别着发卡。"

"我的父亲是一位'东方式'的武将,平时喜欢打太极,写毛笔字,读四书五经、《孙子兵法》;姑妈就不同了,五四运动对她的影响很大,所以她的思想是开放的、西式的。"罗妈妈说,她在姑妈家里看到很多西方画册,那是她最早接触的异国文化。"大家就着茶点,在姑妈的客厅里交流写作方法,也研究哲学思想。"罗妈妈不仅具备"东方"底蕴,也深受"西方"启迪。

三

第二天上午,"华伦丹"号停靠凯奇坎码头。这是一座背山面海的阿拉斯加小城,人口只有几千。我与罗妈妈一同冒着小雨下船,穿过湿乎乎的街道,穿梭在五颜六色的建筑物之间。我陪罗妈妈在城里找了家小咖啡馆,然后独自沿木栈道爬到山顶。午餐时间,我来到港口旁的餐厅,找了个窗边的位子,看雨雾中的渔港。就着一碗浓郁的蟹羹,我津津有味地嚼着三明治,香脆的玉米面包夹着鲜嫩的三文鱼。

午后,我跟罗妈妈一同回到船上。"华伦丹"号离开凯奇坎,顺着岛屿形成的天然水道,继续向北航行。这里的海面,平静得像一汪湖水。阳光从云隙倾泻下来,云层好像棉被,从山头低低掠过。傍晚,太阳从云层底下露头,万道金光洒向甲板,栏杆斜斜投下影子,像段拉长的五线谱。晚饭时间,我又与罗妈妈相约顶层餐厅。我好奇,她来到美国以后,又有着怎样的人生轨迹。

罗妈妈曾在伊利诺伊大学香槟分校生活学习了8年,从1970年开始,她来到加州大学尔湾分校,进入学校实验室,继续从事细胞生物学的科研和教学工作。

她讲起1980年代中国向美国派出第一批访问学者时她激动的心情:"终于有机会见到来自家乡的同胞们了!"自12岁离开,罗妈妈就与故土失联。当时,她特意查到访问学者乘坐的航班号,夫妇二人兴奋地到机场迎接。在学校安排住处之前,这些访问学者就住在罗妈妈的家里。"我给他们做中国菜吃,红烧牛腱、白菜粉丝,大家在异国吃到亲切的家乡口味,别提多开心了。"罗妈妈说得喜笑颜开,我仿佛看到她的房子里,温暖的灯下,漂泊的游子聚在一起其乐融融的气氛。"那真是我最快乐的一段时光,我们迎来送往,一批又一批。"她不仅在生活上为学者们提供便利,也帮助他们适应异国环境,建立起"东方"与"西方"沟通的桥梁。好多年后,那些曾经被她关怀、帮助过的人还经常拜访罗妈妈。

"我无非是延续了父亲对我的教导:谦卑、不骄不躁、不贪婪,还有对世界广博的爱心。简单的生活,简单的家庭,剔除那些你并不真正需要的东西,保持健康的生活起居、乐观的心态、充实且高贵的精神,人生自然是十分美好的。这是中国文化教会我的,在任何国家环境中都适用。"

此时的窗外,晚霞铺满天空,远山如黛,海面倒映一缕玫红,深蓝与淡紫的云朵仿佛升起的烈焰,随天际的亮光炽热燃烧,缓缓归于沉寂。

四

整整一晚,"华伦丹"号都航行在亚历山大群岛形成的海峡。醒来时,已经来到阿拉斯加的首府朱诺。港口里的水上飞机起起落落,划出几道笔直的白浪。罗妈妈在船上休息,我顺着栈桥走下码头。

在朱诺城郊，我找到一座东正教堂，小帽一般的金色穹顶上顶着十字架，透出一股浓浓的东欧风情。这座名为"圣尼古拉斯教堂"的东正教教堂建于1893年，是由前来淘金的塞尔维亚矿工社群建造的。

教堂背后的小路折进山谷，山上烟云笼罩，清澈的山泉水汇成瀑布，顺着陡峭的崖壁倾泻而下，垂向透蓝的深潭。茂密的植被层层叠叠，在云雾间若隐若现。我想起电影《荒野生存》中，男主角正是在这样的野外过上隐居生活。我沿公路走向山谷深处，鸟鸣溪水清幽之中，仿佛远离了人类社会。然而一辆皮卡由远而近，司机停在我跟前，驾驶座旁竖着一杆猎枪。他问："你找到熊了吗？"我一下子不敢继续向前了，赶紧一路小跑回到城里。

汽笛声响，"华伦丹"号离开亚历山大群岛，向西驶入阿拉斯加湾。从这里开始，我们将过上好多天只有大海、不见陆地的日子。轮船将跨过世界上最宽广的大洋，抵达亚洲的东端。

52 海上明月

　　罗妈妈早早吃过晚饭，回舱房休息了。我来到位于船尾的正餐厅，服务生带我到一张大圆桌前，拉开椅子。同坐一桌的陌生人开始自我介绍，大家分别来自澳大利亚、美国、英国和日本。旁边餐桌的老人正在庆祝生日，我突然想起，自己的生日不就在明天嘛！"太巧了，我的生日就在明天！"我兴奋地向全桌人宣布。大家也来了精神："明天想跟我们一起过吗？""明天傍晚5:45，咱们餐厅门口碰面！"坐在对面的一位澳大利亚老太太声音洪亮地说。

　　清晨我被剧烈的晃动惊醒，窗外阴沉的海面上巨浪滔天，层层白浪扑向玻璃窗，未及水沫滑落，又一个大浪猛地击来，几乎将舱房淹没。一阵强烈的眩晕感席卷大脑，难以抑制的呕吐感让人无法直立。每当我试着站起，都被这剧烈的不适感拉回床上。船舱在与巨浪的搏击中发出吱吱呀呀的声响，我仿佛听到轮船钢铁骨架被撕裂的声音。我无助地蜷缩在床上，昏沉地睡去，挣扎着醒来，又睡去……这是个前所未有的糟糕生日。

不觉间，时钟已经指向下午五点半，我想起一天前与新朋友们的约定，赶紧挣扎着穿好衣服，一路小跑到餐厅门口。赶到时，大家已经身着正装等候，每位新朋友都为我认真地准备了小心意，他们还把礼物统一装进了船上发放的——呕吐袋里，有人还在呕吐袋上画了精美的图案。

接下来的两天，我像得了大病一般，卧床不起，茶饭不思，仅靠服务生送来的咸饼干和青苹果度日。大海好像十恶不赦的魔鬼，我在反复的痛苦折磨中，苦苦盼望陆地的出现。待海浪稍稍平息，我与罗妈妈相约到正餐厅用餐。被水花拍得凌乱的窗外，暗沉的天色中，一轮圆月从汹涌的海浪中升起。我打开手机日历，兴奋地告诉罗妈妈："今天是中秋节！"罗妈妈望向窗外的明月，用粤语背诵《静夜思》，那是她儿时熟知的唐诗。罗妈妈还用英文为同桌的外国人翻译诗句大意，大家一同为我们鼓掌。

巨浪滔天的太平洋上，"华伦丹"号孤独前行，像一个无助的游魂，迷失方向。她随着起伏汹涌的海浪摇摆不定，行程艰难却又极力高贵：晚餐宴会厅里的人们身着盛装，在来回摇晃的餐桌前坐定，互致问候，举起红酒杯；服务生手举托盘，穿梭在餐桌之间，勉强走得平稳……

52 海上明月

对于大海来说，无论我们来自哪里，都是一群异乡游子。而我，在归乡途中，忽地被那轮中秋圆月照耀，便像得了祝福一般，哪管它是美洲的月还是亚洲的月，都好似望见了亲人，遥遥指引着归家的路。无论噩梦与风浪，都将在海尽头的那块土地上终止。

我回到房间，关掉了所有的灯，深夜里唯有雪白的月光照进舷窗，洒向一床被褥。我举头，望见窗外的狂风巨浪之中，明月高悬。

"华伦丹"号满载一船西人，浩浩荡荡地驶向亚洲。作为船上少有的中国人，我在一定程度上象征了他们向往的旅行目的地。大家纷纷向我询问在"东方"旅行时的注意事项，他们费力地跟我学习"你好""谢谢"。

与其他远洋邮轮一样，"华伦丹"号也用丰富多彩的活动来充实乘客们的海上时光。清晨，一位华人长者向乘客们展示太极拳，并带领大家练习。看一群西方人，跟随台上这位仙风道骨的东方老人缓缓伸出手臂，勾手，踮步。在一艘从西方开向东方的船上，这一幕显得格外意味深长。

早餐时间，我见一位日本女乘客身着和服，平静地对着一盏茶，端坐餐厅窗边。我扫了眼大屏幕上的地图，"华伦丹"号正以30公里的时速破浪前行，船头正西不到1000公里的地方，日本北海道的陆地正呼之欲出。

有一瞬间，我也想同这位日本女士一样，也在衣着上体现一些东方文化，却无法想象自己穿上中式对襟开衫、唐装或是汉服的样子。然而，当我回想起小时候，姥姥亲手缝制的棉袄上那排圆溜溜的布盘扣，才恍然大悟：那不是再平常不过的生活细节么！在我们的祖先和长辈那里传承了上千年，怎么到了我们这里，却偏偏不见了？

回想成年以后，我们早已习惯西式衬衣上的塑料扣子。而老一辈的家常手艺，早已因为效率低下、无法适应商业社会的大规模工业生产而被淘汰。到后来，那些本来就属于我们的日常细节，最终实用功能弱化，更多地成为装饰。这种丧失，在建筑文化方面也有极其明显的体现。

起源于"西方"的钢筋混凝土建筑技术，在每一座东亚城市高唱主角。无论是诞生自美国芝加哥的摩天大楼，还是苏联人发明的"赫鲁晓夫楼"，每一位东方人的生活起居，都经历了从"传统"到"现代"的突变。

最开始，我们以摆脱传统民居、住进钢筋水泥建造的高楼为荣。到后来，大家开始对这些楼房朴素的外观产生不满，为了追求情趣，地产商在高楼外观上增添一些带有传统形象的装饰，还有各种古希腊罗马的柱式、拱券和穹顶。

之后，有人意识到这样的做法将导致本土传统文化丧失，便开始想办法弥补。建筑师在大楼的顶上增加东方式的大屋檐，在钢筋混凝土外扣上琉璃瓦，模仿东方传统建筑中屋顶的气势。

很多人以为，用这样简单的方式就能实现传统建筑文化的传承。却不料，结果适得其反：东方建筑技术真正的思想精髓，并不在于外观，而是在于严密的建造逻辑。正是由于其自身受力体系的完整性，才形成了建筑的最终形态。

  夜深了，太平洋终于风平浪静，窗外依旧是明亮的月。月光下那片遥远的土地，是我日夜思念的故乡。

53 京都重逢

　　天刚蒙蒙亮，我撩开窗帘，就看到海上浮出起伏的陆地。一只海鸟贴着水面飞过，这是连日海上航行以来，头一次见到人之外的活物。半小时之后，"华伦丹"号鸣响汽笛，缓缓靠向钏路港码头。码头背后的日本小城，房屋低矮，小巧的私家汽车缓慢行驶在空空的街道上。

　　我扶着罗妈妈走下栈桥，踏上日本的土地。我们在冷清的钏路城里寻到一家拉面馆，面容和蔼的老两口在食台中间忙碌，食客们紧紧围坐。旁边身穿制服的工人一手用筷子挑起面条，一手捧着纸页泛黄的漫画书，目不转睛地扫过黑白的纸页，也不忘将面条塞进口中。老板娘把热气腾腾的拉面端到我们面前，浓郁的骨汤和热乎乎的面条下肚，把门外的凄寒一并驱散。

　　傍晚时，码头上几位当地人支起音箱，对着"华伦丹"号演奏欢送音乐，起航的汽笛低沉鸣响，钏路城缓缓远去，消失在茫茫夜色中。"华伦丹"号的航向，从北海道起向南偏折，顺着本州岛东岸南下。轮船将在几个钟头后开进东京湾，抵达我下船的码头——横滨。

第二天一早，我与罗妈妈道别，拖着行李走下栈桥。清晨的细雨中，"华伦丹"号庞大的钢铁身躯耸立岸边，一排排舷窗里透出暖黄的光，码头工人忙碌着装卸货物、补给物资，叉车前后穿梭，货车来回奔忙。码头另一侧停泊着一艘体态修长的"冰川"号，它曾频繁地往返日本与北美之间。而作为重要的停泊港口，横滨正是外来文化输入日本的重要门户。

我淋着雨，走在横滨的街道上，迎面飘来桂花的香。街上随处可见的"西洋式"建筑形态——源自地中海沿岸的三角形山花、经典的古罗马柱式、优美的拱券还有圆鼓鼓的穹顶，总让我想起曾在欧洲和美国见到的那些建筑物。作为门户港口，横滨独特的历史发展进程，决定了这里建筑的面貌。

早高峰时，人行道上到处都是身穿黑色西装的上班族。他们撑着透明雨伞，低着头从我身旁匆匆走过。海风吹卷起他们的领带，雨点打碎在公文包上。从着装风格和生活方式上来看，他们很"西方"。

为了找寻日本古典建筑，我决定乘坐新干线火车，前往历史底蕴深厚的近畿地区。以著名古都奈良和京都为代表，近畿地区汇集了日本古代各个主要历史时期的建筑成就，前后绵延2000多年的悠久历史，使这里成为日本古建筑分布最密集的地区。

黄昏的小雨中，新干线列车飞速行进，目之所及，除了山区，几乎所有的平地都被用来开垦或建设。与纵横宽广的大陆比起来，岛国资源紧凑的特征十分明显。

火车准时抵达京都站，出站时已是黑夜。我走进京都的窄巷，两旁的房屋低矮错落，雨滴打在瓦片和青石上，却浸染出木材的清香。在秋虫窸窸窣窣的叫声中，我借着灯笼透出的熹微黄光，找到那栋保存完好的老屋。老屋的主人是位中年男子，他将这座由祖上传下的房子打整利落，专门接待来自世界各地的背包客。

我脱了鞋，在靠近门口的一张矮桌前盘腿坐下。房主在头顶昏暗的灯下摊开地图："整个京都有上千座古老的佛教寺院，集中在这些地区。"他拿起笔，在地图上一一圈出。我问他日本更老的寺院在哪里。"要去奈良，那是比京都更早的古都。奈良见证了日本向中国学习的黄金时代。"

翻开日本古代建筑史，几乎就是一部学习中国先进建造技术的历史。由于地处海岛，日本自然环境相对单一，文化也相对封闭。在很长一段时期里，日本的生产力都处于较低下的水平，但日本人保持着吸收、借鉴外来文化的好奇心。由于地理位置远离大陆，早期日本只能通过朝鲜半岛和移民来学习中华技术和文化。

公元 7 世纪，遣隋使、遣唐使的出现，开启了日本直接向中国学习的序幕。从那时起，中日之间频繁且广泛的交流，不仅推动了日本文化、宗教的发展，也为建筑技术带来了突飞猛进的跨越。一批又一批前往中国的遣唐使和留学生，给日本带回了先进的知识和技术。就连城市建设，日本也参照唐朝首都长安的城市格局，建造平城京（即奈良）。公元753年，来自唐朝的鉴真和尚东渡日本，他以中国的建造方式，在奈良主持建造了一座宏伟的寺院——唐招提寺。它抵御了一千多年的风雨，至今完好地保存。

我突然想起旅程开始时，在喀什结识的两位日本朋友：森田雅也与和田奈津美。我们曾一同搭车穿越中亚边境，在通过吉尔吉斯海关之后，各自坐上开往不同方向的汽车，从此分别，失去音信，隐约记得和田曾说他们住在京都附近。我试着给森田发了一条消息。很快地，森田回复："我们也在京都！"我一下子心潮澎湃："快！告诉我地址，我去找你们！"

▽图146 唐招提寺金堂立面图

我们约定在京都市中心锦市场附近的一间咖啡馆。远远地看到我，站在门口的森田激动地挥手，走进咖啡馆，和田一眼看到我，马上从座位上跳起来："天哪！真没想到又在京都见到你！"

我们谈起自吉尔吉斯分别后的旅程，在我穿过中亚去往欧洲又横渡大洋的那些日子里，森田与和田一同横穿了阿塞拜疆、格鲁吉亚、亚美尼亚、土耳其，他们后来去了非洲的埃塞俄比亚、肯尼亚和坦桑尼亚。他们刚刚结束了漫长的陆地旅行，一个星期前才回到日本。这么多天，我们各自行走了不同的轨迹，在绕过大半个地球之后，又在京都喜悦重逢。

我讲到在伦敦与卡梅隆和阿黛尔重逢，和田立刻兴奋起来："我们买好了下周飞伦敦的机票，正要去见这两口子！"想来奇妙，在旅行出发时的短暂相遇，却成就了我们五人的跨国友谊。在环球旅途的不同时间、不同城市，来自三个国家的五个人，一次又一次重逢，我们分享全新的体验，见证彼此的成长。

"我们开车带你去兜风吧！"森田提议。于是，森田手握方向盘，和田坐副驾，我在后排，三个人晃晃悠悠地离开了京都城区，开进了东面的比睿山里。我们沿着盘山公路上坡，两旁尽是茂密的森林，绿油油的苔藓和蕨类爬满路基。正值深秋时节，枝头的叶子泛红，层林尽染。

我们在山顶一座寺院门口停下来，沿曲折的步道来到古树底下。前来参拜的日本人络绎不绝，却不见外国游客的身影，我忍不住问森田:"对日本人来说,这座寺院应该很特别吧?"森田笑而不语。我将寺院的名字输入搜索框,被一下子跳出来的"日本佛教之母山"震惊了。

奈良时代末期,一位名叫最澄的僧人来到比睿山中,在这片森林里建立起一座寺院。在山中的日子,最澄研读了《维摩经书》等来自中国天台宗的经籍,并深受感召。最澄在这里萌发了亲自前往唐朝求法的愿望。公元804年,经日本官方批准,他带领弟子登船,作为遣唐使前往中国。抵达后,最澄拜访了天台山,抄写了大量天台宗典籍。带着厚厚的经卷,还有王羲之等名家的碑帖拓本,最澄回到日本,在比睿山这座由他开辟的山寺中,正式创立了日本佛教天台宗。这座由最澄建起的寺院,后来名为"延历寺"。

趁时候还早,森田与和田决定再带我去一个地方。我们离开了比叡山,沿着公路开了至少一个钟头,来到京都南郊的一座安静的小城。

我们走进一座精致的园林,石子步道在进入大门后微微向右偏转,绕过一片茂密的树丛,我看到一片开阔的水面,层层错落的亭台矗立水上,层层屋顶优雅铺展,朱红的柱子、栏杆、梁架和椽子,青灰的筒瓦屋顶,比例协调,节奏洒脱。一阵风吹来,水上漾起波光,拨动如梦如幻的倒影。森田示意我继续沿着岸边走。没走几步,水上亭台的全貌就更多地舒展出来:一座歇山式屋顶的正殿,以工整的回廊连接起两侧的翼楼。突

△图 147 平等院凤凰堂外观

然,我望见立于正殿屋脊两端那两只金色的凤凰,一下子恍然大悟——眼前这座立于水上的建筑,不正是赫赫有名的平等院凤凰堂么!原来,森田与和田不辞辛苦带我前来,是要为我展现日本建筑史上的巅峰之作。

公元 794 年,日本天皇将首都迁至平安京(今天的京都),开启了日本历史上的平安时代。1052 年,公卿藤原赖通将自家别墅改为寺院,取名为"平等院",第二年,凤凰堂落成。藤原赖通竭尽财力物力来建造凤凰堂,渴望以建筑体现人们对极乐世界的想象。为了与佛教典籍中记载的极乐净土相吻合,藤原特意使凤凰堂坐西朝东,以宽阔的水面与东侧隔开。我们

站在水边,傍晚的阳光从西面照过来,勾勒出凤凰堂那优雅洗练的轮廓,面前这一道水,却仿佛一层屏障,分开现世与极乐净土。

从建筑形制上来看,凤凰堂是缩小版的长安大明宫含元殿,也传承了敦煌壁画中所描绘的极乐净土——这样的建筑造型,在第15窟、第158窟和第361窟中均有体现。因此,可以明确地说,凤凰堂在平面布局和建筑形态上,都是对中国唐代建筑的沿袭。

森田从兜里掏出一枚古铜色的十元硬币,他指着硬币背面的建筑图案:"看,日元硬币上也是凤凰堂。"在1893年的芝加

△图 148 京都古建筑细部特写

哥世博会上，日本人依照平等院凤凰堂建造了日本馆。正是这座独具东方特色的建筑物，启发造就了美国著名建筑大师弗兰克·劳埃德·赖特的建筑创作及理论，也为格林兄弟的成就奠定了基础。

天色渐晚，深秋的丝丝寒意袭来，森田、和田带我来到平等院外的一间茶室。我们对着窗外的一方庭园就座，望着立于墙前的几根细竹和生于石板间隙的苔藓与绿蕨，捧起一碗清香温暖的抹茶，小口品尝细腻的茶点。瓷盘粗粝却带光泽，竹签劈尖却洁滑无丝，一切都恰到好处。香甜的茶点在口中化开，昏黄的灯笼亮起，青苔微湿，格栅细密，秋虫轻鸣。大地风物滋养口腹五感，恰似凤凰堂那千年不衰的气韵。

离开很久之后，我才得知我们那天饮茶的小城，有个因茶闻名的名字——宇治。

54 寻梦东京

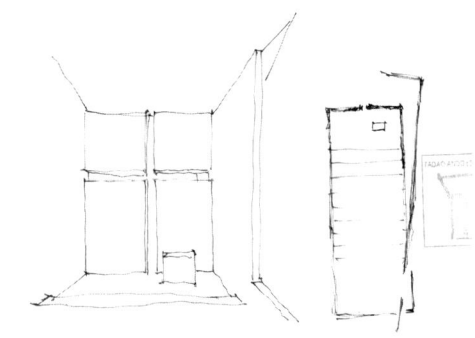

　　为了探索当代日本建筑师如何传承东方古建筑精髓，我坐上开往东京的新干线列车。一大清早，火车开进关东平原，几片田野与村舍一闪而过，一过多摩川，东京的楼房便密密麻麻挤满窗外。

　　与世界上任何一座大城市一样，蔓延全世界的现代化风潮席卷东京，再加上东京本身的历史不长，而且"二战"期间的"东京大轰炸"使许多地区被夷为平地，所以当我坐在列车上穿城而过时，几乎找不到日式古韵。摩登的钢筋混凝土与玻璃幕墙，是这座都市的主旋律，高大巍峨的尺度与互不相让的楼间距，见证了资本扩张的进程。

　　列车抵达"东海道新干线"的终点东京站。我站在人潮汹涌的站台上，看各色列车频繁进出。每个东京人，都仿佛奔跑在流水线上的零件，如同编定了程序一般，分工明确。他们面无表情，急促地行走或奔跑，与他人毫无冲突，以一种似乎经过提前商定的速度与默契，按照各自既定的方向，自如交叉前进，繁忙却秩序井然。这大概是西方式的经济制度碰撞东方式的国民文化之后呈现出的独特效果吧。

我在最西侧的站台旁，找到了东京站早期的站房，红砖与白色条石的组合砌筑，配上顶着欧式山花的白色长条窗，十足的西洋式。这座站房始建于1908年，代表了明治维新之后日本社会的主流审美取向。

从1860年代起，明治政府深刻意识到与西方工业文明的差距，决定全方位引进西方的先进文明，于是，在各方面都展开追赶。明治政府颁布新规：所有的政府部门的建筑必须以石结构或砖结构建造，外观上须体现正统西洋建筑的风格。这一规定的出台，让千百年来都以木料建房的日本建筑工匠傻了眼，他们熟练掌握的榫卯技术、斗拱技术、木梁架技术等统统丧失了用武之地。政府需要的，是西方那种依靠砖石、拱券以及穹顶来构筑的建筑物。鉴于国内工匠没有西洋建筑建造经验，明治政府不得不从欧美请来了西方建筑师，指导传授西式建造技术。

1877年，明治政府聘请英国建筑师乔赛亚·康德来到日本。康德在建筑设计之余，还在工部大学校（今东京大学工学部前身）担任教职。从此，由康德带来的西式建筑学教育模式在日本落地生根。长达45年的明治时代，正是工部大学校的学生们拼命学习、吸收西洋建筑艺术与技术的时代。这个时期造就了第一批日本近现代意义上的建筑师，东京站站房的设计师辰野金吾就是其中的卓越代表。作为日本西洋建筑的先驱，辰野金吾曾留学英国。除了东京站，辰野金吾还曾参照比利时国家银行设计了日本银行总部、京都国立博物馆等。

一批又一批乘客离开后，我终于成功挤进了"山手线"的车厢。在上野，我看到了东京国立博物馆那风格复古的大屋顶。与东京站西式的面貌不同，东京国立博物馆则是将日本传统建筑的屋檐、斗拱等古典元素生生扣在一座现代建筑上，还以混凝土和石料来模仿古典造型，全然不顾古典形式之下的受力逻辑。

20世纪初，以钢铁、混凝土、玻璃等为主要材料的现代"国际主义风格"开始在全世界广泛流行。随着资讯与交通的日益便捷，世界各地的联系日趋紧密，国际主义风格以不带任何地域特征的面貌席卷全球，这是经济且时髦的。日本也不例外，人们热衷追逐摩登。

从1930年代起，一部分日本人意识到全盘西化会导致民族个性丧失，开始从建筑风格上找回民族性，于是，日本建筑中的大屋顶、唐破风等元素被强加在钢筋混凝土建造的现代建筑上，从外观上令这些建筑显得"日本"一些。实际上，东方传统建筑的精髓，不在于其外观形式，而蕴藏在强大的建造逻辑中。当人们费尽心思，在现代建筑外观上继承传统时，这种做法就连传统的皮毛也算不上，反而是对传统的曲解。

就在日本建筑师在建筑造型上进行"盖大帽"的复古尝试时，少数建筑师提出了质疑，其中颇具代表性的是岸田日出刀。岸田不仅是东京大学设计教育专业的学者,也从事一线的建筑设计工作,同时也是建筑评论家。他积极推动现代主义建筑在日本的普及,反对"盖大帽"式做法,为公众的建筑启蒙做出了巨大贡献。

岸田认为,现代建筑追求的明快简单,本来就是东方建筑传统的属性,二者在理念上并不冲突;在建造思想上,东方传统建筑与现代建筑甚至是完全一致的。因此,岸田试图在精神层面上寻找现代主义与东方特质的融合。岸田的建筑思想,对他的学生产生了深远影响,丹下健三就是其中之一。在位于高松的香川县厅舍设计中,丹下就以层层阳台板下突出的方头小梁,来诠释日本古建筑中檐下的椽子形态。

我沿着铁道旁的小路,来到涩谷北面一个名叫"代代木"的地区。为迎接1964年东京奥运会,由丹下设计的国立代代木竞技场就建在这里。

我朝高地上的围墙里望去,一道优美的弧形屋顶轮廓线飘在空中。待路面升高,我逐渐看到这座建筑的全貌:优美的弧形金属屋面被一条屋脊般的悬索吊起,向南北两侧鼓出半圆形室内空间,"屋脊"的两头被通向地面的拉索固定,形成檐下三角形的门。没有任何对日本传统建筑的模仿与照搬,整座建筑物完全由现代材料与技术完成,力量感十足的外观,直接体现着屋顶的受力逻辑。这种完全"现代"的做法,却使建筑看上去十分"日本"。飘逸的屋面结构,让我想起曾在京都见过的神社,却又有着与神社建筑完全不同的形态。眼前这座庞大的

△图149 东京国立代代木竞技场外观

建筑物超越了过去对民族元素来回复制拼贴的做法,虽是完全国际式的,却在气质上彻底回归日本。

这座为1964年东京奥运会所建造的体育馆,成了日本建筑史上独具里程碑意义的作品。建筑师丹下健三以国际先进的建造技术,实现了对日本传统建筑神韵的传承,许多人在看到这座竞技场时,一下子便想到唐招提寺的金堂。

从涩谷搭乘"山手线",不出几站就来到文京区附近。我在一片住宅区中间,找到丹下健三的另一件代表作——1964年建成的圣母玛利亚主教座堂。这座教堂原本是一座哥特式建筑,老教堂在"二战"期间被大火烧毁。重建时,丹下没有直

△图 150 圣母玛利亚主教座堂外观

接照搬西方古典风格,而是以全新现代的几何形体与建筑语言,重塑了一座圣殿。

教堂的外观令人耳目一新:弧面渐变转折的陡峭结构,既作为墙面,同时也形成了屋顶。从门口的天桥上看,整个教堂就像一只振翅飞向天空的大鸟。推门走进这个震撼的空间:厚重的混凝土墙壁从四面拔地而起,仿佛原始的洞穴;粗野的混凝土结构在空中交织,形成一道光明的十字架,贯穿整个建筑;阳光穿过十字形的窗格透射进来,庄严又神秘。我在祈祷席坐下,管风琴奏出的音乐在四周回荡,思绪也随光线升腾起来。

丹下的设计不仅冲破了古典主义建筑的枷锁,还以全新大胆的尝试,引领人们改变对特定建筑类型的固有认知,开启了日本建筑的全新时代。

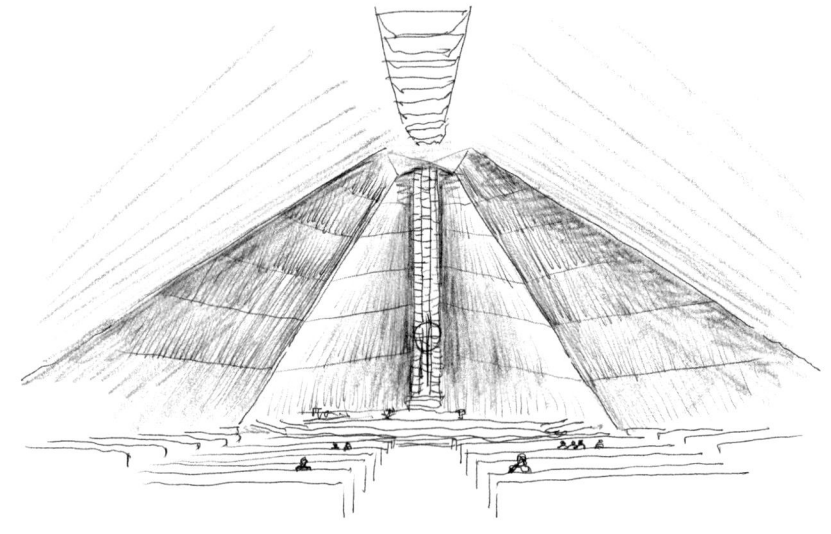

△图151 圣母玛利亚主教座堂内景

继丹下健三之后,半个多世纪以来,优秀的日本建筑师层出不穷,他们在国际舞台上崭露头角,以独特的作品深刻地演绎了日本特色的现代建筑思想。在这些建筑师的作品中,无论以清水混凝土来体现纯粹感,还是以纤细的结构来呈现力学之美,那种以"大屋顶"进行局部仿古的做法都不再出现。但凡受这方土地滋养的建筑师,传统文化早已成为他们身体的一部分,在设计创作时,文化自然流露,无须靠形式凸显。

我来到位于六本木附近的日本国立新美术馆,刚好赶上日本建筑大师安藤忠雄的个人作品展。一进展厅,就看到墙面正中一幅巨大的世界地图,从日本经西伯利亚到欧洲,再由地中海绕非洲到印度、东南亚……这张地图展现了安藤早年背包环游世界的路线。在旅途中,安藤亲身造访各地的建筑和街道,以实地体验的方式感知与思考,并由此踏上了自学建筑的道路。

展柜中陈列着安藤早年在旅途中所绘的手稿,伊斯坦布尔、雅典、罗马等地,都留下了他的足迹和笔触。

展览上有一件复制还原的展品——光之教堂,供参观者进入体验。我坐在祈祷席上正视前方,亮光透过切开整面墙壁的十字形缝隙,在混沌中形成一个静谧神圣的符号。那无声的原始力量,贯通了人与天地自然,纯粹而有力。刹那间,我脑海中浮现起那个在罗马万神庙中仰头的下午:阳光穿过穹顶中央的圆洞,在殿堂里四处游移。

朋友开车,把我拉到箱根。黄昏的温泉池旁,房里透出暖黄的灯光,草丛的石灯烛火晃动,淡淡晕染出祥和的夜。池水的温度透进身体,我很快就一头大汗,内外通畅。脑中闪现这几日在日本的所见,与眼前的瓦顶、青石、细竹在黄昏泛起的蓝调、圆窗、檐廊、石灯里透出的暖光重合,令我如微醺般兴奋。

每当我在作品里营造这样的空间和意境时,都在一次次尝试捕捉在各地旅行时获得的感动,而亲手置石、种树、点灯的过程,就好像一次次又返回旅行的时空里。

所以设计的过程之于我,是一种比旅行更愉悦的体验,因为可以将那一时的激情与感动继续延展,用创造的方式呈现出来,进而,把这样的愉悦和感动传递给更多人。

那些曾经往来于不同地区的建筑师和工匠,大概也是这样把在异域受到的感染和熏陶带回故土,才在世界各地、古今东西的建筑之间,埋下了一条紧密联系的脉络。

55 沪上繁花

在大阪港国际客运码头上，货运卡车忙碌穿梭，深红色的集装箱上写着"中日轮渡"几个字，头戴白色安全帽的码头工人身着蓝色工作服，忙碌地指挥着集装箱装卸。我在候船厅办理出境手续，准备踏上又一段航海之旅。

一千多年前，发往中国的遣唐使船也是从这里出发，来自中国的典籍、制度、文化、技术，也随一艘艘扬帆归来的遣唐使船抵达日本。今天，我将在大阪港口，登上一艘名为"新鉴真"的轮船，经过两天两夜的航行，抵达长江入海口。

我领到一把钥匙，打开舱房的门。不同于远洋邮轮那种豪华酒店般的舱房布置，"新鉴真"号的舱房看起来更像是船员住宿的地方：小小的房间里，两排简易的上下铺，窄窄的皮椅嵌在靠窗的墙上，圆形的茶几底座被几颗螺钉紧紧拧在地板上，舱壁上一块小小的方形玻璃窗刚够采光。

"新鉴真"号一直在码头守到天黑。岸边的灯光在水面上晃动,好像碎裂的金箔。码头工人卸下缆绳,"新鉴真"号缓缓起锚,昂首向西行进,岸上的城市灯火消失在身后。深夜,整艘船安静下来,航行在濑户内海的夜色里,窗外总有黑黢黢的小岛掠过。我到卫生间洗漱,回床上睡下。

第二天一早,"新鉴真"号已经来到濑户内海的西端,福冈县和山口县之间的关门海峡。离开日本之后,视野中便只剩下茫茫无尽的大海。这一次,海尽头的那片土地,终于不再是异乡。

第三天上午,窗外的海水由原本的湛蓝泛起了浑浊的泥沙黄,与轮船并行的方向上,突然冒出无数艘大大小小的轮船,一片千帆竞渡、百舸争流的景象。船舱广播提示,我们已经来到长江口。我望见海尽头依稀出现的陆地,那里有一排排正在旋转的风车。江面上的水汽渐渐消散,露出岸上高耸的摩天大楼——上海中心、环球金融中心、金茂大厦,那是我在200多天的旅途中未曾见过的建筑高度。这种起源于美国芝加哥的建筑类型,不仅在亚洲都市迎来蓬勃的建设高潮,还攀上了人类有史以来建造的高度巅峰。

"新鉴真"号驶进长江入海口,在一座灯塔旁折入吴淞口。我站在船头,看江边的厂房、住宅小区、绿地公园由远及近,仿佛触手可及。在下午的阳光里,黄浦江两岸的码头上起重机一片忙碌;与江面并行的逸仙高架路上车流奔忙,一辆救护车响着焦急的警笛穿过车海;贴着江边的绿地有人慢跑,深红的跑道在草坪上蜿蜒;肥硕的金毛犬纵深一跃,一口接住主人丢出的深蓝色飞盘；依水而建的住宅楼一栋挨一栋，孤独的老人从窗口探出脑袋……

高楼伴随着江面的收窄而愈发密集，我在船上看到的细节也愈发丰富，甚至看得清办公楼上的会议室里，一群人激烈地讨论，有人端着杯子推门而出；身穿黑西装的男人在楼下的平台上抽烟，挂在脖子上的工牌反射着阳光……"新鉴真"号像突然从外海切进中国的透镜，折射出一幅生动的都市生活长卷。在这个无比寻常的周四下午，我靠着船舷，静静观察岸上的每一个人，他们可能是我的同学、同事、朋友、亲戚，他们在这座城市里努力生活。然而此刻，他们都成了我环球旅途中的风景。生活与旅行之间是否存在边界？如果有，那边界是什么？在哪里？

"新鉴真"号从杨浦大桥下开过，红色的桥身像守候归航者的大门。随着江面微微转弯，我深入城市的视线也愈加开阔。两岸的楼房，好像舞台上站满的大小名角儿，一个个争先恐后地露出头来。"新鉴真"号慢慢减速，靠向北外滩。这时，海关大楼的钟楼飘来《东方红》的报时旋律——经过两百多个日夜的长途行走，我终于由北京抵达了上海。

我在位于北外滩的国际邮轮码头下船，一走出海关，就掉进繁华鲜活的都市百态中。我路过灯火通明的写字楼大堂，衣着亮丽的人们从旋转门涌出，他们从脖子上摘下工牌，却全然没有结束工作的轻松感，仍旧在接打电话。我拖着行李箱，从涌向地铁站的人群中穿过，仰望头顶的玻璃幕墙，办公室灯光从每个楼层透射出来，组成这座城市壮观的夜景。

我拖着行李箱走过外白渡桥，看外滩的游客对着江景举起相机。我的视线快速扫过那排建于100多年前的高大建筑，突然停在汇丰银行大楼顶上那醒目的穹顶。穹顶正前方，还有座类似希腊古典神庙的三角形门头，正门是三个连续拱券。我将眼前建筑上的每一处细节都与旅行曾到过的地方对应起来：起源于小亚细亚的爱奥尼式柱子，源自西亚的穹顶和拱券，诞生于希腊半岛的科林斯式柱子，还有由希腊传承而来的三角形山花……在各国风格集聚的外滩建筑群，我找到了这趟旅行途中不断发现的那些建筑元素与细节。

南京路上，一位老人用萨克斯深情地吹奏一曲《夜来香》。老人头戴鸭舌帽，身穿黑色西装，脚上一双擦得发亮的棕色皮鞋。夜色之中，复古的旋律伴随周围闪烁的霓虹灯，让人想起这座城市的过往。

从1843年开埠起，上海便作为面向外来文化的门户，成为中国人遥望世界的一扇窗口。海路的通畅便捷，令本土文化还没来得及反应，就直接与外来文化猛烈相撞，还未来得及咀嚼，就不得不硬生生吞下。在被迫接受以后才慢慢反应过来，将外来事物换一种形式呈现出来，或者在外来的基础上再添上一些本土文化的内容。在上海，无论是语言、饮食还是建筑，都体现了这一点。沪语中不少词汇都来自英文，而上海人更是在传统西餐基础上发展出"沪式西餐"。在建筑方面更加明显，上海最具代表性的民居——石库门，就是东西方居住文化碰撞的体现。

当全然不同的文化相撞，创造力的火花便四溅开来。我想起旅途中走过那些类似的地方，在大同、固原、撒马尔罕、伊斯坦布尔、威尼斯乃至横滨，都曾有过类似的发现和体会。上海，这座100多年来不断从全世界吸收养分的东西方汇聚之城，更是不同文化交织衍生的沃土。她枝繁叶茂，蓬勃生长。

我赶在傍晚前，到了紧邻上海的苏州。火车站门口，我坐上一辆开往老城区的出租车。收音机里传出苏州方言的歌曲，听着悠远曲调中的吴侬软语，我望见窗外姑苏城里粉墙黛瓦的民居，还有拄着拐杖的老人，正慢慢从巷弄里走来……

56 重识北京

当地球围着太阳就要转完整整一圈的时候,我也好像一颗卫星,沿着地球表面的陆地和海洋,缓慢行走了一整圈。从不同地带的陌生文化中穿过,又回到熟悉的语境中。

我住进苏州平江路上的一间青年旅舍,旅舍由一户老宅改造而成,出门是道不宽的河面,夜色倒映水上。在这片经过整体旅游开发的地区,从白天到夜晚,都是游人如织。

第二天一早,我夹着速写本来到网师园。在清脆的鸟鸣之间,漫步这方妙趣横生的天地,跟随曲折的小径,体会造园者别致的用心,仿佛走入了传统中国人的内心世界。那份欲扬先抑的含蓄,层层递进的丰富,还有百转千回的灵动,是我漫游世界各地的园林中所不曾见的。无论是水池倒影的波斯园林,还是工整开阔的法式园林,以及叠石造景的日本庭园,与中国传统园林比起来,都显得人工痕迹过重,也缺乏在游走中发现的趣味。

△图152 苏州网师园速写

　　立冬这天,我踏上开往南京的火车。晚上宿在面朝秦淮河的房间,窗外灯火阑珊,河上游船往来,木桨搅动河面的灯影。我的脑海此时浮现许多画面:威尼斯水巷中的贡多拉、巴黎塞纳河上的游船、伦敦泰晤士河的水上公交、纽约东河的小渡艇、密歇根湖上的白帆、温哥华港湾里密密麻麻的小舟、长江口乘风破浪的货轮……船这种交通工具,似乎先天就有一种吸引人的魔力,那尖尖的头高高扬起,仿佛象征着远方,在一次漫长的旅行接近尾声时,又让人忍不住期待下一次远航。

　　我走到乌衣巷口,营业一整天的特产店忙于打烊前最后的

△图 153 苏州网师园局部特写

生意；导游举着小黄旗，召集老年旅行团集合；李香君故居博物馆门前，售票员坐在灯下打着哈欠；小饭馆里，食客大口地往嘴里划拉碗底的鸭血粉丝汤。我想起过去的两百多天里，自己亲历过的那些场景：沿着丝绸之路前往粟特故地，隔着博斯普鲁斯海峡眺望欧洲大陆，对着雅典神庙的巨柱画下轮廓，罗马斗兽场的残垣断壁，佛罗伦萨的教堂穹顶……当我一步步走过这条漫长的路时，这个曾经只在教科书中出现的世界，才变成自己真实的体验。

我在南京住了一夜，第二天下午搭乘北上的火车。跨过长江后才半个钟头，窗外就不再是江南大地葱绿的景象，只剩下树叶落尽的枝杈、枯黄的农田。眼前的北方冬景，让我想起出发时在京郊、河北、山西所见的景象。不知不觉中，我已经走过了四季，大地又迎来一个新的轮回。

晚上抵达了曲阜，我住进孔庙边上一个家庭旅馆。旅馆的主人是位微胖的老太太，说话温和谦逊，她指着墙上精心装裱的字画，为我一一介绍："这个是我儿子写的，那幅是儿子老师的画。"言语间尽现一家人对文化的敬重，在孔子离开两千多年以后，家乡的人们依旧守护并传承了他的思想。在我们今天的学习、工作、生活的方方面面，孔子的思想无不蕴含，甚至在中国传统建筑里也能见到儒家理论的痕迹。

我一早来到孔庙。婉转的鸟鸣声回荡在幽静的松林间，我行走在工整的空间序列中，穿过一道道不同时期建造的棂星门。

当大成殿磅礴的姿态出现在眼前时,建筑秩序达到了巅峰。

与我曾经在雅典卫城、罗马万神庙和圣母百花大教堂前所经历的那份突如其来的震撼不同,孔庙给人带来的感动是循序渐进的。像一曲跌宕起伏的音乐,由一道道门形成序曲铺垫,又由一座座亭阁构成配乐和声,那座宏伟的殿堂作为乐曲高潮。然而,我仔细体会,才发现孔庙里真正的主角并不是建筑,而是在这个由一座座建筑围合形成的宏大场域中,松柏被疾风拨动的涛声、洒向枝头的空灵阳光、花草间跳跃的喜鹊、石缝里爬过的瓢虫,是人在其中,与这一切的对话。

▽图 154 曲阜孔庙内的古木与建筑

我开始体会孔子思想里"文质彬彬，然后君子"所传达的平和与谦逊。在自然面前，人类的活动也应当保持敬意，不是去征服、彰显，而是以朴素的智慧，与自然界的万物平等相处。我站在孔庙生满苔藓的灰砖铺地上，对着一面松影晃动的红墙，体悟东方建造思想的特质。

相比追求建筑高大以吸引关注的做法，东方建筑则是以群落和秩序来接纳自然万物，建筑的"本我"早已消失于气象万千之中，只留下那份"空"的意蕴供后人续写。不同的社会文化，形成了不同的建筑思想与建筑形态。

我迎来了最后一段旅程。坐上开往北京的高速列车，我以每小时 350 公里的速度，飞驰在华北平原，已无法看清窗外快速闪过的房屋和田野。这是我环球旅行两百多天以来，速度最快的一程。

我回到了旅行的起点——北京。

我来到清华园，又一次站在清华大礼堂前，望着隆起的穹顶，还有正门上三个连续的拱券，以及那段三角形轮廓的砖墙，门前四根白色的爱奥尼式柱子，我想起几个月前，在罗马所见的万神庙。那是古罗马人吸收穹顶和拱券技术后造出的杰作，还在其中融合了诞生于古希腊城邦的神庙立面。我的思绪又飘回意大利北部的小城维琴察，在文艺复兴时期，这里的建筑师借鉴了罗马万神庙的样式，创造出独具特色的乡村别墅，圆厅别墅就是其中的著名代表。而圆厅别墅的建筑风格，又被前来旅行的美国人托马斯·杰弗逊带到美国，他在家乡建造了住宅和图书馆。在这之后，杰弗逊建造的图书馆建筑风格又一路跨过太平洋，在燕山脚下的清华园里再次呈现。

我惊奇地发现，这趟旅行的线路，竟与清华大礼堂建筑风格传播脉络高度重合。我将大礼堂立面上的每一个元素对应到自己曾经拜访的地点：头戴涡卷的爱奥尼式柱子来自小亚细亚半岛；砖块、圆形的大穹顶、半圆形拱券则源自西亚两河流域；那段抽象的三角形山花，则是借了希腊古典神庙的门头意象。

通过一次漫长的旅行，我找到了旅行出发时，那些疑问的答案。

▽图 155 北京清华大礼堂速写

后 记

这本书从计划到问世，前后用了整整十年。

十年前的今天，我在清华大学建筑设计研究院工作。那是房地产最蓬勃的年代，建筑师就像停不下来的陀螺。作为从小就热爱绘画和建筑的从业者，我却再难从繁忙的日常工作里找到曾经最本真的热爱，整个人也变得麻木，无暇探索外部世界。我开始警惕这样的状态，在连自己都要迷失的时候，更别提找回对建筑的激情。

有一天，我意外发现了中亚的"史国"。在翻阅了许多关于"史国"的文献资料后，我偷偷溜进隔壁的北京大学，在荣新江教授的课堂上，听他讲"史国"的历史，还有去往"史国"的丝绸之路沿线诸多城池遗址的故事。随着了解的深入，我愈发觉得有必要开启一次前往"史国"的"寻根之旅"，却又不甘心用"快餐式"旅行草草了事。在荣老师的鼓励下，我认真做起了计划：以自驾的方式穿过整个北中国，再由喀什海关陆路出境，一路"慢游"到"史国"，再从"史国"继续向西，一直到欧洲、美洲去，为儿时的建筑梦想"寻根"。

于是，2017年初，我辞掉了清华的工作，开车离开北京。出发那天，我行驶在车流奔忙的西五环上，也曾自我怀疑：这样走究竟能否抵达欧洲？这一去还回得来不？其实，在对自我人生和外部世界进行双重探索的路上，迷茫一直都在。

途经山西老家时，我接上了父母，我们一同从长治旅行到西安。在西安的最后一天，父亲鼓励我勇敢去闯荡，母亲将寓意旅途平安的红包塞到我手里，却突然情绪失控，我帮她拭去脸颊的泪，答应她一定平安归来。

西行的路上，我无数次彷徨，反问自己此举意义何在。没有任何人、组织和机构提供支持，更没有一个可以被世俗认可、衡量的头衔和目标，放弃多年努力求学换来的稳定工作，却一个人游走在大漠深山，支撑自己前进的动力究竟是什么？

十分庆幸，这一路上遇到的，尽是启迪人心的朋友：在宁夏固原，与罗丰老师不期而遇，他鼓励我用心观察，用笔记录，建议我出版一本纯手绘旅行集；在伊朗伊斯法罕，偶遇的西班牙水彩画家也在以相同的方式边走边画，我们交换欣赏彼此的速写本，相互学习；在土耳其，建筑师妮海和易卜拉欣，他们的生活状态让我看到建筑师职业发展的多元可能性；在美国华盛顿，央视记者杜毓斌和萨哈尔（Sahar）安排的对谈采访，让我重新思考旅行的启发，进一步探究东西方文化的关联……在宽广浩瀚的世界中,我不断找寻自己的位置。不知不觉中,这趟原本只是探索"我从哪里来"的旅程,也开始有了更多询问"我到哪里去"的意味。那个曾经被社会多重固有框架塑造的自己,也渐渐分崩离析,而一个崭新的自我,正破壳重生。

我花光全部积蓄,完成了这趟 232 天的环球旅行。2017 年冬天回到北京时,已是全然不同的状态。旅途中满满的收获,让我迫不及待想要提笔表达,无论设计还是写作。仿佛被命运指引,我开始走上独立建筑师的道路。在新出炉的设计作品中,那些曾在世界各地受到的启迪、吸收的营养,都被展现得淋漓尽致。越来越多的客户也被此吸引,委托我负责设计项目,类型涵盖宗教、办公、住宅等各个方面,项目地点天南海北,从北京到香港,从大理到宜昌……

独立执业的一大优势是时间自由,这让我有条件安排出大块完整时间来集中写作。可是,当真正坐下来准备写的时候,面对浩如烟海的信息,却又不知从何入手。更何况作为人文历史知识匮乏的工科生,原本就在现场看得一知半解,更别提能写点什么。只好从经历出发,把 232 天的旅程以日记的形式先记录下来,再逐个去挖掘每座建筑背后的故事。

也是这个原因,我搬到了上海图书馆附近,每天查找借阅大量论文、书籍。透过建筑这一独特的媒介,也获得了一个观察世界的全新视角。随着知识的丰富,还探索出人类文明与个人旅途中诸多耦合的点,受到启迪的喜悦,温暖了自己。

我仿佛把自己送进一所名为"世界"的大学，知识来自所有我曾到过的地方。写作也成了一种类似冥想的行为：意念随着写作进度，在世界不同地带驻足流连，有几天停在威尼斯的广场上，过段时间又跑进京都的寺院里。

写作的过程却也是孤独的。十分庆幸，我始终得到来自父母的精神支持，还有挚友——郭建龙和梦舞夫妇的鼓励。以及同时写作的伙伴、《丝路北道》的作者彭英之的照应。不知不觉几年写下来，已经成了 35 万字的大部头，后来又删繁就简，砍去大半。

2023 年春天，我抱着写好的书稿，四处联络出版社，却无奈出版业不景气，屡吃闭门羹。多亏独立出版人张澂兄、盛亮兄、方宇兄不辞辛苦，为本书奔波牵线，最终有幸与后浪出版公司编辑林立扬老师合作，十分感激林老师孜孜不倦的打磨，内容终于以更好的形式呈现。

这十年间，得到太多家人、前辈和朋友的支持。感谢我的父母史建平、王芝萍，你们对我无条件地支持，鼓励我自由探索人生，回归本心且不被世俗裹挟；感谢 91 岁的姥姥张秀梅，您沉淀的人生智慧，始终伴随左右，激励着我前行；感谢我的钢笔画启蒙师父陈若虹先生，您的教导和引领，开启我释放天性的表达创作；感谢北京大学历史学系荣新江教授，您的指点和启发，明灯一般；感谢我的表弟兼挚友刘洋，这本书与你的全程协助密不可分。

十年里,我从一个原本供职于大型设计机构的建筑师,转型成了独立建筑师。与十年前面对冷冰冰地产商的情形不同,独立执业后吸引的每个客户都是气味相投的朋友:我们有着相似的价值观,欣赏彼此的闪光点,设计合作是我们加深友谊的方式。其中,由衷感激凌美钢笔(LAMY)的中国区负责人Shirley女士,不曾想,我们会因旅途中作画的那支钢笔而结缘。

　　感恩光阴,十年耕耘,终于问世。书中呈现的,是我从全世界找回的对建筑的热爱,还有,最本真的自己。

2024年冬至
于上海